LLÁMALO QUÍMICA

D. J. VAN OSS

Traducido por
DAVIANA RIVAS

CAPÍTULO UNO

**Hace doce años
Secundaria Golden Grove High**

EL DÍA DE LA FERIA DE BECAS NITROVEX ERA CLARO, brillante y perfecto. Un presagio si alguna vez hubo uno.

Katie estaba haciendo algunos controles de última hora en su proyecto para asegurarse de que brillara. No quería arriesgarse a que algo estuviera fuera de balance. La evaluación comenzaba en solo treinta minutos, y todo tenía que ser perfecto si ella iba a ganar.

Dio un paso atrás, se llevó las manos a las caderas y sonrió.

Perfecto e inevitablemente grandioso. Su entrada era un gran móvil hecho de intrincados pedazos de vidrio, cada uno girando sobre su propio reluciente alambre plateado. La más leve brisa movía las piezas como copos de nieve multicolores en cámara lenta. Era valiente, era audaz, era su obra maestra. Ella misma lo dijo.

Echó un vistazo a Peter, una mesa más arriba, inclinado y jugueteando con un tubo de su proyecto. Su ondulado

1

cabello negro caía sobre sus ojos azules, y su corazón dio un vuelco, aterrizando firmemente. Suspiró. *Tranquila.*

Echó un vistazo a la habitación, mirando las otras entradas. Era lo de siempre. Kenny Terpstra y su bobina Tesla, la cual ella estaba bastante segura de que su padre había construido para él para su feria de ciencias de sexto grado. Parecía que Ronny Sharp había tomado algunos renacuajos del arroyo, los metió en la piscina azul de su hermana y lo llamó "El milagro de la vida". Al final de la fila, Lisa Banks estaba tratando de obligar a algunos ratones blancos a atravesar un laberinto, pero parecían más interesados en arrastrarse por su brazo.

Katie sonrió internamente. La competencia era escasa este año. Tanto mejor para ella.

Había dejado de intentar convencer a sus padres de que el arte era su pasión. Pero hoy era su mejor oportunidad para demostrarles que podía hacer más que algo que pegarían en la puerta del refrigerador o exhibirían en la parte posterior de una estantería polvorienta.

La Feria anual de Becas Nitrovex era la mayor esperanza para muchos de los estudiantes de último año de Golden Grove que querían ir a la universidad. Financiado por John Wells, el siempre optimista fundador de la planta química local donde los padres de Katie eran ingenieros químicos, el primer premio era un regalo tan grande que para algunos estudiantes determinaba dónde podían permitirse ir a la universidad.

Eso no era tan cierto para Katie. Sus padres estaban felices de enviarla a casi cualquier escuela decente. Siempre y cuando no fuera la Escuela de Arte Mason en Chicago a la que había puesto el ojo desde octavo grado. No, eso no sería "práctico" y necesitaba pensar en una "carrera".

Ella les había rogado hasta el punto en que finalmente

le habían dado una esperanza. Si ganara la beca Nitrovex por su proyecto de arte, pagarían la diferencia.

Ya podía verse en Chicago el próximo otoño, inmersa en un mundo de creatividad infinita junto a cientos de otros estudiantes como ella, riendo, compartiendo ideas. No más comentarios condescendientes como, "Eso está bien, pero realmente ¿qué quieres hacer con tu vida?" Ellos entenderían allí.

Ella ya sabía que iba a comenzar a llamarse "Kate." Puede que incluso se corte el cabello corto, como Audrey Tautou en *Amélie*.

Pero primero, ella tenía que ganar.

Regresó a su proyecto, admirando el brillo del frágil vidrio mientras giraba lentamente. Incluso bajo las rígidas y zumbantes luces fluorescentes del ruidoso gimnasio, su móvil era hermoso. *Solo piensa cómo se vería en una galería de arte real.*

Es posible que los pueblerinos locales no lo entiendan, pero la esposa del Sr. Wells, Mary, quien ella sabía que era una experta en arte, seguramente reconocería su talento. Y ella era una jueza este año.

Y ya era hora de que se notara un proyecto de cultura y refinamiento. ¿A quién le importaba la vida sexual de los renacuajos o una catapulta hecha de palitos de paleta que podría arrojar una naranja por una habitación?

El único inconveniente era que Peter también tenía un proyecto en marcha. Y si ella ganaba, eso significaba que él perdería. Pero no era como si él fuera a tener dificultades para ingresar a la universidad que quisiera. Sacaba Ases en todo.

Ella echó otro vistazo a su proyecto y tuvo que admitirlo, lucía impresionante. No estaba muy segura de lo que se suponía que debía ser, pero tenía los tubos de metal, cables y mangueras que sobresalían. Una pequeña brizna de vapor o algo flotó desde una de las conexiones. Las comisuras de sus labios cayeron. Parecía que él era su competencia.

Ella había comenzado a trabajar en su proyecto a principios del verano, justo después de que la escuela había terminado. Pero, le había dicho a Peter, ella tenía un problema. Un problema que tenía que admitir que había creado solo para obtener su ayuda. Cómo equilibrar el cristal en su intrincado móvil. Era lo suficientemente científico para llamar su atención y llevarlo al sótano donde ella estaba trabajando en ello.

Todo había ido muy bien. Estaban comenzando a conectarse nuevamente, compartiendo pensamientos, sueños sobre el futuro después de la secundaria, ocasionalmente tocándose "accidentalmente" las manos. Y luego...

Un ceño fruncido arrugó la cara de Katie.

Ella se mudó.

El 5 de julio, cuando ella y Peter habían estado recogiendo palitos de cohetes de sus patios después de los fuegos artificiales del vecindario de la noche anterior, un U-Haul naranja y blanco se detuvo frente a la vieja casa de los Proctor al otro lado de la calle. No es el remolque de arrastre U-Haul habitual, sino el grande, el semi. Vieron toda la tarde como derramaba muebles, muebles bonitos también, una mesa de billar, una mesa de ping pong y un televisor de pantalla grande.

Y luego apareció un minivan azul claro. Placas de Illinois. Condado de Cook. Sabía por sus padres que eso significaba Chicago y sofisticación y cultura de grandes ciudades. La puerta lateral se abrió automáticamente y salió la Señorita Sacudida de pelo, Señorita Dientes perfectos, en cámara lenta, como si estuviera audicionando para una película.

Penny Fitch. Shorts y un reloj Tiffany. Katie casi podía ver los ojos azules de Peter ensancharse detrás de sus lentes, con una sonrisa torcida en su rostro.

Y eso fue todo. Estaba claro. Ella necesitaba salvarlo. Salvarlo de esta usurpadora, esta nueva (obviamente rica) chica de la ciudad que había aparecido como si fuera la dueña del lugar.

Durante todo el verano, Kate se atragantaba cuando escuchaba: "¡Hola, Peter! ¡Ey, Peter! ¿Qué más, Peter?" Y luego, cuando comenzó el último año, empeoró. Los casilleros de Peter y Penny estaban a solo tres pies de distancia. El de Katie estaba en un piso diferente. Luego, en el almuerzo, Penny se sentaba en el lado opuesto de Peter, sacudiendo sus pestañas y pidiéndole ayuda con su tarea de química.

Penny estaba arruinando todo.

Peter no podía verla como Katie lo hacía. Él era demasiado amable. Esa siempre fue su debilidad, demasiado amable, hasta la exageración. Pero Katie podía ver lo que estaba pasando. Penny pensó que lo conocía, que solo porque era linda y le gustaba la ciencia y estaba en campo traviesa con él, podía recogerlo, como una especie de cachorro adorable.

Y qué linda y risueña actuaba a su alrededor. "Penny y Peter, dos guisantes en una vaina. ¡Casi rima!" Kate la escuchó decir en el almuerzo una vez.

¡Bah! *No, no rima, idiota.*

Todos sus arrullos y risas y sacudidas de cabello. Penny Fitch, la bruja tenue. Y cuando Katie estaba realmente enojada, usaba otra palabra además de bruja. No en voz alta, por supuesto, porque todavía era una buena chica.

Pero la idea que más la inquietaba, con la que nunca se atrevió a entretener por más de unos segundos, era ¿y si Peter solo estaba siendo amable con Katie también? ¿Qué pasaría si todo el tiempo que habían pasado juntos, creciendo, compartiendo batidos de tarta de pecanas en Ray's Diner, fuera solo él siendo amable? ¿Y si ella no fuera especial?

No, eso era pensamiento negativo, y ella lo aplastó.

Era su misión proteger a Peter de esta nueva chica.

Fase uno: Mantenlo ocupado durante el verano. Eso significaba aumentar la necesidad de consejos sobre su proyecto de Feria de Becas, fiestas en la piscina con Peter en la casa de su amiga (sin Penny, por supuesto), y cualquier cosa que pudiera pensar para mantener a raya a la bruja.

La Fase Dos, que empezó después del comienzo de la escuela, era más difícil: Katie se aseguraba, siempre que podía, de que Penny nunca hablara en privado con Peter, se metía en sus conversaciones o se aseguraba de que uno de sus amigos (a ninguno de los cuales le gustaba la nueva chica, tampoco) hiciera lo mismo. Pero aún quedaba el problema de la proximidad en casa. Penny no vivía justo al lado (Katie todavía tenía esa ventaja), pero estaba lo suficientemente cerca. Demasiado cerca, a juzgar por las sonrisas y las olas que los vio intercambiando y las carreras que hacían juntos de vez en cuando.

Eso dio lugar a la Fase Tres, la fase final y más complicada de todas: el próximo Baile de Bienvenida.

Había estado dejando caer pistas como plumas de plomo desde finales del verano: *¿El Baile será temprano este año de nuevo, Peter?... ¿Cuál es el tema del Baile de Bienvenida, Peter?... ¿Qué opinas de este vestido de bienvenida que encontré en línea, Peter?*

Incluso para un niño, parecía estar lejos de entender las pistas.

No había ido a un Baile de Bienvenida hasta el año pasado cuando Brian McDermott la había invitado. Buen tipo, pero usaba demasiada loción para después del afeitado y sudaba cuando bailaban lentamente. Le tomó tres días para lavarse la loción de las manos. Peter siempre olía a limpio, como jabón de marfil. Al menos ese es el jabón que usaban los Clarks en el baño de visitas la última vez que había estado allí.

Era la fase final, su forma de sacar a Peter de la línea de salida. Si pudieran simplemente ir juntos al Baile, entonces podrían ver lo que era ser una pareja. Tomar la foto juntos bajo el arco de flores, sonriendo, ella con el vestido de gasa rosa que ya había elegido en línea, él con su esmoquin alquilado del centro de Maxwell, completo con una corbata rosa para combinar con su vestido. Él vería la foto todos los días en su refrigerador, donde ella sabía que su madre la pegaría debajo de un imán.

La confianza fluyó a través de ella. Ella lo conocía. Era un geek de la ciencia: solo necesitaba ver algo en acción, ver los resultados cuantificables y luego sabría que deberían estar juntos.

Sería tan real como una reacción química, innegable. ¡Mira las tablas y los números, Peter! ¿mira el gráfico?

No era un plan perfecto, pero era uno bueno e iba a funcionar. Tenía un presentimiento, una voz interior que le decía: *Esto es todo. Él lo verá, me verá y lo sabrá. Deberíamos estar juntos.*

¿Universidad? Podrían resolver eso después. Las relaciones a larga distancia funcionaban todo el tiempo, ¿verdad? Una vez que terminara la Feria de Becas, el plan

"Llevar a Peter al Baile de Bienvenida" se pondría en marcha por completo.

Mientras alguien pasaba detrás de su mesa en el gimnasio, percibió un olor a algo terriblemente dulce y abrumador. Su mandíbula se apretó en tanto giró la cabeza y arrugó la nariz. Los dientes perfectos, el cabello largo y negro perfecto y la ropa perfecta. La Bruja Tenue estaba aquí.

Observó a Penny acercarse a Peter, comenzar a hablar con él, reír, y luego, sí, ahí estaba, la perfecta sacudida de cabello. Apostó con sus amigos a que Penny perfeccionó su sacudida de cabello y risa simultánea, practicando en el espejo.

Los ojos de Katie se entrecerraron. Penny tenía su propio proyecto a dos mesas de la de Peter, y allí estaba ella, flotando alrededor de Peter como una mariposa enferma de amor. Ella tenía una docena de otros chicos que podría haber engullido. ¿Por qué no derramó su veneno sobre ellos?

Ah, cierto. Él es demasiado agradable con ella. Peter siempre fue muy agradable.

Katie observó cómo él seguía a Penny a su mesa, donde él giraba una perilla insignificante en su pila insignificante de lo que fuera su proyecto. Una caja con un sombrero y un ... ¿A quién le importa? Probablemente hizo que su papá lo comprara en línea, de todos modos.

Bueno, podría disparar un cohete Saturno de tamaño natural con campanas a través del techo por todo el bien que le haría hoy.

Katie volvió a ella ajustando algunas piezas de su escultura. El cristal multicolor del elaborado móvil giraba lentamente, cada pieza reflejaba fragmentos de luz. Ya había recibido miradas de admiración de los estudiantes e incluso de algunos de los maestros. Ella tuvo un presentimiento.

Este era su año.

CAPÍTULO DOS

En la actualidad

UNA EXPLOSIÓN DE FUEGO SALIÓ DE UN TUBO DE ensayo burbujeando sobre un quemador Bunsen. Subió hacia el techo en una nube tipo mini-hongo antes de que se evaporara. La aturdida clase soltó un combinado de "Guao..."

Peter Clark dio un paso atrás y apagó su antorcha. "Y por eso es que usamos nuestras gafas. Entonces, ¿alguien puede decirme cuáles son los tres productos de combustión?"

Su aula de estudiantes de secundaria se removió en sus asientos, algunos mirando sus teléfonos, todos evitando el contacto visual con él. Recogió el pesado libro de química orgánica de su escritorio, lo sostuvo entre los dedos y lo dejó caer.

El ruido resonó como un cañón, y todas las cabezas se dispararon.

"La respuesta correcta es combustible, oxígeno y calor".
Se trasladó a la pizarra en la parte delantera de la habitación

y comenzó a dibujar con un marcador rojo. "El oxígeno ya está en el aire, y el calor es del quemador, que deja el combustible. Entonces, agregue acetato de sodio anhidro e hidróxido de sodio y obtendrá una sustancia combustible llamada metano. También conocida como pedos de vaca."

Unas cuantas risas se murmuraron por la habitación.

Bajó el marcador, se limpió las manos en sus jeans y miró al reloj. "Bueno, todavía tenemos unos minutos más, así que quería recordarles sobre la prueba que se avecina el próximo jueves".

Un coro de quejidos rodó sobre la clase.

"Sí, sí, lo sé, otra prueba. Soy cruel e inhumano. Pero no tendríamos que hacer la prueba antes si una cuerda de cabezas huecas sin nombres no me hubiera nominado para esta cosa del premio de maestro".

Los quejidos se volvieron en risas y sonrisas. Alguien gritó: "¡Vamos, señor C!" seguido por un silbido. La clase se rio.

"Si. Muchas gracias. Así que, siendo así, estaré en Des Moines el viernes de la semana que viene. Pero no se preocupen, el Sr. Potter ha accedido a dar la clase mientras pierdo el tiempo en algún banquete de premios".

"¿Tienes que usar un esmoquin?" Nick Norton gritó desde atrás.

Peter sonrió. Le encantaba su clase. "¿Con el salario de un maestro? ¡Tienes que estar bromeando!"

La clase volvió a reír.

"Una vez más, cuanto más estudies ahora, menos tendrás que estudiar la última noche..."

Un tono sonó a través del altavoz del aula, indicando que el período había terminado. Los estudiantes inmediatamente comenzaron a agarrar mochilas y libros.

"No lo olviden", gritó por encima del ruido de arrastre

de los pies, "vamos a comenzar a trabajar en leyes de gas y teoría cinética el lunes. Lean acerca del experimento en la página ochenta y uno". Se tocó el costado de la cabeza. "¡Y no olviden sus gafas!"

Mientras los estudiantes salían de su salón de clases, Peter se movió a la pizarra y comenzó a borrar la lección del día, esperando que al menos uno de los 'cara de sueño' de su clase de Introducción a la Química haya aprendido la diferencia entre la combustión y la quema. Esta fue la última clase del día, y aunque la mayoría de ellos eran buenos chicos, no podían esperar para salir y terminar la escuela para el fin de semana.

No era como si muchos de ellos usarían mucha química una vez que dejaran la secundaria. Se preguntó de nuevo cómo sería enseñar en un colegio pequeño o incluso en una universidad. Algún lugar donde los estudiantes realmente quisieran estar allí en lugar de jugando video juegos, yendo de viaje al centro comercial o pegados a sus teléfonos celulares.

Bueno, había algunos de los matemáticos que lo entendían, tal vez incluso hasta amaban la química como él lo hacía, pero sintió que se estaba quedando sin formas de hacerlo interesante. Tal vez si dejara caer sandías desde el techo de la escuela para demostrar la teoría cinética...

"¿Listo?" Lucius Potter preguntó desde la puerta. "El batido de tarta está llamando mi nombre".

Lucius era alto, anguloso y el maestro más viejo de Golden Grove High. Considerado por los estudiantes y sus padres como un elemento permanente como el mortal pan de carne del comedor, acababa de celebrar su cuadragésimo primer año enseñando todas las clases de ciencias que existen. Estaba de pie con sus largos brazos cruzados sobre su chaleco de lana negro, gafas negras de montura gruesa y bigote gris y espeso que le daban una mirada de profesor que desmentía su naturaleza juguetona.

Generaciones de estudiantes de Golden Grove adoraban a Lucius Potter, muchos de los cuales llegaron a ser médicos, científicos o maestros, como Peter.

"Casi listo". Peter se movió a su escritorio, tocó algunas teclas en su computadora portátil para apagarlo, luego cerró la tapa. "Haré las notas mañana en casa".

Todos los viernes después de la escuela, él y Lucius tomaban batidos de tarta en el centro en Ray's Diner, y luego hablaban sobre ciencia y vida. Principalmente vida, ya que habían estudiado ciencias toda la semana en la escuela. Hoy, el tema casi seguro sería la manada de barbas chistosas que estaban apareciendo alrededor de la ciudad para la competencia del domingo.

Agarró su abrigo. El verano se había ido definitivamente y el aire de otoño de Iowa podría volverse bastante fresco más tarde en el día.

Lucius entró en la habitación, mirando a su alrededor. Todavía parecía maravillarse con el brillante y limpio lustre del nuevo edificio de la secundaria, construido hace solo unos años. Peter tuvo que admitir que era una gran mejora con respecto al viejo edificio de ladrillos donde había tenido que asistir a clase.

Llenó su maletín con trabajo para la próxima semana. "¿Tienes grandes planes para el fin de semana?"

Lucius se encogió de hombros cuando se acercó al escritorio de Peter. "No mucho ¿Tú? ¿Irás al concurso de barba el domingo?"

"No, gracias. Están empezando a asustarme todos esos tipos con cara de araña apareciendo por la plaza. ¿Qué pasa con las extrañas convenciones en esta ciudad?" Este verano había sido la 'Convención de Larry' cuando la ciudad se llenó con trescientos tipos, todos llamados Larry. "Además, necesito avanzar con estas calificaciones de laboratorio ya que tengo esa cosa de Des Moines el próximo fin de semana. Ojalá me enviaran la placa o lo que sea así no tendría que dejar el trabajo. Algunos de estos chicos están al borde tal como están".

Lucius se apoyó contra el escritorio. "Tal vez los estás presionando demasiado".

Peter podía notar que era una provocación. Bajó el lápiz. "¿Cómo lo hiciste tu conmigo?"

"No necesitabas que te presionara. Tú *querías* pasar más tiempo en el laboratorio. 'Crédito Extra Clark', ¿recuerdas?"

"No es como que tuviera mucho más que hacer por aquí".

"Ahh, creo que tenías algunas otras opciones. Quizás todavía las tengas", agregó en voz baja.

Peter no estaba seguro de lo que eso significaba, pero lo dejó pasar.

"Además", continuó Lucius, "te mereces este premio".

Peter asintió, pero fue un gesto sospechoso. "Todavía creo que tú los pusiste en eso".

"¿A los estudiantes? Fue idea de ellos en realidad. Ellos fueron los que te nominaron la primavera pasada".

Peter olisqueó. "¿No supongo que viene con un aumento?"

Lucius se rio entre dientes. "No es probable, pero, hablando de eso". Puso su maletín en el borde del escritorio y sacó un sobre manila, luego extrajo una página brillante. "Hay algo que me gustaría que echaras un vistazo". Empujó un folleto delante de Peter.

Lo escaneó, luego levantó la vista. "¿La Escuela Dixon? Eso está en los suburbios de Chicago, ¿verdad?"

"Si, esa. Enseñé allí una vez. Solo unos pocos cursos de preparación en verano, reemplazando a un colega".

"¡¿En serio?! Tú nunca me dijiste eso".

Lucius se encogió de hombros. "Eso fue hace tiempo. Usábamos cinceles y rocas en lugar de lápices".

Peter le dio la vuelta al folleto. Dixon era una escuela secundaria privada. Era vieja, prestigiosa y costosa. "Y, ¿de qué se trata esto?"

Lucius se inclinó y señaló la parte inferior donde habían puesto una pegatina impresa. "Hay una vacante allí. Están buscando un nuevo profesor de química para los grados superiores".

"¿Entonces?"

"Bueno, en caso de que no lo hayas notado, eres un profesor de química".

Peter suspiró. "Lucius, esto está fuera de mi alcance". Bajó el folleto. "Además, tengo un trabajo".

Lucius hizo un gesto hacia la fila de ventanas a la izquierda del escritorio de Peter. "Sí, con una hermosa vista de un cobertizo de almacenamiento y un basurero verde oxidado".

Peter se encogió de hombros. "No lo sé. Me ha empezado a gustar saber que Roger arrojará mohosos bocadillos de papa fuera de mi ventana a la una y media todos los días. Me da una sensación calmante de estabilidad".

"Supongo que sería difícil dejar eso atrás".

"Exactamente. Es como siempre me dices. 'Si no eres donde estás, no estás en ningún lugar'".

Lucius señaló su pecho. "¿Yo digo eso?"

"Sí".

El hombre mayor se frotó la barbilla. "Creo que robé eso de un episodio de M*A*S*H". Se sentó en el borde del escritorio de Peter, parecía ponerse serio.

"Peter, sabes que normalmente no trato de interferir en tu vida"

Peter dio dos risitas cortas. "¿Desde cuándo?"

"Bien. Pero esta oportunidad en Dixon es una particularmente buena. Con tu maestría, tu experiencia, y especialmente ahora que has recibido este premio, eres perfecto para el trabajo".

"No lo sé...".

"Ellos también lo creen".

"¿Ellos? ¿Ellos quiénes?"

Lucius evitó su mirada. "Me tomé la libertad de contactar a ese viejo colega. Ahora es el director de la escuela. Le conté sobre ti y están interesados.

"No lo hiciste..."

"Sí, y quieren concertar una entrevista contigo. Si te interesa".

"¡No me interesa!"

Esta vez, Lucius lo miró directamente a los ojos. Peter odiaba cuando su amigo hacía eso. Por lo general, significaba que terminaría haciendo exactamente lo que Lucius quería. "Solo ve a la entrevista. ¿Qué podemos perder? Tal vez deje caer algunas pistas por aquí de que estás siendo cazado. Podría conseguirte ese aumento".

Peter se rio de nuevo. Un aumento podría funcionar, pero... Sacudió la cabeza. "No tengo tiempo para ir a Des Moines la próxima semana, y mucho menos hasta Chicago".

"Son cuatro horas desde aquí. No en la luna. Al menos di que lo pensarás".

Peter sabía que una vez que Lucius tuviera algo en la cabeza, no lo dejaría pasar. "Lo pensaré". Pero sabía que no lo haría.

Aparentemente, Lucius también lo hizo, porque sacó la revista enrollada debajo de su brazo y la abrió.

Peter sacudió la cabeza cuando vio la portada. Química trimestral. No es posible... "¿Quién es esta vez?"

"¿Qué quieres decir?" Lucius apagó las luces y se dirigió al pasillo, examinando el índice del diario. "Digamos que, aquí hay algo interesante".

"Seguro que sí". Peter cerró y trabó la puerta de su salón de clases. *Aquí viene.*

"Un artículo de Jeremy Von Hornig. ¿Qué era, su tercer artículo en los últimos cinco años?"

"Tú eres el que cuenta".

"Él también estaba en tu programa de maestría, ¿no?"

Peter suspiró. "Tuve que darle tutoría por nuestro final de termodinámica. Encendió los rociadores automáticos en el laboratorio porque dejó un quemador encendido toda la noche".

"Y aquí está con un artículo en un diario nacional".

"Lucius, lo estás haciendo de nuevo. Estoy bien donde estoy. Me gusta mi trabajo".

"Solo me aseguro de que sabes que hay más posibilidades más allá de enseñar en Golden Grove".

"Estoy al tanto. Además, te ha funcionado a ti".

Su amigo asintió, sobresaliendo su mandíbula inferior. "Ciertamente".

"Y nunca te arrepentiste, ¿verdad?"

"¿De la docencia? No, no me arrepiento".

Peter señaló el diario. "Además, estas cosas son principalmente solo por el estatus".

"Cierto. ¿Has revisado el Nitrovex últimamente?" Lucius persistió. "Hay muchos buenos químicos haciendo un gran trabajo allí".

"¿Estás tratando de deshacerte de mí?" Peter sacudió la cabeza.

"No. Acabo de escuchar que realmente están expandiendo sus operaciones en el extranjero".

"Escuché eso también". Peter siempre estuvo pendiente de los acontecimientos en Nitrovex. ¿Qué graduado de química que se respete no lo haría? Pero la idea de un trabajo cómodo en Europa no le atraía.

"Conozco a John Wells bastante bien. Me encantaría recomendarte".

Mientras se acercaban a la entrada principal, Peter le devolvió el saludo a un estudiante que pasaba. "Gracias, pero no hace falta. Quizás algún día. Pero ahora mismo, mis..."

"... estudiantes me necesitan demasiado", terminó Lucius por él. "Sí, lo sé. Solo recuerda, no eres tan indispensable como crees que eres".

"Por favor..." Peter alargó la palabra y añadió un dramático movimiento de su brazo. "Estás hablando con el profesor de ciencias del año".

"Mis disculpas, buen señor", respondió Lucius.

"Además, Nitrovex hace principalmente química orgánica. Soy un tipo más de bioquímica". Peter empujó las puertas dobles del frente. "Créeme, estoy bien donde estoy". Sacó las llaves del auto de su bolsillo. "¿Te veo en Ray's?"

Lucius parecía que iba a decir algo, luego solo asintió. "Claro".

Afuera, Peter encontró su Camry azul y lo abrió con el control. Estoy bien donde estoy.

¿Pero dónde era eso exactamente? ¿Atrapado en la única secundaria de su ciudad natal, enseñando a los pocos estudiantes que se preocupan en estar realmente interesados en la diferencia entre un lunar y una molécula? ¿Atrapado en el mismo pueblo en el que creció? ¿Dejado en el polvo por personas con las que había ido a la universidad y que habían conseguido prestigiosos y bien remunerados trabajos en compañías como Nitrovex?

Miró la portada del diario. ¿Tenía Lucius razón? ¿Era hora de seguir adelante y surgir?

Abrió la puerta del lado del conductor y entró, depositando su maletín y la pila de carpetas y papeles en el asiento del pasajero. El folleto de Dixon se deslizó por el suelo y lo recogió.

El lugar parecía un campus universitario, con estudiantes risueños caminando entre enormes árboles hacia majestuosos edificios antiguos. Sí parecía una buena oportunidad. Y él si estaba calificado. De hecho, con sus maestrías, probablemente estaba demasiado calificado para enseñar en Golden Grove.

Quizás sí merecía un trabajo más prestigioso. ¿Cuántas más malas notas de estudiantes desinteresados iba a tener que soportar? Nada en contra de Lucius, pero ¿Quería Peter gastar toda su vida en Golden Grove? Nunca se había ido, excepto por la universidad y el posgrado.

Si no hubiera sido por su padre...

No, no iba a seguir ese camino de nuevo. Pero no estaría de más pensar un poco. Probablemente podría hacer al menos una entrevista, solo para patear los neumáticos, por así decirlo. Encendió su auto, lo cambió a reversa.

Además, era Chicago. Puede tener mucho que ofrecer...

No, Peter, no vayas allí. Había sido, ¿qué? ¿Doce años? Sí, doce años desde que le había arruinado la vida.

Cada vez que lo pensaba, siempre se decía a sí mismo que solo era la secundaria. Ese lugar tan lejano, el lugar que todos debían dejar atrás y pasar a cosas más grandes y mejores, lejos de los embarazosos cortes de pelo y las bandejas caídas del comedor y el drama. Pero él sabía que era mucho más para algunos. Para Katie Brady, la Feria de

Becas lo había sido todo, todas sus esperanzas en una frágil canasta.

Y Peter había sido quien había pateado esa canasta, esparciendo sus esperanzas por el piso del gimnasio.

———

Hace doce años.
Secundaria Golden Grove High

El proyecto de Peter para la Feria de Becas fue un cohete de propulsión química. No le importaba mucho ganar el dinero de la beca. Simplemente no quería decepcionar a su profesor de ciencias favorito, el Sr. Potter.

Él aventuró una mirada a Katie, que estaba limpiando una mancha de su móvil en la mesa cerca de la suya. B antes de C, Brady y luego Clark. A lo largo de la escuela primaria, secundaria, preparatoria, incluso si quisieran evitarse, el alfabeto no los dejaría. Lo cual estaba bien para él.

Siempre le había gustado Katie, no solo porque era su vecina y habían crecido juntos. Katie era... diferente. Se sentía tan a gusto con ella. Se sentía... conectado de alguna manera. Y al mismo tiempo, se sentía nervioso cuando tenía que hablar con ella. Reacciones químicas en el cerebro fue lo que dijo un artículo en línea al respecto.

Entonces, cuando ella le pidió que revisara algunas cosas de su proyecto a principios del verano, pensó que tal vez era una oportunidad para que ellos lo descubrieran. ¿Había algo más?

Siempre habían sido amigos... siempre serían amigos, probablemente. Pero habían crecido. Ella había crecido, sin lugar a duda.

Al principio no estaba seguro de si debería tener esos sentimientos por ella, pero eso duró unos tres segundos hasta que la vio afuera, lavando el auto de su padre en pantalones cortos y una camiseta sin mangas. Verano después de su primer año, el 8 de junio, su cumpleaños. A partir de ese momento, se aseguró de estar en casa los domingos por la tarde, día de lavado de autos. Al principio me sentí un poco culpable, pero es que ella era, bueno...

De acuerdo, la palabra era hermosa. No solo un cuerpo hermoso, aunque una niña pecosa y jabonosa con una camiseta roja sin duda se ajusta a esa definición. No era una belleza exagerada, inalcanzable, tipo modelo de seis pies de altura. Era más que eso, y desconcertaba su confiable mente científica por qué no podía definirlo.

Como un átomo o una molécula, estaba allí. Estaba allí, en algún lugar, en cómo ladeaba la cabeza y sonreía, la lluvia de pecas alrededor de su manguera, el perfume que comenzó a usar, ¿cómo se llamaba? ¿*Lucky You*?

Le gustaba cómo olía ella. Tampoco pasaban mucho tiempo en su proyecto. Pasaron la mitad del tiempo en su sótano solo hablando, bebiendo Dr. Pepper de las botellas de la vieja máquina que los Brady tenían allí. Ella jugueteaba con el alambre y pedazos de vidrio. Él le daba algunas sugerencias cuando ella preguntaba, principalmente sobre como balancear el peso, pero eso era todo.

El solo... *Admítelo, Peter. Tú solo querías pasar tiempo con ella.*

Un maestro anunciaba algo desde el sistema PA del escenario. La evaluación comenzaba desde las mesas delanteras hacia atrás. Pensó que tendría otros quince minutos antes de que llegaran a él. Revisó el tubo de plástico que se alimentaba del tanque oxidante hasta la base de su experimento y se aseguró de que estuviera bien ajustado.

Katie había trabajado muy duro en su móvil y, aunque él no era un artista, sabía que era muy bueno. Nitrovex podría ser todo acerca de químicos, pero eso no significaba que solo escogieran cosas tecnológicas. De hecho, la esposa del dueño era artista, y ella era una de las jueces de hoy.

Echó otra mirada a su mesa. Parecía bastante confiada. Y ella debería estarlo. En el fondo, él esperaba que ganara ella. Incluso en la secundaria, ella había soñado con ir a la escuela de arte, pero él sabía que sus padres no estaban convencidos con esa idea. Una beca podría ser justo lo que les hiciera cambiar de opinión.

Probó otra conexión y luego se detuvo. Los jueces estaban una fila detrás y dos mesas atrás, avanzando hacia la parte delantera del gimnasio. Cuatro adultos de aspecto serio armados con portapapeles. Tragó saliva y luego retrocedió. Sabía que su proyecto estaba listo, y si seguía jugando con él, podría romper algo.

"Bueno, señor Clark, todo se ve bien, ya veo".

Peter levantó la vista para ver la cara sonriente y con bigote de su maestro favorito. "Gracias, señor Potter. Acabo de comprobar todas las conexiones. Creo que funcionará".

El Sr. Potter le dio una pequeña palmada en la espalda. "Oh, funcionará bien". Su maestro tocó un tubo y comprobó una conexión. "Tengo que decir que es bastante ingenioso. Reacciones químicas como dispositivo de propulsión. No me sorprendería si hubiera algunos usos prácticos para este tipo de cosas".

Peter sabía que el Sr. Potter solo estaba siendo solidario, pero de todos modos sintió una oleada de orgullo. El maestro le guiñó un ojo y avanzó por el pasillo.

Sintió un fuerte golpe en las costillas. "Hola, Peter", dijo una ligera voz justo detrás de su oreja.

Se giró sorprendido, tropezando su cadera con el borde

de la mesa. Una tubería de repuesto de su proyecto rodó por el borde de la mesa e hizo un estruendo contra el piso del gimnasio. Todos a su alrededor saltaron, especialmente Katie, que se movió entre él y su escultura.

"Caray, Penny, cuidado", dijo.

Era Penny Fitch, su nueva vecina quien se mudó durante el verano. Aunque a Peter le gustaba, (ella siempre sonreía y le gustaba la ciencia), a veces podía ser un poco molesta. Muchos de los chicos la perseguían, él lo sabía. Pequeña con largo cabello negro y ojos azules, una buena combinación. Luego él arrugó la nariz. Siempre usaba tanto perfume que olía a la sección de velas de Variedades Bailey. Por muy bonita que sea, no era realmente su tipo.

Le lanzó una mirada a Katie, que estaba mirando para otro lado.

"Lo siento", dijo Penny sonriendo, se echó el pelo hacia atrás y ladeó la cabeza, como si fuera una modelo a punto de ser fotografiada. ¿Por qué algunas chicas hacían eso? "Entonces, Petey, ¿qué hace esta cosa? ¡Luce impresionante!" Ella tocó el tubo de plástico que conducía a la gran carcasa plateada de metal que era el tanque principal de propulsión.

Peter tocó su mano para detenerla. "Oye, cuidado. Lo pondrás en marcha".

Ella retiró la mano. "Ups. Perdón otra vez".

Se encogió de hombros. "Está bien". Miró a la derecha. "Van a evaluar en unos minutos. Después de eso, puedes tocarlo todo lo que quieras".

Penny le dirigió una mirada burlona. Él sintió su cara enrojecerse como remolacha. Trató de pensar en algo, cualquier cosa que decir para deshacerse de ella, pero su cerebro tenía el vapor bloqueado. Idiota.

"Está bien", dijo ella después de lo que pareció una hora.

Ella sacudió la cabeza en dirección a la mesa de al lado. "¿Crees que ella tiene alguna oportunidad?"

Peter dio la bienvenida al tema cambiado. "¿Katie? Claro que sí. Ella tiene tantas oportunidades como cualquier otra persona aquí. Más, probablemente".

"Si lo hace, debería agradecerte por toda tu ayuda".

"Oh, casi no hice nada. Ella hizo todo el trabajo real".

Penny asintió, poco convencida. "Bueno, espero que ganes".

"Ah. Gracias. Tú también".

"Vendré a verte más tarde", dijo, luego se volvió con otro movimiento de cabello y comenzó a alejarse. "Buena suerte", le gritó de nuevo con otra sonrisa antes de entrecerrar los ojos ante la escultura de Katie.

"Gracias", logró decir. De repente deseó no haberle contado a Penny que Katie le había pedido ayuda. Tal vez no debería haber dicho nada sobre ella en esas carreras. Él conocía la regla sobre la ayuda externa, pero eso significaba padres o un experto, ¿verdad? Otro estudiante probablemente estaba bien, siempre y cuando no contribuyeran demasiado.

Echó un vistazo a la derecha. Katie lo miraba con los labios apretados en una línea dura. Sus ojos parecían poder atravesar el acero, y estaban dirigidos directamente a su frente.

Se dio la vuelta rápidamente, enderezando algo sobre su mesa.

¿Estaba enojada con él?

No tuvo tiempo de averiguarlo. Los jueces estaban en su mesa.

Los siguientes veinte minutos fueron una mancha de alegría y un gran dolor.

CAPÍTULO TRES

En la actualidad

EL ESCARABAJO VW AMARILLO SE DETUVO EN LA GRAVA al lado del letrero puesto en la entrada de la ciudad. Kate apagó el motor.

Un pintoresco cartel de madera y ladrillo proclamaba "Bienvenido a Golden Grove, hogar de los Griffins".

Miró a través del parabrisas, hacia el pueblo, aún familiar después de todos esos años. La torre de agua plateada que se asoma por encima de los árboles, el techo rojo de la estación de bomberos, las copas de los árboles apenas comienzan a tornarse amarillas y naranjas en el sol del domingo de otoño. No parecía haber cambiado mucho desde este punto de vista. Realmente hermoso, si solo estuvieras visitando una de las pintorescas tiendas y panaderías del centro, o mirando desde los acantilados de piedra caliza al Mississippi rodando lentamente.

Tal vez para algunas personas, los trabajadores de Nitrovex, los dueños de las tiendas, los "salvavidas" de Golden Grove, estaba bien. Pero no para ella. Una ciudad más grande siempre había sido su sueño, su escape, incluso antes de que la secundaria la masticara y la escupiera.

Agarró el volante y sopló un poco de aire. Bien, solo de pasada por el pueblo, luego de regreso a Chicago. Nadie de la escuela secundaria necesitaba siquiera saber que ella estaba allí. Ella podría aguantar unos días. De todos modos, estaría en la planta química la mayor parte del tiempo.

Giró la llave en el arranque y el coche volvió a la vida.

Quince minutos más tarde, estacionó el Escarabajo en la acera bordeada de ladrillos frente al familiar patio. Lo apagó, luego esperó un momento, con las manos en su regazo, escuchando, mirando por la ventana lateral que había bajado de camino al pueblo.

Era silencioso, el habitual silencio dominical de un pueblo pequeño, con solo unos pocos pájaros cantando y un automóvil pasando y desapareciendo a una cuadra más o menos. A lo lejos estaba el alboroto del elevador de granos, un sonido que había olvidado pero que sabía que significaba que el otoño estaba en pleno apogeo.

Se dio cuenta de que el árbol de arce que solía sombrear el borde delantero de la entrada había desaparecido, pero el enorme olmo que arrojaba brillantes hojas verdes en la entrada cada otoño todavía estaba cerca de la puerta principal. Los arbustos eran más grandes, pero aún estaban bien recortados.

La casa había sido pintada. Ya no era el familiar amarillo pálido que ella recordaba, sino una mezcla de verde claro adornado con blanco y amarillo. Colocaron cuidadosamente una variedad de plantas en macetas a cada lado de los escalones delanteros, que conducía a un amplio porche bordeado de sillas de mimbre y apoyado en blancas columnas corintias redondas.

El viejo columpio del porche colgaba allí donde solía

jugar a las muñecas o leer. O jugar batalla naval con Peter. Ella sonrió, recordando. No todo fue malo. Luego miró a la familiar casa de al lado, y su sonrisa se desvaneció.

Ella suspiró, resistiendo la necesidad de poner el auto en marcha y regresar a Chicago. Los recuerdos de este lugar comenzaban a acercarse a ella como una mano gigante. Incluso el aire parecía familiar y rígido, como si la ciudad la hubiera reconocido, recordado, y le estuviera diciendo nuevamente que ya no pertenecía aquí.

Lo siento, Danni. No podía hacerlo. Encuentra a alguien más para encabezar la campaña Nitrovex.

No. Había demasiado de su futura carrera en esta tarea como para considerar la posibilidad de abandonarlo solo por algunos viejos fantasmas de la escuela secundaria.

Llevando su ligero bolso, se apresuró por el angosto camino hacia la puerta principal, robando miradas de lado. Se sentía como una infiltrada, una espía en su propio patio de la infancia. Se detuvo en la puerta principal, sintiéndose extraña teniendo que tocar el timbre de su propia casa. El viejo y familiar ding-dong fue seguido por el sonido de pasos apagados.

La cara querubín reconocible al instante de Carol Harding se asomó por la ventana con cortinas de encaje al lado de la puerta. Bajita y ligeramente fornida con cabello corto y gris, abrió la puerta interior y lanzó una sonrisa maternal. "¡Katie! dijo, empujando la puerta de la pantalla, con los brazos extendidos.

"Hola, Carol". Kate dejó caer su bolso, sonriendo mientras abrazaba a la mujer que prácticamente había sido una madre sustituta para ella cuando era una adolescente.

La mujer más vieja la soltó, sosteniéndola con los brazos extendidos. "Dios mío, te ves tan bonita".

Kate sintió que sus mejillas se ponían rosadas. "Gracias".

Carol agitó su mano. "Bueno, entra, entra".

Cuando Kate agarró su bolso y entró en el pasillo delantero, el olor a pino fresco, pan casero y velas con aroma a manzana la saludaron. No era el mismo olor de su casa que ella recordaba, pero la diferencia parecía extrañamente reconfortante. No era la casa estéril de dos ingenieros químicos en la que creció que ella recordaba.

Un pequeño gato naranja atigrado apareció de la nada y comenzó a abrirse camino alrededor de su pierna.

Ella frunció el ceño. "¿Sparky?"

Carol se rio. "No exactamente. Hijo de Sparky, en realidad. Ese es Tommy." El gato dio otra vuelta alrededor de la pierna de Kate y luego desapareció hacia otra habitación. "Sparky huyó hace unos años. Nunca se acostumbró a la nueva casa, supongo.

"Ah". Kate sintió una punzada inesperada. Por un gato que silbó y actuó como si ella no tuviera nada que hacer invadiendo su espacio en el huerto. "¿Nunca lo encontraste?"

Carol negó con la cabeza. "No. Sigo con la esperanza de que va a volver. Medio esperando que aparezca con un ratón muerto en el porche alguna mañana. Pero, probablemente ya hace tiempo que se ha ido".

Carol se limpió las manos sobre un delantal mientras se movía a lo que una vez fue el salón de la casa, donde los visitantes solían esperar. Era una acogedora habitación descolorida con recortes en roble y el mismo papel tapiz de color rosa claro que Kate había convencido a su madre de colgar cuando tenía diez años. Todavía funciona, pensó.

"Entonces, ¿cómo estuvo tu viaje?" Carol preguntó mientras se sentaba en una vieja silla acolchada de terciopelo junto a un soporte de lámpara redondo de mármol.

Kate puso su bolso junto a la silla frente a su amiga y se sentó. "Bien. No fue tan largo como lo recordaba".

"Bueno, las percepciones cambian con el tiempo. Hace tiempo que no venías, ¿recuerdas?"

Kate dio una pequeña sonrisa. ¿Fue eso una ligera indagación dirigida a ella? "El trabajo me mantiene ocupada. Escalando la escalera corporativa y eso."

Miró alrededor de la habitación bien equipada, salpicada de material de lectura y antigüedades de buen gusto. Reconoció algunos de los artículos de la casa del huerto de Carol. "La casa se ve muy bien."

Carol devolvió una sonrisa. "Bueno, me mantiene ocupada. Mucho que desempolvar. Entre esto, el Centro Comunitario y mi grupo de costura, siempre tengo algo que hacer".

Kate recordó el pasatiempo de costura de Carol. "¿Todavía te reúnes con tus compañeros de costura?"

"Oh, sí, semanalmente, aquí en la casa. Hay doce de nosotros ahora". Ella sonrió pícaramente. "Nos llamamos las Thread Heads".

Kate se rio. "Bueno, siempre y cuando se mantengan fuera de problemas."

Las cejas de Carol arqueadas le dan a su rostro una mirada inocente. "Oh, así es. Casi siempre" Ella se inclinó hacia delante. "Oh, Katie. Qué bueno verte".

"También a ti, Carol." En serio que sí.

Carol enderezó un mantelito en la mesa. "Por lo que dice tu madre, parece que te está yendo muy bien".

"Bastante bien".

"Y, ¿vas a hacer algún trabajo en Nitrovex?"

"Ese es el plan. Mi empresa hace cambios de imagen de marca corporativa". Ella pensó que sería mejor explicarlo. "Eso significa que hablamos con las empresas y averiguamos de qué se trata, y luego ideamos nuevos logotipos, membretes, eslóganes, ese tipo de cosas. Es como cuando tienes un cambio de imagen".

Carol sonrió. "No he tenido uno de esos en mucho tiempo".

"¿Con tu belleza natural? No necesitas uno".

Eso produjo una sacudida de mano despectiva. "Oh, silencio. Bueno, con ese tipo de endulzamiento estoy segura de que te va ir muy bien en tu trabajo".

Kate suspiró. "Espero que sí. Es mi primera oportunidad en una cuenta grande. Nitrovex ha crecido mucho". No es que ella sabía mucho acerca de lo que la compañía realmente hacía, a pesar de que sus padres una vez trabajaron allí. Podía contar las veces que los había visitado con dos manos. Eso y un viaje de campo alucinante por ciencia de octavo grado fueron las únicas veces que había puesto un pie en el lugar.

"Sí, John Wells ha hecho maravillas con esa compañía. Siempre tenía una buena cabeza sobre sus hombros".

Kate arqueó sus cejas. "Carol. ¿Estás de cacería?"

Su amiga entendió su tono. "¡Oye! Compórtate. John es sólo un viejo amigo. Su esposa falleció hace unos años".

"Ah". Ella no había visto eso en ninguno de los materiales de Nitrovex. A ella le agradaba la Sra. Wells, a pesar de lo que pasó en la Feria de Becas. "¿Tú tienes... otros amigos?" ella sondeó. "¿Wally el cartero todavía entrega aquí?"

"Si te refieres a amigos masculinos, entonces sí, por supuesto, estoy familiarizada con algunos de los hombres de por aquí." Carol se fastidió con un botón en la manga. "Y, sí, Wally todavía está alrededor y no, él no es mi tipo. Espero que no hayas venido aquí sólo para asarme sobre mi vida amorosa".

"¡¿En serio?!" Kate dijo, ignorándola. Cruzó los brazos, disfrutando de esta pequeña sesión de burlas. "Entonces, ¿quién es tu tipo en estos días? ¿Deportista? ¿Policía? ¿Pintor? ¿Científico?

"Hablemos de ti", dijo Carol rápidamente. "¿Novio?"

Kate entrelazó sus dedos alrededor de su rodilla. "No. Soy tan libre como tú, al parecer".

"Bien. Quiero decir, eso está bien". Carol parecía distraerse con algo fuera de la ventana lateral. Se puso de pie "Ven. Vamos a subir tu bolso. Me imaginé que querrías tu antigua habitación"

Cielos, su antigua habitación. Kate todavía podía imaginar las cortinas de girasol por las que había rogado a sus padres y el mural "My Little Pony" que había enyesado en el techo inclinado. Encantador. Recogió su bolso. "Supongo que sí".

"Lo pinté el otoño pasado. Espero que esté bien"

Kate se encogió de hombros. ¿Starlight Pony se ha ido? Buen viaje. "Es tu casa. Además, todo cambia en algún momento, ¿verdad?"

Carol ya se dirigía a las escaleras cerca de la puerta principal. "Oh, creo que encontrarás algunas cosas en el vecindario que todavía te gustan. ¿Por qué no vamos a dar un paseo después de que te instales?"

———

"Entonces, ¿por qué la caminata por todo el centro?" Peter le preguntó. "¿Una nueva rutina de ejercicios para la rodilla?"

Lucius levantó la vista de su reloj. "¿Mmm? Oh, solo necesito comprar algunos tornillos en la ferretería".

Peter inclinó la cabeza. "Mmm... la ferretería queda hacia el otro lado. Y está cerrada. Domingo, ¿recuerdas?"

Lucius respiró hondo y se golpeó el pecho como un leñador. "Pero es un día tan hermoso. Admiremos las atracciones".

¿Las atracciones? ¿En Golden Grove? La única atracción alrededor este fin de semana era la manada de locos barbudos vagando por las calles.

Lucius estaba mirando su reloj otra vez. Caminaba a paso de tortuga, mirando hacia arriba y hacia abajo por la cuadra.

"¿Estás bien? ¿Te duele la rodilla?" Peter finalmente preguntó.

Lucius se frotó la rodilla derecha. "Ahora que lo mencionas, sí que duele un poco. ¿Te importa si nos sentamos en un banco un rato?"

Su viejo amigo se dirigió a un banco verde brillante debajo de uno de los árboles que bordeaban Broadway, una de las cuatro calles de la plaza del pueblo. Un hombre se sentó en un extremo del banco, con las piernas cruzadas, leyendo tranquilamente un periódico, aparentemente inconsciente de que su absurda barba parecía estar atacando su rostro.

"Bien..." dijo Peter. No era como si tuviera prisa. La única otra cosa en la agenda de hoy era calificar trabajos, no era su favorito, y el paisaje del centro podría ser divertido con todas las barbas.

Lucius se sentó, luego se levantó enseguida y comenzó a caminar de regreso por donde acababan de llegar.

"¡Oye! ¿Hola?". Peter lo llamó, comenzando a preocuparse mientras lo seguía. "Pensé que querías sentarte".

Lucius le dirigió una mirada burlona mientras se apresuraba. "¿Eso qué es?" Claramente estaba actuando de manera extraña. ¿Principios de Alzheimer? ¿Medicación no tomada?

Lucius sacudió la cabeza. "Ah. Pensé que podría comprar un poco de... pegamento. De la Stop-n-Pop".

¿Pegamento? Quizás eso era. Lucius había estado oliendo pegamento. El Dr. Lucius Potter era un huele pega.

Peter trotó para alcanzarlo. Para un paciente de Alzheimer que huele pegamento de sesenta y cuatro años, Lucius sí que podía moverse rápido cuando quería.

————

A Kate le estaba costando mantener el ritmo de Carol. "Dime otra vez por qué necesitábamos venir a la plaza".

Carol avanzaba como un tren de carga del tamaño de una pinta. "Ahh, es un día tan hermoso para una caminata".

Una caminata tal vez. Kate no tenía planeada una carrera. Tampoco había planeado una llanta pinchada de su auto. Salió para moverlo al camino de entrada de Carol y notó que el neumático delantero izquierdo estaba en el suelo. Debe haber golpeado algo en el camino al pueblo. Había tratado de no verlo como un presagio para su visita.

Una excursión al centro tampoco era lo que ella había planeado para la tarde. O para ningún día. El aire era fresco, pero ella estaba sudando. Lo último que quería era que algún local la reconociera y luego tuviera que mentir sobre lo bueno que era estar de vuelta en el viejo Golden Grove.

Dios. Una mujer que paseaba a un perro pequeño se les acercaba, sonriendo en reconocimiento.

"¡Carol! Hola", dijo la mujer mientras se acercaba, luego dirigió su atención a Kate. "¿Esa es Katie Brady?"

Ay dios. Estaba sucediendo "Hola", dijo Kate, definitivamente sin reconocer a la mujer con la que estaba estrechando la mano. El perro le olisqueaba el tobillo y le hacía cosquillas con su húmeda nariz.

"¿Francine Butler?" dijo la mujer, todavía sosteniendo su mano. "Yo era tu maestra de escuela dominical, en primaria".

"Ah, sí, por supuesto", dijo Kate, pegando una sonrisa. "Sra. Butler. ¿Cómo podría olvidarla?"

"Estamos en camino hacia Ray's", ofreció Carol.

¿Ah sí? Esto era una novedad para Kate.

"Oh, no las detendré entonces", dijo Francine. "Me alegro de verte de nuevo, Katie. Cuídate". Ella trotó, tirando de su perro, que estaba extremadamente interesado en el olor de una señal de stop.

Uno menos, y con suerte ninguno más, pensó Kate.

"Vamos", dijo Carol, ya marchando. "Me provoca un batido de tarta".

Se movían por el distrito de negocios del centro. La Floristería Accidental, Betty's Beads & More. ¿Una tienda de velas donde las puedes hacer tu misma? Eso era nuevo.

Ah, Golden Grove, sonriente, feliz trampa para turistas. Ubicado a lo largo de los acantilados de piedra caliza del Mississippi, tan seguro y protegido. El único crimen en el último mes fue probablemente que alguien tiró su envoltorio de Vander Zee en la hierba prístina de la plaza del pueblo.

No, el robo aquí era mucho más sutil. Sueños, esperanzas, dignidad. Amor. Ella se sacudió el pensamiento.

Carol seguía deslizándose por la acera, con Kate pegada a sus talones. Los árboles aquí eran enormes, la mayoría ya se convertían en dorados, rojos y burdeos. Toda una diferencia con respecto a su vecindario en Chicago, donde todos los árboles se mantenían envueltos en jaulas de hierro. El cielo azul se asomaba a través de los altos arces que bordeaban Washington, una de las carreteras principales que conducían al centro a la plaza de la ciudad.

"No quiero llegar tarde", decía Carol.

"¿Tarde? ¿Para un batido?" Corrió hacia adelante para alcanzarla. Se preguntó de dónde sacó Carol toda esta energía.

"Las colas pueden ser largas". Carol siguió adelante.

¿Colas? ¿En Ray's Diner? Se imaginó una manada de ancianos alineados afuera de Ray's, clamando por sus batidos y café.

Habían llegado a la plaza del centro donde se ubicaban la mayoría de los negocios de Golden Grove. La plaza estaba limpia, sencilla y dolorosamente pintoresca. Aun así, Kate mantuvo la cabeza baja, no queriendo arriesgarse a que la reconocieran.

Carol de repente disminuyó la velocidad y comenzó a saludar furiosamente como si hubiera visto a alguien. Kate casi chocó contra su espalda y tuvo que agarrarla por los hombros para evitar tropezar con ella. Más adelante, vio Ray's, toldo de rayas verdes y todo. Sin colas.

"Lo siento", se disculpó Carol, tirando de ella "Guau, mira las barbas de esos hombres".

Kate giró para mirar en la dirección opuesta. Dos chicos se acercaban, conversando. Uno con una barba que parecía haber sido atrapada en un túnel de viento lleno de Egg Beaters, el otro con forma de nido de pájaro con ... ¿esos eran huevos de verdad? Egg Beater llevaba un trofeo, radiante. "Me tienes que estar jodiendo", dijo Kate.

"Lo sé", dijo Carol. "El molino de viento es mucho más agradable".

Kate frunció el ceño. Obtiene un trofeo básicamente por meter la cara en un ventilador, y yo no obtuve nada por diseñar una obra de arte real. Ponga otro chulo en la columna "la vida no es justa".

"Está bien, llegamos". Peter tenía la mano sobre el mango de latón desgastado de Ray's Diner, esperando a Lucius, que ahora parecía estar menos interesado en un batido de pastel que en saludar a alguien por la calle.

Peter se movió para ver quién era, pero Lucius se volvió y lo agarró del brazo. "Miremos el menú antes de entrar", dijo, casi empujando a Peter hacia la ventana en ángulo donde estaba publicado un menú amarillo desvaído.

"Lucius, este menú es el mismo que estaba en la ventana cuando yo estaba en la secundaria. Probablemente sea el mismo que estaba allí cuando tú estabas en la secundaria".

Lucius se encogió de hombros y luego una mano lo golpeó por detrás. "Bueno, hola Carol", dijo un poco demasiado fuerte. ¡Qué sorpresa! ¡Qué casualidad encontrarte aquí!"

Pete sonrió a su vecina de al lado Carol Harding, y luego notó a la mujer más joven detrás de ella. Estaba mirando a un lado a un grupo de hombres con barba. Un destello de reconocimiento deslumbrante se disparó en su cabeza. El mismo cabello ondulado de color rojo dorado. El aroma de la brisa... ¿cómo se llamaba de nuevo... el perfume? ¿Lucky You?

Todos los recuerdos se vinieron de golpe. Era brillante y hermosa, el sol de la tarde atrapó su cabello, salpicándolo con oro. Era ella.

Katie.

Una mano tocó el brazo de Kate. Sorprendida, se dio la vuelta y tropezó con un hombre con sonrientes y brillantes ojos azules. Su cabeza se sintió repentinamente mareada; sus rodillas zumbaron. Sus rodillas no habían zumbado desde la secundaria.

Todos los años se derritieron.

"Hola, Katie Brady", dijo Peter Clark.

Carol estaba radiante. "¡Qué feliz coincidencia!"

"Bueno, señorita Brady, ¿qué la trae de regreso a nuestra bella ciudad?" preguntó el hombre mayor con Peter.

Le tomó un instante colocar el nombre a esa cara. Unos años mayor, pero...

"Solo negocios, Sr. Potter. Me alegra verlo y que sea Kate, por favor". Ella trató de no mirar a Peter. Bien, solo mantente tranquila. Podría matar a Carol más tarde en la privacidad de su antiguo hogar. Ella extendió su mano. "Es bueno verte también, Peter".

Su mano era cálida, fuerte. La brisa cambió. Olía a, ayúdala, a fresca luz del sol. Ahora sus rodillas vibraban.

"¿No es maravilloso?" Carol parecía que iba a explotar de presunción. "Dos viejos amigos reunidos después de tanto tiempo". Entonces una mirada astuta se deslizó por su rostro. "¿Lucius? ¿No es este vestido de Bernadine encantador? Déjame mostrarte. Señaló el maniquí en la ventana de la tienda de al lado.

"¿Vestido?" Lucius la estaba mirando sin comprender. Carol lo empujó con el codo y apareció la comprensión. "Ah. Sí, por supuesto. ¿Ese es el vestido del que me hablaste el otro día? El que querías ponerte. Ponerte para la iglesia, eso es. Cuando lo compres".

Carol le agarró la mano y lo jaló hacia la ventana de la tienda. "¿No te gustaría mirarlo más de cerca?" Ella lo arrastró dentro de la tienda. "Ustedes vayan a Ray's sin nosotros".

Con un tintineo, la puerta se cerró.

Kate estaba sola con Peter.

"Um, nada en contra de la señora Harding", dijo finalmente, "pero no creo que vaya a usar ese vestido para ir a la iglesia". Él señaló con la cabeza el corto y ceñido vestido negro que el maniquí en la ventana apenas llevaba. "No, a menos que ella compre dos y los cosa".

Kate se dio la vuelta, aún sin querer hacer contacto visual. "Bueno, a Carol le gusta coser".

Siguió un silencio incómodo.

"Mira, Katie, lo siento. Esta no fue mi idea".

Ella asintió. "Lo sé". ¿Qué puedo decir? Hiciste zumbar mis rodillas, idiota. ¿Adiós?

Podía sentir dos pares de ojos espías geriátricos que los observaban desde el interior de Bernadine. "¡Qué par!, ¿no?" Miró a Peter, realmente por primera vez, y sonrió.

"Así es".

Kate todavía estaba tratando de procesarlo todo. Esta reunión "casual", Peter, sus ojos. Sus ojos.

"¿Cómo estás, Katie?"

Ella se estremeció ligeramente al escucharlo usar el antiguo nombre. "Me llaman Kate ahora".

Él asintió. "Cierto. Lo tengo. Viajando de incógnita en tu viejo pueblo".

Ella arrugó la esquina de su boca. "Algo así".

Se frotó su maravillosamente afeitada barbilla. "Bueno, entonces, deberíamos encontrar un buen apellido falso para ti. ¿Qué tal Humperdinck?"

"Creo que ese era el nombre de tu jerbo. No hay necesidad de nuevos apellidos. Solo trato de permanecer lo más anónima posible mientras estoy aquí".

"Kate Anónima, lo tengo".

Ahora el nerviosismo volvió. De repente, encontró una matrícula en un automóvil cercano muy interesante. "Me sorprende que me hayas reconocido".

"Bueno, vamos Katie, Kate. No te voy a olvidar". Él sonrió... una desarmadora y torcida sonrisa, y cruzó las manos delante de él. "Te ves genial, por cierto".

Kate sintió que su rostro se calentaba ligeramente. Ella entrecerró los ojos incluso cuando su corazón dio un vuelco. "Pues, ¡gracias! Y mírate" —dijo ella, tratando de desviar la atención. "Todo un adulto".

Él extendió sus brazos. "Sí, supongo. Estoy bastante seguro de que he dejado de crecer, al menos hacia arriba de todos modos".

"Te ves bien. En forma, quiero decir". ¿En forma? Ella sonaba como su médico.

Él asintió. "El trote, probablemente. Soy uno de los entrenadores del equipo de campo traviesa, así que eso me mantiene en marcha. Al menos hasta el final del otoño".

Esto se estaba convirtiendo en una conversación real. ¿Es eso lo que ella quería? Tal vez si lo hablaban de una vez, todo terminaría. Podría continuar con su trabajo, sin preocuparse por tener que volver a hablar con él mientras estaba allí. Eso podría funcionar bien.

"Um, entonces... ¿qué haces aquí exactamente?" Como si ella no lo supiera ya.

El suspiró. "Bueno, lo creas o no, enseño Química en la secundaria".

"¡¿En serio?! Apuesto a que eres uno de los favoritos".

"Pues, no sé sobre eso". Metió las manos en los bolsillos.

El acto de "modestia", pero funcionaba para él. Kate se aclaró la garganta. Otro par de hombres barbados salió de Ray's, pasando junto a ellos. Uno tenía una barba esculpida en forma de un loro sentado en su hombro. El otro parecía que estaba siendo tragado por un pulpo enojado.

"Entonces", dijo, tratando de ignorar la extraña interrupción. "¿Te has quedado en el viejo Golden Grove?"

"Sí, supongo". Su sonrisa se desvaneció.

Ella no dijo nada por un momento, solo mirando sus ojos. ¿Eso era todo, entonces? ¿Habían cumplido su deber conversacional?

"Entonces, ¿ya cenaste?"

¿Cena? "Se suponía que iba a tomar un batido. Con Carol, antes de que ella desapareciera".

Él asintió. "Yo también. Con Lucius". Él cambió su peso. "Mira. Obviamente piensan que se supone que debemos ponernos al día como viejos amigos, ¿no?"

"Parece que sí".

"Entonces, digo, ¿por qué no le seguimos la corriente, comemos una hamburguesa grasosa o un batido de tarta, nos damos la mano y les decimos lo bueno que fue volver a vernos? Luego podemos decirles que cumplimos con nuestro deber y ellos nos dejarán tranquilos".

Era razonable, era sensato. Incluso podría ser indoloro. "Dirige el camino", dijo ella con un gesto.

Él abrió la pesada puerta de roble para ella. "Después de ti".

Ella entró. "Entonces, ¿todavía obtienes un almuerzo gratis si no hay grasa en la factura?" ella preguntó.

"Síp."

"Déjame adivinar, ¿nunca almorzaste gratis?"

"Nop". Él sonrió y la puerta se cerró detrás de ellos.

CAPÍTULO CUATRO

Rᴀʏ's Dɪɴᴇʀ, ᴇʀᴀ ᴜɴ ᴛíᴘɪᴄᴏ ᴄᴀꜰé ᴅᴇ ᴘᴜᴇʙʟᴏ ᴘᴇꞯᴜᴇñᴏ. Aun luciendo servilleteros cromados, asientos de vinilo rojo ladrillo y un mostrador con una fila de asientos redondos clásicos, su aspecto de cuchara grasienta de la vieja escuela contradecía la buena comida que el propietario, Raymond Chow, había servido allí durante los últimos treinta años.

Era el punto de encuentro del pueblo para los lugareños, especialmente para el grupo de viejos jubilados que se reunían allí cada mañana para tomar café y masticar los últimos informes de la granja, cotillear y discutir desesperadamente sobre política. Los batidos de tarta de Raymond eran únicos, una combinación de un trozo de tarta convertido en un batido, eran legendarios y atraían a clientes habituales de kilómetros a la redonda.

Peter siguió a Kate adentro. Casi esperaba que el lugar estuviera vacío. Ya estaba bastante avergonzado por las travesuras de Lucius y Carol. Y luego la puso en la mira al pedirle que continuara con la farsa.

Pero ella había dicho que sí.

Y allí estaba ella, paseándose por Ray como si nunca se hubiera ido, su cabello ondulado aún más dorado de lo que él recordaba, y más largo, bailando por su espalda.

Pero ella se había ido. ¿Recuerdas?

"¡Oiga, Profesor!" gritó un hombre rechoncho con una camisa de franela. Salió de detrás del mostrador secándose las manos con una toalla a rayas rojas y blancas.

Peter vio que Kate lo miraba. Peter solo sonrió y saludó. "Hola, Ray. ¿Asiento habitual?"

"Claro". Ray le dio la vuelta a Kate mientras tomaba un par de vasos de agua del mostrador. "¿Quién es tu amiga hoy?"

"¿Hoy?" Katie se volvió para mirar a Peter con las cejas arqueadas.

"Oh, sí", continuó Ray con una sonrisa maliciosa. "Tenga cuidado con este, señorita. El soltero más codiciado de la ciudad".

Peter sacudió la cabeza. "Ray ahora no..."

"Solo estoy bromeando, señorita", Ray interrumpió con un guiño a Kate. Él bajó las aguas, luego fue a buscar algunos menús detrás del mostrador mientras ella se deslizaba hacia el lado opuesto de la mesa.

Peter se limpió las palmas sudorosas con sus jeans. A Ray le gustaba bromear, pero no había visto a Katie, Kate, desde la graduación de la secundaria. Y eso fue de lejos. Después de la debacle en la Feria de Becas, habían sido saludos superficiales en el pasillo, nada más. Era como si hubiera entrado en una especie de caparazón. Y luego, no más de unas pocas semanas después de la graduación, ella se fue.

Y no la había visto desde entonces.

"Y Bien, ¿cuánto tiempo has vivido en Chicago?"

preguntó él, ya sabiendo la respuesta, pero con la esperanza de romper el hielo.

"Unos ocho años". Kate tomó un sorbo de su agua. "Cinco en la compañía con la que estoy ahora. Hacemos marketing y estrategias para corporaciones. Solía hacer principalmente diseño gráfico, pero he dirigiendo algunas campañas más grandes en los últimos años".

Él ya sabía eso, también. Cada año más o menos, ¿o era más?, él estaba en su oficina, recuperándose de otra ronda de solicitudes de presupuesto o una conferencia de padres y maestros particularmente mala, y la buscaba en Google, la encontraba en el directorio del sitio web de su compañía. Toda una profesional, brillante, limpia y con una confiada sonrisa en su rostro. Kate Brady, junto con alrededor de una docena de jóvenes sonrientes y guapos junto a ella en la página del directorio, sus gafas hipster casi gritando lo geniales que eran.

Ella no estaba casada. Él sabía eso, también. Los chismes de pueblo llegaban lejos y profundo, incluso habiéndose ido ya hace una docena de años.

Ray llegó con dos menús de plástico muy gastados. "Aquí tienen, amigos. Sólo denme una señal cuando estén listos".

Peter le pasó uno de los menús a Kate. Se dio cuenta de su caro reloj para entrenar. Su elegante suéter, leggings y botas de montar la hacían parecer que pertenecía más a un Starbucks del centro de Chicago en lugar de a un restaurante de Iowa. "Suena como que te está yendo bien".

Ella se encogió de hombros. "Lo suficientemente bien, supongo". Ahora ella estaba estudiando el hielo en su vaso mientras lo agitaba.

No dejes que se ponga incómodo, no dejes que se ponga incómodo...

42

"¿Disfrutas de tu trabajo?"

"Si, lo disfruto. Y ¿tú?"

"Sí", ¿cierto?, "Es la nueva escuela secundaria ahora. En las afueras del pueblo. Dónde solía estar el viejo autocine"

Ella asintió. "Ah, sí. ¿Dónde solían pasar el rato todos los chicos populares? Lo recuerdo. La última vez que estuve allí fue probablemente en primaria".

Él asintió. "Yo también. Probablemente pasamos más tiempo allí saltando nuestras bicicletas sobre las lomas entre las filas que viendo películas". Él hizo una pausa. ¿Cuánto quería recordar ella? "Todavía recuerdo haber visto Día de la Independencia allí en el capó del Buick de tu madre".

Kate arrugó la nariz. "¿Esa fue donde el espeluznante tentáculo alienígena golpeó al tipo contra la ventana y lo hizo hablar?"

"¡Ay, perdón! Sí, olvidé cuánto odiabas esa escena". Ahí fue cuando ella lo agarró del brazo, y de repente se sintió todo un adulto, como un hombre. ¡Una chica me agarró del brazo por protección! El recuerdo hizo que su estómago se revolviera un poco, incluso ahora.

"Bueno, ha pasado bastante tiempo". De repente se enderezó. "No estaré en la ciudad por mucho tiempo. Estoy aquí para ofrecer un cambio de imagen de marca para Nitrovex. Ya sabes, folletos, materiales de marketing, actualizaciones de logotipos, renovación del sitio web, toda la cosa. Tengo una reunión en la sede principal mañana".

¿Hoy y mañana? ¿Eso era todo? "Guau, eso está genial, Kate. La chica del pueblo lo hizo bien".

Ella sonrió, pero fue más una mueca. "Algo así, supongo". Ella volvió a estudiar su menú. "Guau, ¿ha cambiado este menú en absoluto?"

"Lo dudo".

"Todavía recuerdo este dibujo lineal del cerdo en el

sombrero del chef". Señaló el menú, sonriendo para sí misma. "Lo llamé Porky".

"Sí, no estoy seguro de por qué siquiera los trae. Lo tengo todo memorizado".

Ella cerró su menú. "Para ser sincera, no tengo hambre en realidad. ¿Qué tal si solo tomo un café?

"Ah". Ah, queriendo decir, 'Ah, realmente preferirías estar en Marte que aquí conmigo'. Ese tipo de Ah. "Claro". Hizo un gesto a Ray. "¿Ray? Dos cafés."

Ray llegó en unos segundos con un par de tazas con borde verde y una cafetera. "¿Seguro que no quieren un filete de lomo? ¿Hamburguesa? El Especial es el sándwich de carne asada".

"No, gracias. Estamos bien." dijo Peter.

Después de que Ray sirvió, se fue, Kate tomó un sorbo, todavía en silencio.

"Entonces, estás..." Él miró su dedo anular. "¿Estás aquí solo por un par de días?"

Ella asintió. "Tengo mi primera reunión con el Sr. Wells mañana".

"¿Cuál de ellos? ¿John Wells o su nieto del jet-set?

"No sabía que había un nieto del jet-set".

Peter asintió con la cabeza. "Corey Steele".

Ella frunció su ceño. "Suena como la identidad secreta de un superhéroe. ¿Es de Golden Grove?"

Peter sacudió la cabeza. "Creció en Chicago, creo. Es el hijo de la hija de John. Él es el jefe del grupo internacional ahora. Causa revuelo cada vez que está en la ciudad. Rico. Apuesto. El año pasado trataron de reclutarlo para uno de esos elegantes programas de solteros".

Ella puso los ojos en blanco. "Genial. Justo lo que necesitaba. Un jet-set mimado metiendo sus narices".

Bien. Respuesta correcta. "En realidad, escuché que es

un buen tipo, considerando. Probablemente esté fuera de la ciudad, de todos modos. Creo que pasa la mayor parte del tiempo en el extranjero".

"Estoy más interesada en el Sr. Wells. John", dijo ella. "Necesitaré que él me cuente mucha de la historia de Nitrovex". Se detuvo. "Es mi primera prueba grande, este trabajo. La verdad es que estoy un poco nerviosa".

"Estoy seguro de que te irá muy bien". Peter envolvió sus dedos alrededor de su propia taza. "Todo suena muy emocionante, como si hubieras encontrado tu nicho en Chicago".

Dios, su cabello sí que era bonito. Ondas color rojo y oro. Oro. Sí. Oro. Símbolo periódico, Au. Número atómico, 79. Masa atómica relativa, 196.96.

"Y bien, ¿listos para un batido de tarta?" Era Ray, junto a la mesa, toalla en mano.

La cara de Kate era un poema.

"Ray, creo que estamos listos para la cuenta", dijo Peter.

"Claro, como gustes", dijo Ray y se alejó.

"Yo pago", dijo Kate. "Tengo una cuenta de gastos".

"No. Eres la invitada. Además, tengo una cuenta abierta aquí". El chiste no funcionó.

Ella asintió sin sonreír.

El silencio era mortal. Doce años mortal.

Miró su reloj como si la hubiera mordido. "Mira, siento correr..."

Comenzó a deslizarse fuera de la mesa, agradecido por su fuga. "No, no, estoy seguro de que tienes muchas cosas que atender".

Ambos estaban de pie ahora, cara a cara, sin palabras. Un vaso tintineó en la cocina.

"Gracias por el café", dijo ella.

"De nada. Que tengas buena suerte mañana". Extendió

su mano instintivamente. Ella la tomó, sus dedos cálidos, suaves, eléctricos por un momento antes de que él los soltara.

Su cara cayó, luego se levantó. "Es bueno volver a verte, Peter".

Él asintió. "Lo mismo".

Él todavía estaba de pie, mirando hacia adelante, escuchando el tintineo de la puerta en tanto ella salía.

De repente se preguntó si esta era la última vez que la vería. Tenía la sensación como de que algo delicado y precioso simplemente se le cayó de las manos, se hizo pedazos contra el concreto, y desapareció para siempre.

Ray se acercó, limpiando un vaso con una toalla. "Linda chica. ¿Cita?" preguntó.

Peter hizo una pausa. "No. Solo una vieja amiga."

CAPÍTULO CINCO

Kate entró por la puerta del frente con la llave que Carol le había proporcionado y encontró a su anfitriona descargando el lavavajillas en la cocina. Ella se coló detrás de ella. "¿Necesitas ayuda?" dijo Kate en voz alta.

Carol dejó caer un tazón de metal que golpeó el linóleo y se tambaleó debajo de la mesa. Se agarró el pecho mientras se daba la vuelta. "¡Qué diablos!"

Kate estaba de pie con los brazos cruzados. "Pensé que como me ayudaste tanto hoy, te devolvería el favor".

Carol sonrió débilmente. "No fue un problema en absoluto". Su cara se arrugó en confusión. "¿Con qué ayudé?"

Kate se puso las manos en las caderas. "De hecho, en mucho, al parecer. Me recordaste las razones por las que vivo en una ciudad grande".

Carol fingió alisar un mechón de cabello suelto. "Todavía no se si entiendo..."

Kate dio un suspiro exasperado. "Tú y Lucius y su proyectico de emparejamiento".

Carol se arrodilló para recuperar el tazón debajo de la

mesa. "Bueno, no veo qué tiene de malo que dos viejos amigos se pongan al día".

"Y yo no necesito que nadie me meta por los ojos a un viejo amor de la secundaria..." Se detuvo, puso su mano en su cabeza. "Lo siento, Carol. No quise decir eso".

Su amiga le dio un golpe en el brazo en camino al fregadero. "Oh, sí, si quisiste. No te preocupes. Ya me han dicho entrometida antes".

Kate logró una sonrisa. "Lo dudo". Carol era una de las personas más amables y dulces que había conocido. Su corazón estaba siempre en el lugar correcto. Su cerebro era el que se ponía desagradable a veces.

"Sin mencionar que en camino a casa me abordó mi profesora de matemáticas de la secundaria, una mujer que dice que era amiga del peluquero de mi madre, y Denny Anderson, que ahora aparentemente es policía. Y todos recordaban a la vieja Katie Brady. Uno pensaría que este pueblo pone carteles de 'se busca' de cualquiera que se haya ido de aquí".

"Oh, es sólo un pueblo amistoso. Ya lo sabes". Carol puso el tazón en el mostrador y luego se movió a la mesa y se sentó.

Kate siguió su ejemplo, sacando su teléfono. Mejor revisa el correo, asegúrate de que nada haya cambiado para mañana.

"Entonces..." se aventuró Carol. "¿Cómo estuvo Ray's?" Fingió frotar un punto de la mesa.

"Sólo tomamos un café."

"Ah. ¿Cómo estaba Peter?"

"Bien, supongo".

"Mmm. ¿Te tomaste un batido de tarta?" Lucio dice que el favorito de Peter es el de tarta de pecanas".

Kate suspiró. Sabía que su amiga nunca lo dejaría ir, así

que mejor terminaba con esto. "Carol, si te doy diez minutos para hablar de mi café con Peter ¿prometes no volver a nombrarlo?"

"Bueno".

"Bien. El café estuvo bien. Peter se ve bien".

Carol le dio una sonrisa maliciosa. "Así es, ¿cierto?"

Kate hizo una cara. "Tú sabes lo que quiero decir. Parece... contento, supongo. Parece que le gusta estar aquí. Quiero decir, dando clases".

"Si le gusta. Y por lo que Lucius me dice, es muy bueno. Sus estudiantes lo aman. ¿Te dijo que acaba de ser elegido Profesor de Ciencias del Año del Estado?" El más joven de la historia."

Eso la atrapó. "¡¿En serio?! Guau... No. Pero supongo que no es de esos que les gusta alardear"

"Así es. Otra de sus muchas buenas cualidades".

Kate negó con la cabeza. "Sé lo que tú y tu secuaz, Lucio, están tratando de hacer, pero antes de que se vayan demasiado lejos con lo del emparejamiento, te lo estoy haciendo saber ahora. La secundaria fue hace mucho tiempo. Yo era sólo una niña, y también Peter, eso es todo. Todo el mundo necesita crecer tarde o temprano".

"Bueno, hay creciendo, y hay creciendo."

¿Qué se supone que quiere decir con eso?

Carol se puso de pie y vagó hacia la ventana. "Pues yo pensé, ya que sólo era la secundaria como dijiste, ya sabes..." De repente estaba muy interesada en una maceta de cerámica de flor de vaca en el alféizar de la ventana.

"No, no lo sé"

Ella volteó. "Oh, Katie. Vi lo molesta que estabas ese día después de la feria. Y no creo que fuera sólo por..." Ella agitó la mano, aparentemente incapaz de decir las palabras.

"¿Porque Peter me delató y luego destruyó mi proyecto?" Kate terminó por ella.

"Sabes muy bien que fue un accidente".

"El cohete, tal vez. Pero él delatándome, tomando el lado de Penny Fitch. Eso no fue ningún accidente". Kate se desplomó de nuevo en su silla". Lo siento. ¿Podemos hablar de otra cosa, por favor?"

"Está bien. Lo entiendo. Los viejos sentimientos a veces nos enojan".

"No estoy enojada". Ella asintió. "¿Sabes? En realidad, él me hizo un favor."

Carol agachó la cabeza mientras tomaba una silla frente a ella cerca de la ventana. "¿Cómo así?"

Ella hizo un gesto con la mano. "Bueno, si hubiera conseguido esa beca, probablemente habría ido a la escuela de arte, ¿verdad? Sólo para pasar cuatro años haciendo jarrones de heces de vacas o salpicando pinturas existenciales representando la tragedia de la desaparecida selva brasileña".

"Pero pensé que amabas el arte."

"Si, lo amo. Quiero decir, lo amaba, pero ¿adónde te lleva eso? ¿A trabajar en un Burger King mientras intentas hacer que tus parientes se sientan culpables para que compren tus pinturas cada Navidad?" Ella negó con la cabeza. "No, no conseguir esa beca fue lo mejor que me ha pasado. Me hizo pensar prácticamente, hacer algo práctico, algo útil".

"Supongo que parece que te está yendo bien."

"Así es. Y si no arruino este trato con Nitrovex, me irá aún mejor".

"Lo siento, Kate. No debí haberlo mencionado".

Kate se frotó la frente. "No, está bien. Está bien".

"¿Quieres un té? Tengo un descafeinado de menta

genial".

Kate asintió, una leve sonrisa vacilando en su rostro ante la ofrenda de paz de su amiga. "Claro, gracias".

Carol devolvió la sonrisa, y luego atravesó la puerta de la cocina.

Kate respiró hondo. *Habría ganado esa feria. ¿Y qué si la gané?*

Pero así fue, ¿recuerdas?

Se frotó las sienes con las palmas de las manos. La tensión de este trabajo. Era muy parecido a ese día, viendo a los jueces analizar su proyecto, tratando de leer sus caras, esperando los resultados. Todo el trabajo, todo ese verano, las horas en el sótano. Con dinero y la universidad en juego.

————

Hace doce años.
Secundaria Golden Grove High

Katie vio a uno de los jueces de la Feria de Becas, el Sr. Riley -profesor de historia y entrenador de fútbol- rodear su móvil. Ojos moviéndose hacia arriba y hacia abajo, rostro inexpresivo, la mano sobre su portapapeles.

Vamos, sonríe. Te haré sonreír, deportista. ¡Es arte! No es una estúpida pelota de fútbol.

Miró su portapapeles, escribió algo, luego volvió a mirar el móvil, mostrándole algo a otro juez. La amenaza de una sonrisa arrugó su rostro.

¡Sí! Si podía ganarse al entrenador de fútbol, eso era una buena señal.

La señora Wells estaba dando vueltas al proyecto, asintiendo, sonriendo y gesticulando. A ella la tenía de mi lado, tenía que estarlo.

Los otros dos estaban escribiendo en sus cuadernos, hablando en voz baja entre ellos. Uno era la señora Wrath, la bibliotecaria principal de la biblioteca pública. Supongo que sus compañeros, los otros jueces, pensaron que ella era inteligente porque trabajaba alrededor de muchos libros.

El último juez era un hombre con un abrigo de tweed con esos parches en los codos. Él era de la universidad, pero ella no estaba segura qué clase daba. Estaba sonriendo, pero había estado sonriendo a través de toda la habitación. Katie frunció el ceño. Ilegible, ese. Luego se rio de algo que dijo la señora Wrath.

¿Riendo? ¿Risa mala o risa buena? ¡Oigan!, la vida de las personas estaba en juego aquí. ¿No sabían que ella quería parecerse a Amélie y usar camisas de franela floja en una cafetería sucia el próximo año?

Su corazón ya latía como una máquina nerviosa. Entonces vio a Peter mirándola, y casi se le salió del pecho. Estúpidos y comprensivos ojos azules que prácticamente decían: *Espero que ganes, Katie.*

Eso era todo. Ella iba a vomitar. Algo que no había hecho en la escuela desde tercer grado cuando Greg Harms se comió su propio moco en clase.

Entonces se dio cuenta de que estaba conteniendo el aliento y lo dejó salir. Los jueces pasaron a la última mesa, Lisa Banks y sus ratones que se portaban mal. Tardaron algunos ceños fruncidos y un par de garabatos de bolígrafo allí y eso fue todo.

Señor, déjame ganar, por favor. Solo por esta vez, déjame ganar algo. Prometo que no volveré a llamar a Penny la palabra B nunca más y dejaré de ver a Peter lavar el auto de su padre sin camisa. Por favor, por favor.

Los jueces pasaron aproximadamente un minuto o una hora consultando en el escenario; no estaba segura de cuánto, ya que la percepción del tiempo no era una de sus mayores habilidades en este momento. Finalmente, la señora Wells se acercó al micrófono. Luego dio un paso atrás para hablar con un juez sobre algo, poniendo su mano en el micrófono.

Cielos, solo hazlo. *O me dejas ganar o me disparas, ahora.* Duffy, el conserje, podría limpiar el desastre. Tenía un trapeador.

La sala quedó en silencio, salvo por el zumbido y el silbido de algunos proyectos. El loro de alguien dijo "chico lindo" y todos se rieron. Excepto Katie.

Habló la señora Wells. "Estudiantes y profesores, muchas gracias por todo su arduo trabajo para organizar otra exitosa Feria de Becas Nitrovex".

Hubo un aplauso cortés.

"Los participantes de este año fueron excepcionales, por lo que es muy difícil elegir un ganador".

Lisa gritó *¡ay!* cuando uno de sus ratones la mordía.

Dilo, dilo, dilo, Katie deseó.

"Pero primero, los subcampeones", dijo la señora Wells regiamente.

Oh, Dios, Louise.

"Para el premio del tercer lugar, una placa, una beca de quinientos dólares y una tarjeta de regalo para la librería de Copperfield..." Una pausa. "Katie...

¡No!

...Ferguson"

¡Sí! Katie se agarró el pecho. *Creo que me está dando un infarto. Eso tuvo que haber sido un infarto.* ¿Podrías tener un infarto a los diecisiete años y medio?

"Para el premio del segundo lugar, una placa y una beca de mil dólares, el ganador es... Peter Clark".

La multitud aplaudió, algunos de los muchachos gritaron. Katie sintió una punzada de culpa cuando Peter se dirigió al escenario, sonriendo. *Buen trabajo, Peter.*

"Y finalmente, para el ganador del primer premio".

Bien, aquí vamos. Katie cruzó los brazos sobre el pecho y apretó, esperando poder mantenerse vertical durante los siguientes treinta segundos. La habitación estaba quieta, silenciosa, como corredores esperando que se dispare el arma.

"Una placa y una beca de cinco mil dólares al año van para...

Por favoooooorrrr...

...Katie Brady, y su hermoso móvil!"

Gané. ¿Gané? ¡Gané!

Fuegos artificiales estallaron en su cabeza. Alguien la golpeó en la espalda, la multitud aplaudía, algunos gritaban. Ella se tambaleó hacia adelante, con una sonrisa congelada en su rostro, hasta el escenario, los estudiantes aplaudían y le golpeaban el brazo al pasar.

Fue como flotar en una nube. ¡Ella había ganado! Todas las horas, el trabajo, la rotunda validación de todo eso. Finalmente, algo bueno estaba sucediendo. A ella.

La señora Wells estaba esperando, sonriendo, tendiéndole la mano. Katie la agitó, aceptó la placa y un trozo de papel, las luces del escenario calientes y cegadoras. El gimnasio era grande y ancho, lleno de gente gritando. Por ella. Ella miró a su derecha. Peter estaba allí, en el escenario, aplaudiendo, sonriendo, su rostro lleno de alegría, alegría real, por ella. Su pecho palpitaba. Fue mágico.

Las luces del escenario se atenuaron, las luces del gimnasio se encendieron y los aplausos se extinguieron mientras los estudiantes comenzaban a recoger sus proyectos. Katie aceptó el agradecimiento de todos los jueces, cada uno estrechándole la mano. Al final de la línea estaba Peter.

La abrazó. Él olía limpio y brillante, como el sol. Sus brazos eran el lugar más seguro y cálido en el que había estado. Apoyó la cabeza sobre su hombro y no le importó quién lo viera.

¡Ella había ganado!

——————

En la actualidad

Carol llegó desde la cocina, sacándola de su ensueño. "Aquí está el té", dijo, llevando dos tazas humeantes.

Kate tomó la suya con ambas manos. "Gracias".

"Entonces, ¿a qué hora es tu cita de mañana?"

¿Cita? *Ah, sí... tu trabajo, ¿recuerdas?* "Umm, nueve de la mañana, en punto". Y todavía tenía algunas notas que quería repasar antes de eso. Y todavía quería salir a esa planta hasta esta noche. "Lo que me recuerda. ¿Me prestas tu coche?"

La cara de Carol se quedó en blanco por unos segundos.

"Tengo una llanta pinchada, ¿recuerdas?" Kate dijo dulcemente. Después de la "coincidencia" de encontrarse a Peter, ella tenía algunas sospechas sobre su llanta pinchada.

Carol estaba sacudiendo la cabeza. "Ay, querida. Había planeado hacer compras esta noche. Olvidé hacerlas ayer, ya sabes".

"Entiendo". Algo malvado se agitaba en esa cabeza gris de ella.

"Sí, necesito leche y pan y, mmm, pepinillos dulces y... víveres".

Kate asintió con la cabeza. "Déjame adivinar. ¿Estarás fuera toda la noche?"

Ella sonrió dulcemente. "Olvidé los huevos. Y coliflor. Será mejor que haga una lista".

Kate se llevó el dorso de la mano a la frente y fingió desmayarse. "Oh, ¿qué voy a hacer ahora? Tengo una llanta pinchada y papá nunca me enseñó cómo arreglarla. ¿Quién puede salvarme de este apuro?"

Carol estudió sus uñas, luego se aclaró la garganta. "Tal vez Peter podría arreglar tu llanta pinchada".

Y Ahí estaba. "¿Nunca te rindes?" le preguntó a su amiga.

"Solo pensé que, ya que es hábil con los autos y está justo al lado, y si es solo un amigo, como dices, ¿qué daño puede hacer?"

¿Qué daño? ¿Por dónde empiezo?

Kate miró al techo. ¿Pero qué más se suponía que debía hacer? Necesitaba saber qué terreno pisaba antes de su reunión de mañana, pero no quería conducir por todo el condado con un repuesto. Y con seguridad ella no tenía el equipo para reparar la llanta. Y podría ahorrarle una llamada de servicio temprana al taller. "Bueno, probablemente esté ocupado. Ya sabes, consiguiendo pepinillos y víveres y demás".

"Oh, estoy segura de que no está ocupado", dijo Carol ansiosamente.

"¿Cómo así?"

Carol señaló hacia afuera por la ventana de la cocina. "Está afuera lavando su auto".

Kate miró a través de las cortinas de encaje. Efectivamente, allí estaba Peter, vestido con pantalones cortos y una camiseta blanca, luchando con una manguera roja al costado de un reluciente convertible Mustang, rojo cereza, vintage estacionado en su entrada trasera. Ay dios.

Cogió una esponja del cubo y se inclinó para lavar las ruedas.

"Bollos", dijo Carol.

Kate se dio la vuelta. "¿Cómo?"

"También necesito bollos. Y bananas".

Los ojos de Kate se estrecharon.

Carol se puso de pie y luego se dirigió al mostrador. "Entonces, estoy segura de que Peter estará encantado de ayudarte con tu llanta. Es muy hábil". Ella comenzó a hacer su lista de compras, tarareando un poco.

Kate se mordió el labio. ¿Ella sí quería pedírselo? La reunión forzada en el restaurante no había sido particularmente cómoda. Pero eso probablemente fue porque estaba en público donde todos podían verlos. Y ella sabía muy bien cómo volaban los chismes en los pueblos pequeños.

Miró por la ventana hacia donde Peter estaba limpiando el auto. Era lindo. El coche. Era lindo.

"¿Katie? ¿Kate?"

Kate se volvió hacia Carol con las cejas arqueadas. "¿Mmm?"

"¿Cómo se deletrea 'rutabaga'?"

"Prueba r-algo-algo-b-a-g-a".

Carol parecía satisfecha con esa respuesta, garabateó en su libreta, luego levantó la vista y regresó una dulce sonrisa. "No me dejes detenerte", dijo. Pasó junto a Kate, abriendo la puerta de la cocina, tarareando más. "Bueno ¡Adiós! Tengo que apurarme".

Kate lanzó su propia sonrisa, aunque no tan dulcemente, a la espalda de su amiga en tanto se iba. Esperó un momento, luego se levantó y caminó hacia la puerta de atrás. Puso la mano en el pomo y se detuvo, mirando por la ventana. Peter estaba enrollando la manguera, ya había hecho su trabajo.

¿Y si él dijera que no? ¿Y si dijera que sí? Su corazón latía con fuerza. Era solo una llanta pinchada. ¿Por qué se sentía como una de las decisiones más importantes de su vida?

Respiró hondo, giró el pomo y abrió la puerta.

CAPÍTULO SEIS

"Hola, vecino."

Peter giró. No estaba segura de si esa era una expresión de sorpresa o placer en su rostro.

Rápidamente se limpió las manos con una toalla y la arrojó sobre una silla cercana. "Hola, Kate". "Qué bueno verte de nuevo, Peter".

Bien, está sonriendo. Esa parte ha terminado. Kate caminó alrededor del reluciente Mustang, todavía goteando por el lavado. "Bueno, pensé que sería una mala vecina si no pasaba por acá ni una vez mientras estaba aquí. ¿Este es tu coche?" Pasó la mano por el brillante cromo del panel lateral. "¡Guao!" Ella no era un geek de autos viejos, pero este era lindo. Elegante y de aspecto poderoso.

"Gracias". Se acercó a ella y apoyó la mano en el guardafango trasero.

"Espera... ¿tu papá no solía tener un auto como este, pero destartalado?" Preguntó, mirando adentro por la ventana del copiloto.

"Síp. El mismo".

"Ah". Le vino de golpe. Cierto, su papá. *Estúpida, Kate.*

Ella miró hacia abajo y luego hacia arriba. "Peter, siento mucho lo de tu papá. Sabía que se había... ido". Volvió a mirar a su vieja casa. "Carol me contó el resto. Contigo y tu mamá y todo. Eso debe haber sido muy difícil".

Él asintió. "Gracias".

"Lamento que hayas tenido que pasar por eso". ¿Qué más podría decir ella? "Perder a un padre... no me lo puedo imaginar". Tan distante como los suyos parecían a veces, imaginar a uno de ellos fallecidos, especialmente tan pronto...

Y el padre de Peter siempre fue genial, bromeando con ella. Siempre la llamaba Special K, su pequeña broma.

"Sí. Realmente comenzó a deteriorarse cuando yo estaba haciendo el posgrado. Y mamá, ella solo lo cuidaba tanto cuanto podía".

Kate asintió, sin saber qué más decir. ÉL se enderezó, con los ojos azules fijos en ella, luego cruzó los brazos con sus hombros bien amplios y hacia atrás. Era una postura fuerte, no triste ni derrotada. Como si el proceso de duelo lo hubiera endurecido.

"¿Cómo está tu mamá? preguntó ella.

"Bien. Genial, en realidad. En Nuevo México, si puedes creerlo. Su hermana también vive allá. Mamá hace pinturas al pastel como pasatiempo y trabaja como bibliotecaria. Muchos amigos."

"Eso está bien. Me alegro". Hubo un 'momento', luego, un silencio suavizante. Ella quería tocar su brazo, algo para decir que lo sentía, para consolarlo. Pero, tocó el reluciente espejo lateral cromado en su lugar. "Entonces, ¿tú hiciste todo esto?" Ella entrecerró los ojos y miró por la ventana trasera.

Él asintió. "Con un poco de ayuda de Lucius, un montón de fines de semana y muchos favores de Matt de

JC's Body Shop". Él se pasó la mano por el pelo. "Le prometí a su hijo una A en Introducción a la Química".

Ella levantó la vista, tratando de medir su rostro.

Su cara se enrojeció ligeramente. "Eso fue una broma, por cierto, en caso de que estés pensando en decirle al director".

Kate forzó una sonrisa. *¿Recuerda siquiera por qué perdí esa feria?* "Bueno, estoy impresionada" dijo. Sus ojos sonrieron de nuevo. *Vale, recuerda por qué estás aquí.* Juntó las palmas con los dedos extendidos. "Pues, la razón por la que vine es porque me preguntaba si podrías ayudarme con mi pinchada".

"¿Tu pinchada qué?"

"Oh, llanta pinchada". Se volvió y señaló la calle donde estaba el Escarabajo amarillo, hundido en el lado izquierdo delantero, cortesía del sabotaje de Carol. "Quería ir a ver la planta Nitrovex en el coche".

"Ah, yo puedo llevarte".

Ella Inclinó su cabeza. *¿Qué?* "¿Llevarme? ¿En tu coche?"

Peter volvió a pasar una mano por su cabello y su pulso se agitó. "Si, claro", dijo él. "Oscurecerá muy pronto, y después de eso, no podrás ver gran parte de la planta. Arreglaré el pinchazo cuando regresemos".

"¿De verdad? ¿Estás seguro?" *Porque yo no.*

Él sacudió la cabeza. "No hay problema. Tengo una luz para trabajar y un compresor. Probablemente sea solo una fuga lenta".

Su cerebro estaba dando vueltas. *¿Dar un paseo con él? ¿Juntos?*

"Está bien, claro, gracias", se encontró diciendo. "Pensé que sería bueno mirar alrededor antes de la reunión". Eso. Ella le haría saber que solo se trataba de negocios.

"Suena práctico. Han crecido bastante en los últimos diez años".

Se dirigió hacia la puerta del pasajero, pero antes de que pudiera alcanzarla, ella se acomodó en el asiento negro deportivo. El coche olía a cuero pulido mezclado con polvo viejo aceitoso y un ligero matiz de gas. Ella se sintió extrañamente enamorada.

Peter se subió al lado del conductor e insertó la llave, luego la giró. El motor V8 vibró a la vida, luego se instaló en un ronco ralentí.

Peter aceleró el motor varias veces, sonriendo.

Ella no lo hacía un entusiasta de la mecánica, pero tenía que admitirlo. Este auto era genial.

"¿Lista?" preguntó.

"Claro". El techo estaba abajo y el sol de la tarde atravesaba los árboles. Ella bajó sus gafas de sol Armani de la cabeza, sonriendo. Esto podría ser realmente divertido.

El coche antiguo rodó al extremo de la entrada hasta que alcanzó la calle. Después de mirar hacia ambos lados, Peter disparó el motor. El coche salió de la acera con un chillido pequeño con el motor agitado. En algunos segundos, estaban fuera de Brick Street y cruzando a Main Street hacia el centro de la ciudad.

Kate miraba las tiendas moverse por la ventana de coche, reconociendo la mayoría. "¡Oye, Bailey's Five and Ten siguen ahí!"

"Sí, es Bailey's Variety ahora. Lo que más venden son cartas y chucherías".

Era la tienda donde solía comprar juguetes, y donde obtuvo su primer My Little Pony que comenzó su colección.

Era como si Peter le leyera la mente. "¿Aún tienes tu colección de ponis?"

Ella frunció los labios. "Puede que sí. ¿Todavía tienes tu colección de cómics?"

"Mmm, puede que sí. ¿Todavía te... muerdes las uñas cuando estás nerviosa?"

Ella deslizó su mano izquierda debajo de su pierna. "Puede que sí. ¿Todavía sacas Pepsi por la nariz cuando te ríes?"

Él le disparó una mirada y luego volvió la cabeza hacia la carretera. "Solo hice eso una vez, y eso fue, ¿qué? ¿en tercer grado?"

Ella se rio de su vergüenza. "Era quinto grado y te pusiste tan rojo como este auto".

Peter guardó silencio y giró a la derecha en la calle Franklin, que conducía a la autopista fuera de la ciudad. Ella se preguntó si había bromeado de más.

"Entonces, ¿todo se ve igual?" dijo él.

Inspeccionó los negocios que pasaban. King Drugs, Copperfield's Books. Había pasado muchas tardes de los sábados allí en la sección Fantasía de Adultos Jóvenes, enterrada en el último libro de Harry Potter. "Casi todo, sorprendentemente. Un poco más turístico". Su ojo captó lo que parecía una galería de arte en la esquina de Franklin y Elm. Eso era nuevo.

"Supongo que nunca cambia mucho en un pueblo pequeño, ¿eh?" Peter preguntó, disminuyendo la velocidad por una señal de stop.

"Mmm. Algunos lo hacen, otros no, supongo".

El automóvil estaba acelerando mientras se dirigían a la autopista principal fuera de la ciudad, el motor tomando un zumbido vibrante.

"Oye, ¿Roger's Roost está cerrado? Casi me olvida ese lugar". Señaló un pequeño puesto al lado de la carretera con una gran estrella dorada incrustada con bombillas en la parte superior de un poste blanco y oxidado. "¿Recuerdas una vez que vinimos en nuestras bicicletas aquí solo para comprar un cono de chocolate, pero olvidamos que no teníamos dinero y la señora nos lo dio de todos modos?"

Ella lo escuchó reír mientras cambiaba la velocidad del auto, reduciendo la velocidad para girar en una calle lateral. "Nada como un helado gratis". El Mustang recuperó velocidad mientras se dirigía hacia el sur por Eagle Bluff Road, que conducía hacia la planta Nitrovex.

A la mayor velocidad, el viento soplaba el cabello de Kate en ráfagas rizadas. Se sentía bien. Podía ver a Peter mirándola, sonriendo. La ráfaga de aire fresco parecía expulsar las telarañas, el sazonado aroma de las hojas caídas y la hierba dulce le hacían sentir como una niña otra vez. Tenía que decidir si eso era bueno o malo, y eso la tranquilizó.

Podía ver torres de tanques blancos asomándose por encima de los árboles.

"Supongo que vienes mucho aquí" dijo ella.

Se encogió de hombros y condujo el auto hacia una carretera de acceso. "De vez en cuando. Dos o tres veces al año para excursiones. Tengo una en las próximas semanas, creo".

El Mustang disminuyó la velocidad al llegar a la entrada de Nitrovex. El viejo letrero de piedra y ladrillo todavía estaba allí, pero la planta ahora se extendía por el camino. Pasaron por almacenes y una hilera de edificios de fábricas de metal con números secuenciales pintados a los lados, hasta el seis.

"¡Guao! Creo que cuando me fui solo había dos plantas", dijo mientras Peter se detenía en el gran estacionamiento delantero. Ella había visitado a sus padres aquí, pero eso fue solo a sus oficinas en un edificio que ya ni siquiera estaba allí. Nada parecía familiar.

"Sí, definitivamente ha crecido. Se volvió internacional hace unos seis años y, por lo que entiendo, le está yendo bien. Algunas plantas en Europa, una en Asia". El auto se había detenido, en ralentí. "Supongo que es por eso que estás aquí, ¿eh?"

"Sí, supongo". El peso de este proyecto la estaba golpeando nuevamente. Este lugar no solo era mucho más grande de lo que recordaba, sino que las pilas de tanques de retención en forma de píldora y un laberinto de tuberías enredadas le recordaban cuán poco preparada estaba con todas estas cosas científicas. Había leído todos sus materiales y casi memorizó el sitio web de Nitrovex, pero verlo ahora... parecía imposible.

Peter debe haberla visto mirando fijamente. "Lo sé, impresionante, ¿verdad?" Apagó el motor y abrió la puerta.

Kate hizo lo mismo, luchando un poco por salir del bajo coche. Ella señaló. "Ese edificio es nuevo, ¿verdad?"

"Síp. Ese es el nuevo edificio de recepción y oficinas".

Un edificio limpio y brillante de dos pisos de aluminio y ladrillo se destacaba de los sucios edificios orientados al trabajo a su alrededor.

Peter le tocó el brazo y comenzó a caminar. "Vamos. Las oficinas están cerradas, pero al menos puedes mirar alrededor".

Ella volvió a mirar el coche. "¿No deberías cerrarlo?"

Miró hacia atrás, riéndose. "¿En Golden Grove? Se nota que tienes tiempo afuera".

———

Pasaron media hora más o menos caminando por los terrenos alrededor del edificio de oficinas antes de regresar al automóvil. Luego condujeron lentamente por la hilera de gigantescos edificios de fábrica con lados de acero mientras Peter explicaba el propósito de cada uno. Agentes antiespumantes, aceite de maíz, síntesis química. Todas las cosas sobre las que había leído y que todavía intentaba comprender. Sin embargo, parecía una lengua materna para Peter.

Ella estaba disfrutando de verlo divagar sobre el polímero u otra cosa y la reacción química. Era ajeno a que ella no tenía absolutamente ninguna idea de lo que estaba hablando. Parecía tan entusiasmado con la química como lo había estado al conseguir un nuevo juguete de Star Wars cuando eran niños. Sus ojos brillaban, su sonrisa torcida era frecuente.

"Y, ¿qué piensas?" Peter preguntó mientras caminaban de regreso al auto.

"Creo que esto es demasiado para mí".

"Oh, ¡estarás bien! No necesitas saber todas las cosas científicas, de todos modos, ¿verdad?"

Ella frunció el ceño. "Supongo que no. Principalmente necesito tener una idea de en qué dirección va la compañía. Luego tendré que crear algunos diseños y estrategias preliminares y presentarlos a mi grupo en casa para su aprobación antes de hacer la propuesta a Nitrovex".

Lo que solo había hecho antes para pequeñas empresas. Nunca para una empresa así de grande.

Peter llegó primero al Mustang y esta vez le sostuvo la puerta del copiloto. "¿Quieres tomar el camino largo a casa? Probablemente tengas un poco de curiosidad de cómo ha cambiado el resto del pueblo".

¿La tenía? Pero él no esperó una respuesta. Un minuto

después, el automóvil rugió de nuevo a la vida y estaba saliendo del estacionamiento de Nitrovex.

Se devolvieron por un nuevo camino, que conducía hacia el extremo oeste de la ciudad. El auto disminuyó la velocidad e hizo otro giro. Lucía familiar...

Miró por el parabrisas. "¿Esto es... Palisades?"

"Si". Peter maniobró el Mustang por un camino liso y asfaltado, y un letrero de madera marrón confirmó el Parque Palisades, en letras amarillas. "El patio de recreo se ha ido, pero el resto es prácticamente lo mismo".

"Me encantaba ese patio de recreo. Tenía ese largo tobogán con el túnel adentro". Recordó haber bajado de cabeza, con una quemada por fricción en el codo.

Se movían lentamente entre los árboles, y la luz del sol de la joven noche iluminaba el brillante capó rojo del automóvil. Era de foto el escenario. Disminuyeron la velocidad y luego se detuvieron en una salida. Bajando una pequeña colina y atravesando unos pocos árboles centelleaba un amplio lago.

Se sombreó los ojos con la mano. "Estoy tratando de recordar... este es el lugar con la pequeña playa, ¿verdad?"

"Claro. ¿No fuiste allí con la clase del último año después del baile de graduación?"

Una brisa más fuerte soplaba del lago. Se estremeció una vez y cruzó los brazos para calentarse. "No fui al baile de graduación".

"Ah... pensé que habías ido Adam"

Ella negó con la cabeza. "Para entonces estaba a punto de irme. No podía esperar para graduarme". Ella lo miró y luego otra vez al lago. *Y tampoco fui al Baile de Bienvenida.*

Peter se movió en su asiento y se aclaró la garganta. "Siempre olvido lo frío que se pone aquí. Probablemente debería subir el techo". Volteó un interruptor del lado inferior izquierdo en el tablero.

Un motor gimió mientras la parte superior negra del convertible se desplegó, luego se colocó en su lugar a su alrededor. El auto parecía más pequeño, casi claustrofóbico.

Él puso el Mustang en marcha. "Creo que será mejor que regresemos".

Mientras viajaban fuera del parque, Kate no pudo pensar en nada que decir. Todo se sentía tan... extraño. Las tiendas, la planta, el parque. ¿Qué era lo que decían? *¿No puedes volver a casa nunca más?*

Se trasladaron al este por las afueras de la ciudad, luego regresaron a Eagle Bluff Road, la que se encuentra al lado del Mississippi. Estas eran algunas de las casas más antiguas, casi como Cape Cod, con persianas verdes y buhardillas de pizarra, encaramadas en los escarpados acantilados de piedra caliza con vistas al río. Una de las partes más pintorescas de Golden Grove.

Peter giró a la izquierda hacia Park Road, y ahora algunas de las casas parecían familiares. Esa casa blanca fue donde tuvo su primera pijamada con... no podía recordar su nombre. La casa de ladrillos, Neil algo u otro, donde fue picada por una avispa en su columpio de neumático y su madre le puso pasta de bicarbonato de sodio en la pierna. La mayoría eran recuerdos de la primaria. Los recuerdos de la secundaria, por otro lado, eran más escasos.

Y luego, como si fuera una señal, el familiar ladrillo marrón y rojo del edificio de la escuela secundaria pasó junto a ellos por la derecha. Parecía más pequeño, por alguna razón. Todavía decía GOLDEN GROVE HIGH SCHOOL grabado en piedra sobre las puertas delanteras de madera, pero un letrero nuevo, marrón y blanco sobre postes cerca del frente decía Centro Comunitario.

Tal vez era porque acababa de pensar en las avispas, pero sintió como que algo la había picado por dentro. No caliente y agudo, sino frío y profundo. Miró hacia adelante a través del parabrisas del auto mientras rodaba.

Peter permaneció tan sin palabras como ella durante las pocas cuadras que tomó para viajar desde allí a sus casas. Ella se sentía mal, pero no se le ocurría absolutamente nada que decir.

"Llegamos". Giró el auto hacia las losas de concreto de su camino de entrada, rodó hacia el fondo y se detuvo. El motor se apagó y la tranquilidad de pueblo pequeño se hizo cargo nuevamente.

"Gracias por el paseo". Ella trató de desabrocharse para salir, pero el pestillo no se salió. Ella miró a Peter. "No parece querer que..."

"Perdona. A veces hace eso". Extendió la mano, agarró ambos lados del pestillo cromado y dio un tirón. Ella podía sentir el calor de sus manos. "Prueba ahora", dijo.

Ella lo hizo, y se abrió. "Gracias".

"No hay problema. Cuando quieras".

Ella abrió su puerta y se levantó de su asiento. Él se acercó por la parte trasera del coche, una nueva brisa le revolvía el pelo. No era justo, su cabello. Se imaginó a sí misma pasando los dedos por el...

Bajó la mirada hacia el zumbido del Fitbit en su brazo, aliviada de tener la excusa del garabateado mensaje en él. Hora de irse. "Es del trabajo. Están tratando de contactarse conmigo, probablemente". Levantó la vista. "Será mejor que regrese a la casa y vea qué quiere mi jefe. Podría ser sobre la reunión de mañana".

"Claro". Bajó la mirada hacia sus zapatos y luego hacia arriba. "Entonces, ¿tendré la oportunidad de despedirme antes de que te vayas?"

Ella sonrió débilmente. "Claro. Estaré por aquí mañana al menos. Quizás el martes. Luego de vuelta a Chicago".

Peter asintió con la cabeza. "Vale pues. ¿hasta luego?"

"Hasta luego". Ella se volvió sin decir una palabra más y tomó el familiar camino a través de la hierba hasta su casa. La casa de carol. Ella ya no vivía aquí.

Ella respiró hondo y luego frunció el ceño. ¿En qué estaba pensando, dando vueltas por la ciudad con Peter así? Ver la planta era una cosa, ¿pero el parque y la vieja escuela? Debería haber regresado aquí y prepararse para su reunión de mañana. Había ideas preliminares de diseño y muchas preguntas para escribir si quería hacer al menos una demostración medio decente de sí misma.

Ella estaba en Golden Grove por negocios. Nada más. Ella tenía trabajo que hacer.

CAPÍTULO SIETE

Peter volvió a meter el compresor de aire en su garaje, dejando caer la manguera enrollada al lado. El neumático de Kate parecía estar solo desinflado. Lo llenó, no escuchó aire salir, no pudo ver ningún clavo. Pero estaba oscuro y no podía ver mucho, de todos modos. Si era una fuga lenta, ella se enteraría mañana cuando se volviera a desinflar. Y entonces tal vez necesitaría ayuda otra vez...

Está bien, suficiente. *Tienes trabajo que hacer en la escuela, ¿recuerdas? ¿Tu trabajo? ¿Calificando exámenes?*

Sacó las llaves del Mustang de su bolsillo, cerró la cremallera de su abrigo de cuero, se subió y lo puso en marcha.

Estúpido, estúpido, estúpido. ¿Qué había estado pensando al llevar a Kate al lago de esa manera? Vio cómo ella se había estremecido. Pensó que no había sido un gran problema, pero no estaba pensando como ella.

El auto casi se manejó él mismo a la escuela en la ruta que había tomado, ¿cuántas? ¿Miles de veces hasta ahora? ¿Y cuántos miles más habría?

Fuera de la ciudad, al oeste. Su mano izquierda se

agarró al volante mientras metía la cuarta, ignorando el límite de velocidad. Si Denny estaba patrullando esta noche, podría salirse con la suya y solo tener una advertencia y una ceja levantada. Eso esperaba.

Disparó el Mustang demasiado rápido en una curva. La gravilla suelta del hombro se escarbó debajo de los neumáticos mientras se agarraban a la carretera. Muy divertido conducir el automóvil y todo, pero se había olvidado de lo delicada que era la tracción trasera. Imbécil. Él disminuyó la velocidad.

Cómo debe ser volver a una ciudad que creías haber dejado atrás para siempre.

Y él era, al menos en parte, culpable...

Hace doce años.
Secundaria Golden Grove High

Peter estaba abrazando a Katie. Era algo que había querido hacer durante mucho tiempo, sostenerla, sus manos acunando la parte baja de su espalda. Había soñado con eso, y más, este verano mientras la veía trabajar en su proyecto para la Feria de Becas.

Estaba tan orgulloso de ella por ganar. Había trabajado mucho, sí, pero también había perseverado. Sabía cuánto significaba la beca para ella, no solo por la universidad sino también para ella. Por su arte.

Dio un paso atrás, finalmente, con las manos todavía alrededor de su espalda. "Buen trabajo, Katie".

Su rostro brillaba, una luz brillante. "Gracias".

La soltó de mala gana, luego hizo un gesto con la cabeza

hacia el piso del gimnasio. "Supongo que mejor empezamos a empacar".

Ella asintió. "Sí, supongo". Comenzaron a caminar hacia las escaleras del escenario.

"No me sorprendería que la Sra. Wells quiera tu pieza para su galería de arte personal", dijo Peter, tratando de ser alentador.

Las cejas de Katie se alzaron. "¿Tú crees?"

Habían llegado a sus mesas. Peter caminó hacia su móvil, todavía girando lentamente, delicadamente. Él asintió. "Por supuesto. ¿Quién sabe? Algún rico industrialista podría verlo y ofrecerte mil dólares".

"¿Solamente mil?". —bromeó.

"Lo siento, *cien* mil. Y un recorrido por Europa".

"Así sí", dijo ella, acercándose a su mesa con el cohete que le había valido el segundo premio.

Tenerla aquí, tan cerca, radiante hacia él, parecía un premio mucho más grande. Lucía como un campo de flores amarillas. Podía sentir su calor cuando ella estaba a un pie de él, oliendo a cielo. *Lucky You.*

Acertaste con esa. Todo era muy poco científico, desconcertante y fantástico.

Ella estaba esperando, sonriendo, brillando en su victoria. *Hazlo ahora,* pensó. ¿Qué mejor momento podría haber?

"Entonces, mmm... comenzó, luego tragó. Su rostro era la imagen de la expectativa, cejas ligeramente levantadas, ojos marrones brillantes. "Me preguntaba, si no ibas ya... con alguien más... ¿si querías ir al Baile de Bienvenida? ¿Conmigo?"

Su rostro brillaba más, si eso fuera posible. Ella asintió. "Sí...", comenzó a decir.

Hubo una conmoción detrás de ellos. Miró más allá del hombro de Katie.

Penny Fitch estaba hablando con dos de los jueces en la mesa de Katie. Estaban inclinados hacia ella, con los rostros atentos, asintiendo mientras escuchaban.

Escuchó las palabras "Peter Clark" y "reglas" y posiblemente "descalificado". Algo bailó y cayó en su estómago. Katie debe haber visto su cara porque la suya perdió su sonrisa.

"¿Señorita Brady? ¿Sr. Clark? ¿Podrían venir aquí, por favor?" Uno de los jueces, el Sr. Riley, el entrenador de fútbol, les indicó que se acercaran.

Peter miró a Katie y luego se acercó, sintiendo como si le pidieran que entrara a la oficina del director. Cosa que nunca había sucedido. Katie lo siguió a su lado, con la cara perpleja.

El Sr. Riley hizo un gesto a Penny, que estaba de pie junto a él y a otro juez, la Sra. Wells. Penny miraba a todas partes excepto a Peter y Katie.

"Tenemos que hacerte algunas preguntas, Peter. A ti también, Katie".

"Está bien", dijo Peter, sus palmas empezaron a sudar.

El señor Riley se frotó la nuca y se concentró en Peter. "La señorita Fitch nos ha informado que es posible que, voluntaria o involuntariamente, haya incumplido una de las reglas de la feria".

Los ojos de Katie se abrieron. "¿Qué regla?" preguntó ella, su cuerpo tensándose.

El Sr. Riley miró a la Sra. Wells, quien solo sonreía débilmente y se retorcía las manos frente a ella.

"La regla sobre haber utilizado la ayuda externa", dijo el Sr. Riley.

Katie levantó la barbilla. "Peter no haría nada malo con su proyecto".

"El proyecto del Sr. Clark no es el problema. Tú eres la acusada de recibir ayuda externa. De él"

Peter sintió un ardor arrastrándose por su cuello. Era la misma sensación que había tenido cuando su padre lo pilló en la parte trasera del garaje fumando un cigarro que había robado de su caja de anzuelos. Lanzó una mirada a Penny, que estaba ocupada estudiando sus zapatos.

"¡Eso no es cierto!" Katie dijo, con las manos en puños. "¡Yo soy una artista! Él es un geek de la ciencia. ¿Por qué necesitaría ayuda de él?"

"Lo siento, pero tenemos que comprobarlo", dijo la señora Wells suavemente. "Para ser justos con los otros estudiantes. Usted entiende".

"Tenemos una fuente confiable", dijo el Sr. Riley. "Solo necesitamos verificar algunas cosas para ver si son ciertas o no".

"¿Quién? ¿Qué fuente confiable?" Katie exigió, con la mandíbula apretada.

El señor Riley se volvió hacia Peter y se frotó el cuello otra vez, obviamente incómodo por haber sido puesto en esta posición. "Señor Clark, ¿tiene algo que decir sobre esto?"

Katie se volvió hacia él. No se atrevió a mirarla a la cara, pero no necesitaba hacerlo. Podía sentir el fuego.

"No estoy seguro", dijo Peter finalmente. ¿Qué estaba sucediendo aquí? ¿Qué les había dicho Penny? ¿Y por qué?

"Déjame preguntarte directamente, entonces. ¿Ayudaste a la señorita Brady con su proyecto?"

¿Ayudarla? ¿Se refería el Sr. Riley a este verano? ¿Pasar el rato en su sótano era romper las reglas? Su cerebro estaba revuelto. ¿Qué podría decir él? No podía meter a Katie en problemas. Pero tampoco podía mentir rotundamente.

"No realmente", dijo. "Somos amigos. Solo hablábamos".

"¿No realmente? ¿Seguro? La señorita Fitch dice que le dijiste que ayudaste a la señorita Brady con su proyecto todo el verano".

El fuego de Katie se había convertido en una dura y fría helada. Peter se frotó el cuello. ¿Cómo habían pasado las cosas de grandiosas a horribles tan rápido?

"¿Sr. Clark? ¿Ayududó a la señorita Brady con su proyecto o no? ¿Sí o no?"

Miró alrededor de la habitación como si tal vez alguien pudiera venir y sacarlo de allí. Sus ojos terminaron en Katie. Ella lo miraba con los ojos redondos, suplicante, desesperada.

"Puede que sí". No me haga decirlo, pensó. No me haga lastimarla.

"¿Puede que sí?".

"Bueno, respondí algunas de sus preguntas". Las palabras salieron de su boca. "Técnicamente, supongo, sí, se referían a su móvil, pero no era..."

El Sr. Riley no lo dejó terminar, cortándolo con la mano levantada. "Entonces me temo que no tenemos más remedio que descalificar a Miss Brady de la competencia. Lo siento, señorita Brady, pero las reglas son las reglas". Se volvió hacia Peter otra vez. "Señor Clark, ahora es el ganador del primer lugar. Felicitaciones. Y lamento que haya tenido que ser en estas circunstancias".

Las piernas de Peter zumbaron como si se hubiera sorprendido. ¿Felicitaciones? ¿Por qué? ¿Por arruinar la vida de Katie?

Dio un paso atrás, confundido. La señora Wells sacudía la cabeza. Le ofreció una sonrisa pálida a Katie, que todavía estaba parada, sin ver, tan congelada como un bloque de granito.

Penny había desaparecido. Los jueces se evaporaron al fondo. Los estudiantes se pusieron manos a la obra, derribando sus proyectos, ajenos a que algo horrible, terriblemente mal había sucedido.

"¿Por qué, Peter?"

Él giró. La cara de Katie era una máscara de dolor. Excepto por sus ojos. Que ardían y chispeaban.

"¿Por qué les dijiste eso?"

"Yo... yo no podía mentir, Katie". Era todo lo que tenía.

Ella ladeó la cabeza. Normalmente era lindo, pero ahora era un feo gesto de amargura. "No, me arrojaste debajo del bus. ¿Fue idea de Penny o tuya? Dios no permita que un artista gane el gran premio".

"¿Qué? No es eso en absoluto. No me importa el premio".

Ella asintió furiosamente. "Cierto. ¿Por qué te importaría? No necesitas esta beca. Puedes obtener una docena de becas por ciencias. Todas las escuelas las ofrecen. Prácticamente se las entregan a cualquiera". Ella se detuvo, de pie, furiosa.

"Eso no es justo, Katie".

Ella puso sus manos en sus caderas y dio un paso hacia él. "¿No es justo? Eso es gracioso, Peter, muy gracioso. Te diré qué no es justo. No es justo que ustedes con los estúpidos cohetes y renacuajos obtengan la beca todos los años, solo porque el estúpido Nitrovex es una estúpida compañía química". Ella dio otro paso hacia él, señalando su pecho con el dedo. "Por una vez, solo una vez, tuve una oportunidad, y me la arruinaste".

Peter dio un paso atrás, sorprendido por la furia en los ojos de Katie, sus manos buscando una mesa, tratando de

mantenerse de pie. En cambio, su talón aterrizó en algo
duro. Su pie rodó hacia adelante y él cayó hacia atrás. Había
pisado el estúpido tubo de metal que se le cayó antes.

Agitando los brazos, agarró el borde de su mesa y giró
torpemente sobre su experimento. Las piezas se estre-
llaron unas con otras. Balanceó un brazo en un último
intento de equilibrio, mirando por encima de una palanca
roja. Los tubos silbaron y las mangueras se enroscaron
cuando el tubo más grande cayó hacia adelante y se liberó
la presión.

Era cámara lenta en su cerebro, pero terminó en un
horrible instante. Un pesado tubo blanco siseó y salió dispa-
rado de la mesa, tambaleándose directamente hacia la escultura de Katie.

Peter cayó de espaldas al suelo, boca abajo, pero el
sonido de la destrucción fue peor que realmente verlo.
Choque y tintineo de vidrio, metales cayendo, objetos aterrizando estruendosamente en el suelo.

Y, sobre todo, el agudo lamento de incredulidad de
Katie. "¡Mi móvil! ¡Destruyes mi vida y ahora también mi
arte!"

En la actualidad

Las llantas del Mustang chirriaron cuando giró muy
estrechamente hacia Park Road, que conducía a la secundaria. La nueva escuela secundaria. No la vieja donde todo
había salido tan mal con Katie.

No, Kate. Eso fue hace doce años. Y las cosas parecían
haber funcionado bien para ella. Parecía que amaba su
trabajo, y debía ser buena si le estaban dando una oportunidad en este trato con Nitrovex. Su espionaje en línea de

su compañía hace un año más o menos mostró una organización bastante grande.

Sí, asintió para sí mismo. Kate Brady estaba bien. Más que bien, ahora. Le está yendo bien en Chicago, buena ropa, buen reloj, gafas de sol Armani. No la habría vinculado con eso, pero, como sea.

No es lo peor para usar. Mejor, incluso, exitosa. Se veía bien, sonaba bien. *Se veía bien.* Se quitó algo de pelo de la cara. Todavía podía oler un poco de su perfume en su mano. Debe ser de la manija cuando él abrió su puerta.

No pudo evitar sentirse un poco melancólico por lo que pudo haber sido. Bueno, todos nos hicimos mayores. Todos seguimos adelante, ¿no?

Hizo una corta inhalada. Excepto por él, supuso. Todavía aquí en Golden Grove. Casi pensó "atascado". Pero tomo el hábito de no usar esa palabra nunca más.

Entró en el estacionamiento de la escuela, luego guio el automóvil al espacio de estacionamiento de los maestros. En poco tiempo no sería capaz de conducir el Mustang al trabajo. Una vez que cayera la nieve, volvería al Camry.

Estacionó al lado de un familiar Tauro azul. El viejo Lucius. Ha estado trabajando aquí como maestro durante cuarenta y tantos años y todavía venía los domingos por la noche. Parqueó el Mustang allí y salió.

Hora de volver al mundo real.

Los pasillos vacíos de la secundaria siempre parecían extraños los fines de semana, ya que generalmente estaban llenos de azotes de casilleros y una gran cantidad de adolescentes. Algunos riendo y empujando, otros pasando silenciosamente a su próxima clase, perdidos en la sombra de la popularidad. Por alguna razón, esos eran los que Peter más notaba. Quizás porque alguna vez se sintió como uno de ellos. O tal vez porque tenía un sentido de justicia dema-

siado inflado. "Todos los chicos merecen la misma oportunidad" y todo eso.

Abrió la puerta de su pequeña pero bien equipada
oficina y arrojó sus llaves sobre el escritorio. A pesar de
todas las molestias, él sí amaba su trabajo. No había pensado
que lo haría.

El primer año fue duro. No hizo mucha enseñanza en el
posgrado, por lo que los estudiantes lo dominaron bastante
bien, y se habló de que no estaba hecho para enseñar. Si no
fuera por Lucius, no habría sobrevivido.

Una vez que se calmó y por fin encontró su ritmo, todo
parecía venir naturalmente. A partir de ahí, él solo mejoraba
cada semestre. Ahora había esta cosa de "Profesor de Ciencias del Año". Tenía que admitir que estaba halagado, pero
lo cambiaría en un segundo por un estudiante más que
pudiera nombrar solo diez elementos de la tabla periódica.

Estaba a punto de comenzar a revisar algunos papeles
de laboratorio cuando escuchó un golpe en el marco de su
puerta. La familiar cara con bigote de Lucius se inclinó
hacia adentro.

"Vaya, vaya. Si es el feliz casamentero", dijo Peter,
asintiendo.

Los ojos del hombre más viejo centellearon. "Supongo
que debería disculparme".

"Sí, supongo que deberías".

"¿Sería útil decir que todo fue idea de Carol?"

"Podría si creyera eso".

"Bueno, entonces, dame un poco más de tiempo para
encontrar una mejor excusa".

"Dudo que sea posible. ¿En qué estabas pensando,
Lucius?

"No estás enojado, ¿verdad?"

"Sí, en realidad, creo que sí lo estoy. ¿Qué tan vergonzoso crees que fue para Kate? Ella está tratando de mantener un perfil bajo, y tú y Carol la arrastran por toda la ciudad".

Lucius entró y se sentó en el borde del escritorio de Peter. "Supongo que no lo pensé de esa manera. ¿La pasaron bien ustedes dos al menos? Escuché que fueron a dar un paseo".

Gracias a la vecina Carol, sin duda. Peter se mordió el labio superior. Lucius no iba a dejar ir esto, ¿verdad? "Eso depende de lo que entiendas por 'bien'. 'Bien' ya que no me mató y me dejó en una zanja en alguna parte, o "bien" ya que me dio una despedida tan helada que me sorprendió que mis cejas no se congelaran".

"Entonces, ¿todavía hay esperanza?"

Peter resopló. "¿Esperanza? ¿Esperanza de qué, exactamente?"

"Ay, vamos. No puede haber sido tan malo".

"Lucius, la mujer tiene más de doce años que no regresaba a esta ciudad. Ella no va a llegar como si nada llevando una enorme carga de recuerdos, olvidar todo y caminar por ahí como si todo estuviera bien. Especialmente referentes mí. Deberías haberlo sabido".

Lucius asintió con la cabeza. "Supongo que no. Pero estoy seguro de que tendrás otras oportunidades.

Peter se rio y se puso de pie. "¿Oportunidades? ¿Oportunidades para qué? ¿Crees que solo porque orquestas algún intento tonto de reunirnos, los pájaros azules aparecerán y comenzarán a dar vueltas alrededor de nuestras cabezas en el momento en que nos veamos? Además, Kate es diferente ahora. Ella es exitosa, motivada..."

"Linda"

"Por supuesto que es linda. Ella siempre ha sido linda".

Las cejas de Lucius se alzaron, pero no dijo nada.

Peter continuó. "Su casa está en Chicago, ahora. Ya no le interesa lo que sucede en Podunk, Iowa. Ella está aquí para hacer su trabajo y luego irse. Lo cual estoy más que feliz de dejarla hacer".

"Ella está lo suficientemente interesada como para estar aquí".

Peter agitó la mano. "Eso es solo por trabajo. Cuando termine, regresará a Chicago con su trabajo, sus trajeados compañeros de trabajo y su departamento del centro".

"¡Vamos, Peter! Los conozco a ambos desde la secundaria. Bueno, a ti, mayormente. Y pude ver cómo la mirabas en el restaurante".

"La miraba con... interés. Como a alguien que no había visto en doce años después de que alguien que creía que era mi amigo prácticamente la empujó hacia mí".

"¿Con interés? Estamos hablando de una mujer, no de un banco".

Los ojos de Peter se entrecerraron. "¿Y qué quieres decir con 'en' el restaurante? No estabas 'en' el restaurante".

Más aclaramiento de garganta. "Bueno, por casualidad miré adentro. Cuando pasé por ahí".

"Seguro. ¿Y cuánto tiempo estuviste 'pasando por ahí'?"

Lucius cambió su peso sobre el escritorio. "¿Mencioné que fue idea de Carol?"

Peter empujó su silla debajo de su escritorio y recogió algunos papeles para irse. "Sí, lo hiciste, y esta conversación ha terminado".

"Bueno, vale." Lucius extendió sus manos. "Lo siento".

"Bien. Ahora podemos..."

"Entonces, ¿sabes cuándo volverás a verla?"

Peter dejó caer los papeles y suspiró. "Déjame explicarte esto de una manera que pueda penetrar tu cerebro obviamente demasiado curioso. Kate es el polo norte del imán; yo soy el polo sur. Kate es vinagre; yo soy bicarbonato de sodio. Kate es agua y yo soy hidrofóbico". Él ladeó la cabeza. "¿Algo de esto te está entrando?"

Lucius, sonriente, se levantó del escritorio y se metió las manos en los bolsillos. "Siempre tienes que ser tan científico con todo".

"Bueno, soy químico". Peter comenzó a apilar algunos papeles. "A veces es la única forma de dar sentido a las cosas. Eso deberías saberlo tú".

"¿Así que no tienes ningún sentimiento por Kate en absoluto?"

¿Sentimientos? ¿Cómo podría atreverse? Apenas habían pronunciado diez palabras durante el último año de secundaria, más allá de los primeros y débiles intentos de su parte de disculparse. Pero eso se había derrumbado rápidamente. A partir de ahí fue solo contacto visual y unos pocos "hola" hasta que la graduación los separó para siempre. Hasta ahora.

¿Sentimientos? "No. Quiero que tenga éxito en la vida. Quiero que sea feliz. Quiero que le vaya bien en su trabajo. El cual parece hacer muy bien, por cierto".

"Mmm-jmm"

"Obviamente no estás convencido".

Lucius tiró de la esquina de su bigote. "No, no, estoy seguro de que eso explica todas esas preguntas que le has hecho a Carol a lo largo de los años. Sobre Kate".

Peter levantó la vista. "¿Qué?"

"Sí, como, '¿Cómo ha estado Katie?' o '¿Has oído algo de Katie últimamente?' o..."

La cara de Peter se puso pedregosa. "¿Ella te dijo?"

"Ahora, no te enojes. Vives en un pueblo pequeño, ¿recuerdas? Todo se sabe por aquí".

"Aparentemente". Peter agarró su grapadora y comenzó

a grapar con fuerza los papeles. "Bueno, puedes decirle a Carol Harding y al resto del club de chismes de la ciudad que mis preguntas sobre Kate son solo amistosas. Tengo muchas otras personas de la clase con las que me mantengo al día también". Ninguno de los cuales le acaban de hacer grapar los papeles equivocados.

"Parece que lo tienes todo bajo control".

"Creo que sí". Comenzó a hurgar en el cajón superior de su escritorio por el quitagrapas.

"Solo mantenlo científico".

"Sí"

"Los sentimientos simplemente nos ponen en problemas".

"Pueden tender a hacer eso, sí".

"Al igual que esa escena de *Star Wars* con los Ewoks".

Peter suspiró, sin levantar la vista de su escritorio. "Lucius, no comiences con los Ewoks".

Lucius se quitó las gafas y comenzó a limpiarlas con un pañuelo que sacó del bolsillo. "Estoy seguro de que ahora, como hombre adulto y bien adaptado, nunca te afectan las emociones crudas, que, como todos sabemos, son solo reacciones químicas en el cerebro".

Peter se negó a mirar hacia arriba, clasificando los papeles de prueba. "Lo que tú digas"

"Emociones tales como la muerte de una pobre criatura inocente, muy, muy linda del bosque peludo..."

"Vamos Lucius. Solo tenía, como, seis años o algo. Déjalo estar".

"... tendido en el campo de batalla, su mejor amigo llorando sobre su maltratado cuerpo sin vida, meciéndolo lentamente, una mano muerta y flácida cayendo de un lado a otro". Lucius dejó caer su mano frente a la cara de Peter.

"Ya basta"

"Pobre, pobre, borroso y pequeño Ewok, cortado en la flor de la vida".

"Nunca perdonaré a mis padres por contarte esa historia". Peter inhaló una vez.

Lucius levantó la vista con fingida preocupación. "Ah. Lo siento, me olvidé de tus alergias". Él extendió su mano. "Ten, aquí hay un pañuelo".

"Quédatelo". Recogió la ahora amontonada pila de papeles. "Disfruté nuestra pequeña charla. Estoy seguro de que tienes trabajo que hacer. Sé que yo sí... Y, por favor, la próxima vez que pienses en hacer algún emparejamiento, considera dejar caer un mechero Bunsen encendido por tus pantalones".

Lucius se levantó del borde del escritorio, sonriendo. "Tomó nota, mi amigo. Te veo más tarde". Regresó por la puerta abierta, deteniéndose para mirar hacia atrás una vez. Peter podía escuchar sus pasos devolviéndose por el pasillo vacío.

Dejó caer la pila de papeles sobre el escritorio y se apoyó sobre él con ambas manos.

Sentimientos. Reacciones químicas en el cerebro. Por lo general, causaba más problemas que bien, en su experiencia. Eso e intentar ayudar a alguien y luego ser condenado por decir la verdad. Se pasó la mano por el pelo. Allí estaba ese aroma de Kate otra vez. ¿Lucky You? Sí, claro.

Fue a lavarse las manos.

———

Kate rebuscó en su bolso. "Carol, ¿tienes algo para el dolor de cabeza?" Sus sienes palpitaban tan fuerte que sentía que su cerebro iba a saltar fuera del cráneo.

Tommy el gato apareció y se arremolinaba alrededor de

su pierna, en busca de atención. "No estás ayudando", le dijo. Se rindió y salió hacia la cocina.

Carol entró sin notarlo, con una expresión de preocupación en su rostro. "¿Te duele la cabeza?"

"Solo un poco. No estoy segura de sí fue el aire frío o qué". Kate se desplomó en la poltrona y apoyo los pies sobre el otomano negro delante de ella.

Carol asintió. "Sí, el aire frío puede hacer eso a veces." Caro volvió deprisa a la cocina.

Kate la siguió, sus ojos se estrecharon. Parecía que la mitad de las cosas que Carol decía tenían algún significado oculto. ¿O sólo estaba siendo paranoica?

Se inclinó hacia atrás, con la mano en la frente. Carol regresó con unas pastillas y un vaso de agua.

"Aquí tienes, querida." Se sentó en el borde del sofá cerca de Kate. "Entonces, ¿cómo estuvo el paseo?"

"Bien". Kate hizo estallar las dos píldoras y se las tomó con el agua.

"¿Solo 'bien'?" Carol sonreía, pero lucía preocupada por esa respuesta.

"Solo bien, sí. Bien a veces es solo... bien." Se frotó las sienes palpitantes.

"Supongo que una gran parte del pueblo luce diferente"

"Algunas". En realidad, la mayor parte se veía más o menos igual. Se había acostumbrado a los rápidos cambios de vida alrededor de Chicago. Boutiques y restaurantes apareciendo y desapareciendo como dientes de león. Las ciudades pequeñas parecían un poco más leales a los negocios existentes. Tal vez porque nunca cambiaba mucho.

"Fue un buen día para dar un paseo. Estoy segura de que Peter disfrutó verte de nuevo".

¿Lo había hecho? No estaba tan segura. No estaba tan

segura de que yo lo hubiera hecho. Sus sienes golpeaban. "Supongo que sí".

"¿Te llevó más allá del Centro Comunitario?"

Tenía que pensar. "¿La escuela vieja? Sí"

"¡Ah, bien! Quiero decir, quería que lo vieras en algún momento mientras estabas aquí."

Kate miró a su amiga con atención. Parecía haber algo en su mente. Carol se sentó con las manos dobladas en su regazo, mirándola como si tuviera algo que quería escupir, pero tenía miedo de hacerlo. Ella era tan transparente como el aire.

"Bueno, estuvimos allí, y lo vimos. Puedes tacharlo de la lista."

"Es donde van a hacer el Baile de Bienvenida en unas semanas."

Allí estaba. "¿En serio?"

"Sí, el tema es 'Making it Rad in the Eighties', y lo están decorando para que se vea igual que en los años ochenta. ¿Sabes algo de los ochenta?"

"Sí, creo que una vez leí algo sobre ellos en un libro de historia. Fue una especie de década, ¿cierto?"

Carol nunca entendía su sarcasmo. "Sí, bueno, van a poner música de los ochenta, y todo el mundo se supone que debe usar ropa ochentera y tener el pelo de los ochenta. Todo va a ser muy..."

"¿Ochentero?"

"Sí" Carol seguía sentada con las manos en su regazo, sonriendo, observándola.

Kate suspiró. Parece que iba a tener que desarrollar esto o Carol se quedaría así hasta febrero.

"Los maestros están invitados, ¿sabes? Al baile."

"¿En serio?"

"Sí También se les permite llevar citas".

"Qué bien".

"No creo que Peter tenga una cita todavía".

"Eso es muy triste. Pero estoy segura de que alguna chica de la ciudad lo invitará lo suficientemente pronto". Pensó en Penny Fitch. Sus sienes palpitaron más fuerte.

"Creo que alguien suena un poco celosa."

"No seas ridícula. Pero alguien se está enojando un poco con su curiosa pero adorable vieja amiga que sigue lanzando pistas sobre su vecino como martillos resbaladizos. No estoy interesada. Tengo trabajo que hacer. Y no estaré por aquí, de todos modos. Estaré en Chicago". Ella frunció el ceño. A menos que tuviera que volver para hacerle seguimiento a esta propuesta...

"Todo lo que digo es que tú estás aquí y Peter está ahí..." Señaló a Kate y luego por la ventana. "Y mientras estés aquí y él esté allí..."

"Mientras yo esté aquí y él esté allí, nos quedaremos aquí y allá. Donde estábamos. O estamos. O...." Kate tiró las manos al aire. "Me has estado haciendo esto todo el día. Me emocionas, y luego hago algo estúpido como pedirle que me lleve". Ella se detuvo. "Bueno, ya no soy una niña tonta de secundaria, y puedo cuidar de mi propia vida, gracias."

"Está arreglando tu neumático."

Se había olvidado de eso. "¿Lo está haciendo?" Estiró el cuello para ver por la ventana delantera. Todo lo que podía ver era el porche y la parte trasera de su coche.

"Sí. Lo vi pasar por la casa con su cosa de arreglar neumáticos hace unos minutos".

Kate sobresalía su labio inferior, pensando. Tal vez debería salir. Darle las gracias.

"Tal vez deberías salir y darle las gracias", dijo Carol.

¡Aggh! ¡Lectora mental! *Sal de mi cabeza.*

Entonces la terquedad la enderezó. "No. Ya nos despedimos. Sería incómodo".

Carol se quedó en silencio, luego puso las yemas de los dedos sobre la mesa y se puso de pie, empujando su silla hacia atrás. "A lo mejor tienes razón. Me estoy entrometiendo. Ya eres una niña grande".

Todavía tenía su sonrisa, así que Kate sabía que no estaba enojada. "Sí lo soy, gracias".

"Voy a empezar a preparar la cena. ¿Te gusta el pastel de carne?"

No realmente. Pero su única otra opción era salir. Lo que significaba tal vez Ray's o un burrito congelado del Stop-n-Pop. Peor aún, tendría que pasar por delante de su vecino de pelo ondulado con su cosa de arreglar neumáticos. "Sí. Pastel de carne suena genial. Gracias".

Carol se movió a la cocina, dejando atrás una nube arremolinada de pensamientos en la cabeza de Kate.

Era este lugar. El pueblo. Los edificios, la escuela, Nitrovex, la gente. Suspiró. Sobre todo, la gente. Los de ojos azules brillantes.

No. No vayas allí. Ni lo pienses. ¿Recuerdas lo que pasó? Sueños rotos. Cristal roto. Todo roto.

———

Hace doce años.
Secundaria Golden Grove High

Katie vio los fragmentos de su móvil deslizándose por el suelo bajo el frío resplandor de las luces del gimnasio.

Era una pesadilla. Tenía que serlo. No podría estar

sucediendo de verdad. No después de todo su trabajo, su tiempo. Ella no se merecía esto. Ella había ganado.

Pero ya no estaba. Las delicadas piezas que había pasado horas encajando todo el verano y después de la escuela se esparcieron por el suelo del gimnasio como un sueño evaporado. Todos se habían detenido y se volvieron a mirarla, cada cara petrificada por la destrucción.

Excepto por Peter, que estaba torpemente tratando de levantarse del suelo. Peter, cuyo estúpido proyecto científico había hecho añicos el suyo. Se había ido, y el corazón gritó en mil direcciones diferentes mientras caía sobre sus rodillas.

Pero eso no era nada—ni siquiera se le acercaba— al aguijón de la traición que perforó su alma. Buen Peter, leal Peter —la única vez que ella lo necesitó para pasar— la única vez, y él se escogió a sí mismo. Eligió a *Penny*. Sobre ella.

Estaba demasiado sorprendida, demasiado enojada para llorar. Ella sin esperanzas comenzó a recoger algunos pedazos de vidrio del suelo, pero se acabó, se había ido. Nadie le otorgaría una beca para nada a menos que fuera a una escuela de comercio para aprender a barrer la basura.

Una mano tocó su brazo. "Katie, lo siento mucho. Fue un accidente. Lo siento mucho".

Katie se arrancó el brazo. "Ni siquiera... solo no", fue todo lo que pudo decir.

Peter se arrodilló y comenzó a ayudarla a recoger piezas. "Por lo menos déjame ayudar."

Ella giró sobre él. "¿No has hecho suficiente ya? ¿Y qué te importa? Tienes tu premio. Has ganado. Tú y esa..." Casi lo dice en voz alta. *¡Bruja!* "Solo... vuelve a tus tuberías y tubos y destruye algo más".

Peter se puso de pie, mirando de nuevo su propio

proyecto, ahora una pila de tubos humeantes y tuberías goteando. "Bueno, el mío es una especie de desastre, ahora, también."

"Oh, ¿en serio? Bueno, te lo mereces". Ella bajó su voz. "Pensé que eras mi amigo, Peter. Incluso pensé que eras..." Se detuvo. "Pensé que, si alguien iba a defenderme, de cualquiera en esta estúpida escuela, habrías sido tú".

Su voz era pequeña, diminuta, casi como un niño pequeño. "Lo siento".

"Sí, lo siento, ahh, eso ayuda ahora" Casi se ríe. "Arruinaste mi vida, Peter." Las lágrimas eran imparables ahora, el dolor las arrancaba de su corazón en sollozos. "Arruinaste mi vida".

Él solo se quedó ahí parado. Su boca se abrió como si fuera a decir algo, luego se volteó y volvió a su mesa.

Eso era todo. Se había terminado. No sólo su proyecto se arruinó, sino que Peter se había ido. Incluso si ella lo quisiera, nunca lo tendría. Ni su estúpida sonrisa ni sus ojos azules ni —ni *nada*. Fase tres, Baile de Bienvenida, todo eso. Todo se había derrumbado con su móvil.

Sus ojos le picaban por las lágrimas. Ella sabía que todo el mundo la estaba observando, pero tratando de no hacerlo, avergonzados por la escena.

El cohete, ahora un trozo de metal sin vida, humeando en el suelo, muerto y ajeno. Era todo lo que Peter era, todo lo que estaba mal con este pueblo, todo paso en un intermitente, destructivo y sin sentido instante. Nitrovex, ciencia, estupidez. Una gran e inconfundible metáfora explosiva, una vida vuelta nada tan seguramente como el alambre doblado y los vidrios rotos que llenaban el suelo del gimnasio. Inútil, irreparable, y ¿quién querría molestarse en arreglarlo, de todos modos?

Se acabó, todo eso: la beca, la escuela de arte, el baile,

Peter. Todas sus esperanzas se han ido. Ella se tomaría su tiempo, saludaría en los pasillos, sería una buena niñita, haría sus tareas, pasaría la secundaria, y luego se iría. La universidad, una comuna, la luna, a donde sea, no importaba.

Pateando un pedazo de vidrio con el pie, caminó rápidamente hacia la parte trasera del gimnasio, chocando contra los estudiantes que estaban tratando de no hacer contacto visual. Las lágrimas fluyeron fácilmente ahora, la decepción dando paso a la ira y la indignación, y ella las dejó correr. No le importaba. Deja que alguien más limpie este desastre. Atravesó las puertas metálicas de la parte trasera del gimnasio.

Era tan buena como desaparecida. Años de frustración de Golden Grove, manipulación de los padres, Peter y arte sin valor y sin sentido, todo detrás de ella. Una vez que la primavera llegara aquí, una vez que ese diploma estuviera en sus manos se iba de Golden Grove. Para siempre.

CAPÍTULO OCHO

En la actualidad

KATE APAGÓ EL MOTOR DE SU ESCARABAJO AMARILLO que había estacionado en un espacio para visitantes junto a la entrada principal de Nitrovex Chemical Corporation. Eso era todo. Nuevo comienzo, lunes por la mañana, hora de empezar a trabajar. Sin distracciones. Hora de la verdad.

La llanta pinchada seguía llena esa mañana. Carol lo llamó 'un milagro'. Kate lo llamó 'Carol buscando en línea cómo desinflar un neumático de automóvil así ella tendría que dar un paseo con el apuesto hombre de al lado'.

Sin embargo, tenía que admitir que había dormido mejor que en meses, cosa que la sorprendió. Ella pensaba que después de todos los altibajos y su paseo con Peter, su mente no sería capaz de apagarse. Pero solo le tomó un minuto o dos mirando el techo en ángulo de su vieja habitación para que sus ojos entreabiertos se cerraran y su mente se durmiera profundamente.

Salió de su auto y recuperó su maletín. *Respira hondo. Tú has hecho tu tarea. Pon los últimos días, y el pasado, detrás de ti. Esto es para lo que realmente viniste aquí, ¿recuerdas?*

Se alisó un pliegue en su falda de negocios gris, luego revisó su reflejo en la ventana del auto. Peinado listo, todo en su lugar y maquillaje adecuado. No demasiado fuerte, muy profesional. Ella asintió, complacida consigo misma, recordando lo que la había traído aquí. Ella era buena en lo que hacía, ¿no?

La entrada a la oficina principal de Nitrovex era luminosa y aireada y podía estar fácilmente en un parque de oficinas del suburbio de Chicago. Las ventanas altas y delgadas estaban flanqueadas con bordes de abedul. Casi le recordaba a su oficina del centro.

"¿Señorita Brady?" Una mujer mayor y delgada con un elegante traje de negocios se acercaba a ella con la mano extendida.

"Sí", respondió Kate, sorprendida de que la reconocieran.

La mujer sonrió. "Soy Sandy. El señor Wells está casi listo para verte".

"Sé que llegué temprano".

"Eso está bien. Puedes sentarte aquí en el área de recepción. Hay café allí en el rincón". Estaba señalando un área de espera adornada cuidadosamente con un similar trabajo de carpintería ligero y sillas con marco de aluminio.

No había esperado más de unos minutos cuando una voz retumbante llegó por el pasillo. "Eso estará bien, Jim. Solo diles que lo aumenten un diez por ciento".

Un hombre de unos sesenta años se acercó a ella con un sombrero de semilla de maíz y jeans. Un estómago barrigón colgaba sobre un cinturón de hebilla grande. El señor Wells estaba tal como lo recordaba, aunque mucho más gris y un poco más panzudo.

Ella casi sonrió. Todavía se parecía más como a uno de los tipos que solía ver cuando era una niña que pasaba el rato en los bancos del parque en la plaza, hablando sin parar sobre lo mal que estaban los Cachorros ese año. No como el jefe de una corporación internacional multimillonaria.

"Tú debes ser Kate", dijo con la misma voz retumbante mientras se acercaba con la mano extendida.

"Debo serlo", dijo ella, sacudiéndola. "Kate Brady, del Garman Group".

La estaba estudiando con los ojos ligeramente entrecerrados. "Su compañía dijo que solía vivir en Golden Grove"

Estupendo. Pensó brevemente en mentir. "Bueno, sí. Hace mucho tiempo. Mis padres son..."

Él chasqueó los dedos y la señaló. "Joe y Emily Brady. Claro" Él sonreía. "Siempre me agradaron esos dos".

Ella le devolvió la sonrisa débilmente. "Señor. Wells, creo que Garman Group puede ayudarlo a hacer que Nitrovex sea aún más visible en su industria". Eso es. Directo al grano.

John asintió con la cabeza. "Estoy seguro de que pueden, estoy seguro de que pueden". Él extendió sus brazos. "Bueno, ¿por qué no comenzamos haciendo que nuestra vicepresidenta de operaciones te muestre el lugar? Para tener una idea del terreno. Luego podremos conversar un poco más". Miró más allá del hombro de Kate hacia la sala de espera. "Parece que acaba de llegar".

¿VP de operaciones? *Oh-oh*, y *oh no*. Había investigado sobre la compañía y sabía exactamente quién era.

"Siento llegar tarde, John", dijo una voz brillante e inquietantemente familiar.

Kate se volvió y entrecerró los ojos por la luz del sol de la mañana que entraba a través de las altas ventanas del vestíbulo abierto, golpeando a su némesis adolescente en el ángulo equivocado. El mismo cabello largo y negro y sonrisa perfectamente blanca. Solo agrega doce años, algunas patas de gallo (¡Sí! ¡Incluso ella envejece!), y un vestido azul marino de negocios, y era ella, la propia bruja tenue. Penny Fitch.

Penny estaba ocupada metiéndose las gafas de sol en el bolsillo y todavía no la había notado. Kate se aclaró la garganta y esperó. Sabía que se encontraría con ella tarde o temprano, pero esperaba que fuera más tarde. Mucho más tarde. Como que, nunca.

Pero ahora todos eran adultos, ¿verdad?

"Penny Fitch, ella es..."

"...Kate Brady", Penny entusiasmada, con la mano extendida. "¡Qué bueno verte de nuevo!"

¿Lo era? ¿Lo era en verdad?

"Hola", dijo Kate, sacudiendo la garra de Penny. *Eres una profesional, ¿recuerdas?*

"¿Ustedes dos se conocen?" dijo John

"Claro", dijo Penny. "Katie y yo fuimos a la secundaria juntas".

Kate tuvo la extraña idea de cómo luciría la cabeza de Penny si explotara espontáneamente en este momento. Un poco desastrosa, supuso. Pero algo satisfactorio.

"Bueno, entonces, ustedes dos probablemente tengan mucho de qué hablar", dijo John. "Kate, te dejaré en manos de Penny por un rato".

Ese pensamiento hizo que se le pusieran los pelos de punta. "Está bien", dijo ella, viendo a John alejarse por el pasillo.

Se volvió hacia Penny. El resplandor del sol detrás de ella hizo que pareciera que tenía cuernos saliendo de su cabeza. Kate intentó sonreír, pero solo hizo una mueca.

Penny le dio una rápida mirada y una sonrisa. "Te ves genial, Kate. Casi no te reconocía".

Desearía que no lo hubieras hecho.

"Gracias, tú también". Ella deseaba haber podido mentir, podría haber dicho: *Guau, ¿has aumentado de peso o estás embarazada?* Pero no. Penny se veía esbelta, ligera y extremadamente perfecta. "John dijo algo sobre un recorrido"

Penny asintió con la cabeza. "Claro. Déjame mostrarte la planta". Hizo un gesto con el brazo hacia un pasillo lateral que conducía a unas puertas dobles de metal blanco.

———

Dos horas, una máscara de filtración tapada y un casco más tarde, Kate había visto tantos depósitos de líquido marrón sin nombre e interminables tubos blancos como podía manejar. No visitó mucho a sus padres en la planta cuando trabajaban aquí como químicos, pero no había olvidado el mal olor. Su papá le había dado un recorrido así en un día de "lleva a tu hijo al trabajo", y ella pensó que iba a dañar permanentemente su sentido del olfato.

Penny la había llevado de regreso al área de la oficina principal, el ruido y el estallido del piso de la planta desaparecieron cuando la puerta se cerró.

"Puedes quedarte con el casco". Penny señalaba el casco blanco con el logotipo de Nitrovex en la cabeza de Kate.

"Gracias". Puede que lo necesite en su próxima reunión en Chicago si arruina este trato.

"Le haré saber a John que hemos terminado. Espero verte de nuevo por aquí, Kate". Ella extendió la mano.

Kate la sacudió. Penny hizo una pausa, luego dio la vuelta y salió por un pasillo alfombrado.

Kate se limpió la mano en la falda. Se dio cuenta de que había apretado los músculos del estómago durante los últimos treinta minutos y exhaló. ¿Eso era todo, entonces? ¿Sin disculpas? Ni un, '¿perdón por ser tan mezquina y arruinar tu vida?' Simplemente actúa como si nunca hubiera pasado nada, como si todo estuviera súper bien, ¿eh? De acuerdo, ella podría jugar de esa manera.

Pero el recorrido en realidad no había sido tan malo. Casi había esperado que Penny fuera una de esas representantes de ventas excesivamente extrovertidas como las que había tratado antes, pero había sido... normal. Incluso profesional. Tal vez todos sí maduramos en algún momento.

John Wells se acercaba rápidamente. "Bueno, entonces, ¿qué opinas de nuestra pequeña operación?" preguntó, con la cara radiante.

Todo lo que podía recordar eran tuberías y golpes y tipos con overoles blancos, todos con el aspecto urgente de alguien esperando que un tanque de químicos mortales explotara e inundara la ciudad.

"Fue increíble. Justo como lo recordaba".

Él se echó a reír. "¿Quieres decir que te gustaron todos esos tanques y estaciones de mezcla malolientes?"

"Siempre me ha interesado la ciencia". Ella trató de sonar convincente. No era una completa mentira. Estaba su amistad con Peter después de todo. Sí, claro.

Él comenzó a caminar de regreso por el pasillo. "Seamos realistas, señorita Brady. La mayoría de las personas no obtienen mucho de ver nuestra pequeña operación aquí. Pero creo que lo que hacemos aquí es importante. No solo productos químicos para plantas de alcantarillado o granjas. ¿Sabes que también hacemos resinas en pinturas utilizadas por artistas?"

"Vi algo sobre eso, sí".

Él asintió. "Entre otras cosas. Es posible que no lo veas claramente, pero seguramente lo notarías si no estuviéramos allí. Lo que estoy tratando de decir es que puedes creer que tu trabajo ya está hecho, pero Nitrovex no son solo productos químicos".

"Ciertamente haremos todo lo posible por usted, Sr. Wells. Y yo espero que usted encuentre que somos la compañía adecuada para este proyecto". Eso no era mentira. La importancia de este proyecto para su carrera continuaba rondando a su alrededor como una nube nerviosa.

Él sonreía. "Puedes llamarme John si puedo llamarte Kate".

Ella sonrió. A ella le caía bien él. "Es un trato."

Hizo un gesto hacia el pasillo y ella lo siguió. "Ahora, déjame mostrarte nuestra sala de historia si me permites. ¿Sabías que fuimos la primera compañía en los Estados Unidos en producir derivados de epiclorhidrina?

CAPÍTULO NUEVE

Una semana después, Kate estaba de vuelta en Golden Grove, con la esperanza de inspirarse antes de su segunda reunión en Nitrovex. Dejó el pesado libro sobre la mesa del comedor de Carol y se frotó la sien. *Nitrovex: Cincuenta años de innovación.*

Más como cincuenta años de monotonía agotadora. Había hojeado el tomo científico, que se hacía pasar por una pieza de relaciones públicas de la compañía, al menos una docena de veces en su oficina en Chicago. Si tuviera que mirar una foto más de un técnico sonriente y con gafas que señala un nido de ratas de tubos, se volvería loca.

La mesa estaba cargada con todo el material que Penny Fitch le había empujado después de su recorrido por la planta. Material que podría más bien haber sido escrito en marciano. Tecnología de las membranas Reducción de cromo hexavalente. Polímeros floculantes.

Todo eran solo un montón de palabras vagas junto a imágenes de sucias máquinas de batir dirigidas por tipos ocultos detrás de un traje blanco de materiales peligrosos. Y este: "Acumulación de lodos". Sonaba como algún ejercicio que Penny hacía para mantener su estómago plano.

La bruja tenue podría fingir que la pila de material estaba destinada a ayudar, pero Kate no se dejaba engañar. Penny probablemente estaba intentando otra ronda de sabotaje.

Le gritó a Carol que estaba en la cocina. "Te daré veinte dólares si puedes decirme qué...", miró de reojo un folleto, "...es 'acumulación de bacteria filamentosa'".

Carol estaba en el fregadero lavando los platos que quedaban de una reunión de las Thread Heads que tuvo más temprano en el día. "Suena como el bicho que agarré después de mi viaje a Acapulco hace unos años. Tal vez deberías tomarte un descanso. Has estado en eso toda la tarde y ahora después de la cena".

"No necesito tomar un descanso. Necesito conseguir uno". Kate suspiró. "Empresas de ropa, emprendedores web, esas con las que al menos me identifico". Hojeó una pila de folletos de Nitrovex. "Pero, ¿reducción de fósforo y deshidratación de lodos? Tendría que ser un... un..."

"¿Químico?" Sugirió Carol.

Kate se echó hacia atrás para mirarla y sacudió la cabeza lentamente. "Ah, buen intento".

Carol continuó secando sus platos, de espaldas. "¿A qué te refieres? Solo estoy tratando de brindarte la mejor respuesta a tu dilema".

"¿Alguna vez has pensado en meterte a la política?"

"Todo lo que estoy tratando de hacer es sugerir las mejores maneras para que te vaya bien con tu trabajo. Eso es lo que quieres, ¿no?"

Kate abrió la boca y luego la cerró. Fue manipulador, astuto, pero tenía que admitir que Carol podría tener razón. Peter era probablemente la mejor persona para ayudarla a manejar este proyecto. Había revisado cada pieza del material que Penny le había dado, vio todos los videos en línea de tanques arremolinados de excremento de vaca que podía manejar, y todavía estaba en blanco. Y Garman esperaba una actualización sobre su progreso para el miércoles.

Solo necesitaba una semilla de un concepto, una base para todo lo que usaría para promocionar la empresa. Coca-Cola fue divertido, agua gaseosa. Corvette fue rápido, coches ruidosos. ¿Pero productos químicos impronunciables? ¿Qué hiciste con eso, idear una mascota de un tubo de ensayo de canto?

Mmm. *Tubo de ensayo de canto.* Ella lo anotó. Luego lo tachó.

Se tocó los dientes con el bolígrafo, pensando y luego escribiendo.

Nitrovex: El Futuro de la Reducción de Cromo Hexavalente. *Hoy en día.*

Nitrovex: Hacemos Cosas Que Limpian Tu Caca Para Que No Tengas Que Hacerlo Tú.

¡Hola, soy Tómas la Tubería! ¿El lodo necesita volumen? ¿Los polímeros necesitan floculación? ¿Necesitas algún químico mortal que daña el cerebro para hacer cosas químicamente vagas? ¡Soy lo que necesitas!

Nitrovex: Ayuda a Kate a mantener su trabajo queriendo este eslogan.

Mierda. Esto era imposible.

Volvió a sentarse. Tal vez debería rendirse y llamar a sus padres. Sí, eso sería genial. Kate llama a sus padres para pedirles consejo sobre Nitrovex, el lugar donde habían trabajado que siempre había ridiculizado cuando era niña. El lugar que casi la llevó a la escuela de arte, pero siempre le daba su beca a algún geek de la ciencia.

Desde entonces, se propuso abrirse su propio camino y

dejar a sus padres fuera del consejo profesional. Bueno, ella estaba pagando por eso ahora.

Se mordió el labio y luego suspiró. *No puedo creer que esté diciendo esto.* "¿Crees que Peter está en casa?" Casi deseaba que no estuviera, que estuviera en la escuela o en algún lugar, en cualquier lugar. Que él no existiera, y que ella estaba de vuelta en Chicago, en su bonita y segura oficina, con alguien más manejando esta cuenta sin remedio.

Carol entró en la habitación, secándose las manos con un paño de cocina. "Sé que si está. ¿No oyes el martilleo?"

Kate lo notó por primera vez. Martilleos al azar y ocasionales golpes en madera provenientes de al lado.

"Está trabajando en el patio trasero", dijo Carol, volviendo a la cocina. "Seguro estaría feliz de ayudarte".

Kate solo la miró.

"¿Qué podría salir mal?"

¿Qué podría salir mal? ¿Cuánto tiempo tenía Carol?

Pero a pesar de todas las obvias maquinaciones de Carol, tal vez ella tenía razón. Miremos esto objetivamente, pensó Katie. Peter sabía de química, lo que significaba que ya estaba muy por delante de ella en comprender qué podría golpear el punto óptimo de Nitrovex. Había vivido aquí toda su vida y conocía la compañía, especialmente los últimos años.

Ella solo necesitaba ese primer paso, esa ventaja. Entonces podría comenzar desde allí. Todo lo que tenía para mostrar durante las últimas horas era un garabato de vaca con dientes separados y bata de laboratorio que se parecía sospechosamente a Penny Fitch.

Solo tenía un par de días antes de que tuviera que informar sobre su progreso, y habían dejado muy en claro que esta no era una cuenta pequeña. Pierde esto y ella estará diseñando volantes para baby showers y limpiando la máquina de café de Danni.

Ella puso su cabeza en sus manos. "Carol, si me necesitas, estaré en casa de Peter".

———

Peter dejó la pesada caja de herramientas de madera junto al enorme roble en su patio trasero y miró hacia arriba. Su vieja casa del árbol había estado allí durante casi un par de décadas, y el árbol comenzaba a crecer a su alrededor. Lentamente y sin pensar, doblaba las tablas y se las tragaba. Algunas cosas no se detienen por el tiempo.

Tomó un martillo. Había tenido la intención de hacer esto durante meses, y ahora era un momento tan bueno como cualquier otro. Algunas cosas necesitaban hacerse, ¿verdad? No tenía nada que ver con el VW amarillo que había visto en el camino de entrada de Carol.

Sacudió la cabeza para sí mismo. Era una movida de colegial, y él lo sabía. Era solo una excusa para estar en el patio trasero con la esperanza de que poder ver a Kate al lado. Tal vez él podría hablar con ella. Finalmente disculparse. Antes de que ella se fuera de nuevo.

Subió la escalera que había apoyado contra el árbol y comenzó a quitar algunas de las tablas sueltas en la base de la casa del árbol. Intentó no pensar en toda la diversión que había tenido aquí. Construyéndola con su padre, que casi se cae del árbol y le hizo prometer que no se lo diría a su madre. Eso trajo una sonrisa agridulce. Luego estaban las pijamadas con sus amigos en las noches frescas y húmedas de junio, quedándose despiertos hasta tarde, comiendo comida chatarra y jugando Grand Theft Auto en sus PS2.

Y esa noche con Kate después de la película.

Comenzó a desclavar un terco clavo. Sacudió la cabeza para sí mismo de nuevo. ¿Por qué siempre se ponía tan sentimental con las cosas? Era un científico, por el amor de Dios.

Una puerta de mampara golpeó, y él inmediatamente miró. Tragó una vez. Era Kate, que venía hacia él, sosteniendo una botella de su agua de Fiji. Se movió lentamente alrededor del pequeño seto de alheña que separaba sus dos patios, con los brazos cruzados casualmente y la botella colgando.

Intenta actuar con indiferencia. Tranquilo. "Entonces, ¿cómo te fue en Nitrovex la semana pasada?" preguntó, bajando la escalera.

"Pésimo. Penny Fitch fue asignada como mi guía turística".

Ups. Había esperado que ella no se topara con Penny tan pronto. O nunca. "¿Viste a Penny?"

"Sí, la vi. Ella y todo su metro y medio de nada y su sonrisa perfecta. Me dio una pila de material de la empresa", dijo Kate con un resoplido.

Auxilio. Cambia de tema. Piensa en algo. "Ah".

"Pero ella no puede sabotearme si no la dejo. Todavía tengo una oportunidad de ganar esta propuesta".

"Ella no fue tan mala, ¿verdad?"

"Bueno, la verdad es..." Ella se detuvo.

"¿Qué?"

Puso la botella en una silla cercana y sus manos en los bolsillos. "La verdad es que en realidad parecía saber lo que estaba haciendo".

"Creo que sí lo sabe". Vio los ojos de Kate entrecerrarse. "Por lo que he escuchado".

Ella asintió. "Puede que sí".

"Entonces, aparte de Penny, ¿salió bien? ¿Volviste para otra reunión?"

Se sopló un mechón de pelo rojo dorado de la frente. "Más investigación. Estoy bien con el alcance general del negocio, pero el tema químico es más difícil. El recorrido no ayudó mucho, para ser honesta". Se acercó a una silla de jardín blanca de metal al lado de la cama de flores de la esquina y se sentó. "Pensé que sería capaz de apañar la parte de la ciencia, pero para mí es solo una acumulación de lodo".

Peter ladeó la cabeza en su dirección. "Ah, ¿entonces ya aprendiste sobre las bacterias filamentosas?"

Eso ganó una risa musical. La risa que recordaba haber escuchado aquí en esta casa del árbol, en el columpio del porche de su familia, de camino a casa desde la escuela...

"Ya quisiera yo", dijo ella. "Todavía estoy tratando de descubrir qué es un polímero floculante. Suena como algo ilegal que Randy Palmer solía aspirar detrás de la secundaria".

Peter se echó a reír. "Eso es realmente gracioso, de hecho".

"Gracias".

"No, quiero decir, Randy Palmer es un alguacil ahora, en el condado de Jasper".

"¿De verdad? ¡Guao! Supongo que nunca se sabe de algunas personas". Ella miró hacia otro lado, luego se levantó y se acercó a él, con las manos en los bolsillos. "Tengo una idea. ¿Crees que tal vez podríamos cambiar de lugar y tú te reúnes con John Wells mañana? Ustedes dos parecen hablar el mismo idioma".

"Ni hablar".

"¡Vamos!, te afeitas la barba, te pones un bonito vestido azul marino. Probablemente podrías pedir prestado uno a Penny".

Sacudió la cabeza para enfatizar. "No tengo las piernas para eso, definitivamente".

Ella le dio la vuelta, luego frunció los labios. "No lo sé. Te he visto en pantalones cortos".

Volvió a colocar el martillo en la caja de herramientas. "No. No me afeito las piernas por nadie ".

"Bueno, entonces, ¿puedes al menos decirme por qué yo debería si quiera saber qué es un floculado?"

"Claro. El lodo necesita un floculado catiónico estructurado de alto peso molecular y alta carga para separarse o deshidratarse.

Ella agitó sus ojos. "Ay, Peter, para. Me perdí en 'el lodo'".

Peter asintió y se limpió las manos en los jeans. "Buena esa".

Ladeó la cabeza hacia el árbol como si lo viera por primera vez. "¿En qué estás trabajando?"

Peter meneó su pulgar hacia el enorme roble nudoso. "Derribando la vieja casa del árbol".

Sus hombros se cayeron. "Oh, no. ¿Por qué?"

"Bueno, el árbol está creciendo alrededor de las tablas ahora, y si no las quito, probablemente matará al árbol".

"¿En serio?" Ella frunció el ceño. "Siempre me gustó esa vieja casa del árbol. Solía jugar muñecas allí con mis amigas cuando no estabas por aquí".

Peter sonrió. "Lo sé".

"¿Qué? ¿En serio? ¿Me estabas espiando?" Sus cejas se arquearon.

"No lo llamaría espiar. Lo llamaría prestando mucha atención desde la distancia. Además, seguía encontrando zapatitos de Polly Pocket en las grietas del piso. Una buena pista".

Ella sonrió, mirando la hierba. "Bueno, supongo que todas las cosas buenas llegan a su fin".

Era una declaración que parecía tener más peso del que

debería. Observó mientras ella giraba, tocando la áspera corteza gris del viejo árbol, levantando la vista hacia el revoltijo de tableros chatarra unidos en una tosca caja en el centro del árbol. Las ramas del roble gigante parecían acunarla en sus brazos. "¿Realmente necesitas derribarla?"

Peter se unió a ella. "Bueno, ¿qué tal una última mirada alrededor? La mayor parte todavía está allí. La escalera debería funcionar". Tiró de las primeras tablas clavadas a intervalos por el costado del árbol. Kate agarró la primera y comenzó a escalar, Peter sosteniéndola por un lado por seguridad, esperando que sus palmas no estuvieran demasiado sudorosas. *Lucky You* empaño un poco su cerebro. "Cerciórate de que no estén flojos."

Él vio cómo ella alcanzaba el tope de la subida y desapareció a un lado.

Su cabeza apareció por fuera de una pequeña ventana lateral. "Sube." Y desapareció adentro otra vez.

Peter la siguió, probando cada tablero mientras subía, y pronto se unió a ella en el estrecho espacio. Olía como a pino viejo y húmedo. Algunas tablas estaban sueltas, y algunas incluso estaban podridas, pero la mayor parte del techo todavía estaba allí, y el piso parecía seguro. Él no había estado aquí arriba en años. No había razón para hacerlo hasta ahora, supuso.

"Más pequeño de lo que recuerdo", dijo, deslizándose hacia un lugar frente a Kate, que agachó la cabeza debajo de una rama que se asomaba por el techo.

"Bastante acogedor". Ella señaló una tabla. "Mira, ahí está el dibujo que hice de nosotros dos".

Estaba señalando un dibujo de dos niños hechos con un marcador mágico, uno delgado como un rayo con grandes gafas redondas y el otro con un vestido. "Mmm", dijo. "Yo diría que me veo igual. Tú te ves tan bien como siempre".

Le lanzó una mirada como si no estuviera segura de si él estaba bromeando. "Gracias".

Miró por la ventana más grande en el lado opuesto, hacia la cerca trasera. "Vaya, las peleas de bolas de nieve que solíamos tener". Señaló una marca negra de quemadura cerca de la ventana. "Disparé un cohete desde aquí una noche cuando mis padres no estaban en casa".

No estaba seguro, pero pensó que la vio estremecerse ante la palabra cohete. *Estúpido, Peter.*

"Mira, Kate..." Se detuvo. *Vamos, termina de una vez.*

Ella lo miraba, sus ojos marrones líquidos, su cabello cayendo como un río que fluye sobre su hombro.

Él tragó. "Quisiera disculparme. Por todo lo de la Feria de Becas en la Secundaria".

Ella negó con la cabeza. "No, no es necesario".

Él se sacudió de nuevo. "No, por favor" Sé que eso te lastimó. Mucho. No obtener esa beca, y mi experimento destruyendo tu móvil. Habías trabajado muy duro en eso. No puedo imaginar cómo te debiste haber sentido".

Kate bajó la mirada, pero tenía una pequeña sonrisa. El sol de la tarde se arqueó a través de una grieta en la casa del árbol, iluminando su cabello con aún más oro. *No es justo.*

"No es gran cosa", dijo. "Además, me hiciste un favor".

"¿Cómo así?"

Ella hizo un gesto con la mano. "Bueno, si hubiera obtenido esa beca, habría ido a un lugar como Mason y obtenido un título en arte, en lugar de diseño gráfico. Probablemente estaría sentada en alguna estación de servicio abandonada tratando de vender pinturas en terciopelo de Elvis en este momento".

"Eso es probablemente un poco extremo".

Ella levantó las manos, los dedos extendidos. "Créeme, uno de mis amigos tiene una licenciatura en arte y todavía vive con sus padres. Hace campanas de viento con esas pequeñas botellas de licor que te dan en el avión. Pasa los fines de semana tratando de venderlos a las aburridas amas de casa en los mercados de pulgas. Un título de diseño gráfico me ha conseguido un trabajo mucho mejor, gracias".

"Mmm", fue todo lo que se le ocurrió decir. "Suena como un enfoque muy práctico".

"Me gusta creer que es así" Ella ya no lo estaba mirando. El sol había caído aún más, y ella estaba en la sombra otra vez.

Entonces le vino de golpe. Ella había seguido adelante. Ella ya lo había dicho. Viviendo en Chicago, subiendo la escalera corporativa. Agua Fiji y Armani. Ella ya no era una niña de Golden Grove. Como él.

Kate levantó las rodillas y se sacudió el polvo de los jeans. "¿No solíamos venir aquí para hacer la tarea?"

"Mmm-jmm" Le echó un vistazo a ella. "También es donde..." se detuvo. *No lo hagas.* "Olvídalo".

"¿Qué?" Cuando él dudó, ella se acercó para golpearlo. "¡Vamos!, ¿qué?"

Ahora que lo mencionó, sabía que ella nunca lo dejaría en paz.

"¿Sabes...? ¿La noche que fuimos en grupo a ver *Toy Story 2*? ¿En séptimo Grado? Después de la película, estaba aquí mirando las estrellas con mi telescopio. Viniste y me trajiste unas Oreos".

"¿Sí?" Kate se apartó un mechón de pelo de la cara despreocupadamente.

Los hombros de Peter cayeron. Ella iba a hacer que lo dijera. "Está bien, el beso, ¿recuerdas? ¿Nuestro primer beso?"

Ella asintió como si acabara de recordar dónde había

dejado las llaves de su auto. "Ah, eso. Sí, claro que lo recuerdo. Creo".

"¿Crees? ¿No recuerdas tu primer beso?"

"Bueno, sí". Ella se aclaró la garganta. "Claro que sí."

"Un momento..." Los ojos de Peter se entrecerraron. "Quieres decir que..."

Ella entrelazó sus dedos alrededor de sus rodillas y se encogió de hombros, mirando por la ventana. "Bueno, no fue exactamente mi primer beso".

"¿No fue?" dijo, irritado por cómo su voz sonaba tan pequeña.

Debe haber parecido demasiado decepcionado. "Bueno, en realidad no es tan importante, ¿cierto, Peter? Quiero decir, eso fue hace mucho tiempo".

Sus ojos se estrecharon. "¿Con quién fue? ¿Robert Bowman?"

"No, no fue Robert Bowman".

"¿Tim Polowski?"

"No, por supuesto que no. Sabes, realmente ni siquiera creo que yo..."

"¿Kent Wilkins?" Miró al techo, pensando. "Mmm, ¿ese Steve con las pecas? Martin, ¿cómo-es-que-se-llama, en tu clase de arte? Dennis..."

"Fue con Brian McDermott y estábamos en una fiesta de cumpleaños en su sótano y mis amigos me desafiaron a besarlo, así que lo hice y eso fue todo", ella lo escupió.

"¿Brian McDermott? ¿'Fisura en la barbilla'?" Peter soltó una breve carcajada.

Kate se cruzó de brazos. "Bueno, solo tenías que saber, así que ahí está".

"Brian McDermott" Él asintió. "¿Sabías que es un cirujano plástico en Texas?"

Kate abrió mucho los ojos. "¿En serio?"

"Síp. Podrías haber sido la esposa del único cirujano plástico del país que necesitaba más cirugías que sus pacientes".

Kate mostró una sonrisa sarcástica pero no dijo nada.

Peter miró por la ventana. "Bueno, sí fue mi primer beso".

"Oh, ¡vamos!"

"Llevabas un vestido morado y tenías en el pelo esas pinzas de flores amarillas que siempre te ponías, una a cada lado. Y olías a fresas por tu perfume Strawberry Shortcake".

Katelo miró fijamente "¿Sí?" dijo ella suavemente.

"Y tenías unas sandalias naranjas, y todo lo que podía pensar era 'Por favor, Dios, no dejes que nuestros frenos se peguen'".

"No lo hicieron, según recuerdo".

Peter se volvió para mirarla, sonriendo. "Así que *sí* lo recuerdas".

Ahora era el turno de Kate de mirar por la ventana. "Claro. Todos recuerdan su tercer beso". Ella se desenredó las piernas, gateó hasta la escalera y se giró para bajar.

"Mmm-jmm. Espera, ¿tercer beso?"

La cabeza de Kate desapareció por la escalera con una sonrisa maliciosa.

CAPÍTULO DIEZ

Kate dejó a Peter luchando por bajar de la casa del árbol y caminó a través de la hierba recién cortada, sonriendo. La mirada vacía en su rostro juvenil cuando ella se fue no tenía precio. Juvenil pero también fuerte ahora con su barba de dos días.

Se dirigió hacia un par de sillas de jardín astilladas de metal blanco ubicadas junto a una glorieta cubierta de enredaderas en la esquina del patio de Peter. El frío metal se sentía bien a través de sus jeans. Estiró las piernas y se quitó los zapatos. La hierba estaba fresca, casi fría, pero se sentía bien entre los dedos de sus pies. No podía hacer eso en el concreto afuera de su alto edificio en el Chicago Loop. Solo podía pagar un piso bajo, por lo que ni siquiera podía ver el lago Michigan. Su vista era hileras de ventanas anónimas en el edificio de al lado y una construcción salpicada de grúas bajando la calle, donde pronto habría más ventanas anónimas.

No es que ella pasara allí tanto tiempo. Más que todo, solo para dormir y comer cuando no estaba trabajando. Ella solamente había estado de vuelta a Golden Grove un par de veces y ya comenzaba a sentirse como una vida totalmente diferente.

Observó a Peter bajar de la casa del árbol rápida pero cuidadosamente, asegurándose de que sus pies golpearan las tablas desvencijadas que servían como escalera.

Vio a Kate. "Pensé que habías desaparecido".

Ella lo saludó con la mano. "Aquí mismo. ¿Vienes?"

"En un minuto. Déjame limpiar esto primero". Comenzó a recoger el martillo y otras herramientas que había dejado en el suelo y las arrojó en una larga caja de herramientas de madera.

Ella notó los músculos cortados de sus piernas debajo de los shorts de carga, y sus tallados brazos. Todavía delgado, pero ahora... Casi pensó en la palabra sexy y la empujó a un lado.

Cruzó las piernas por los tobillos y miró a su alrededor. Ella recordaba esta parte de su patio de cuando era una niña. Aunque parecía más grande antes. Todo parecía más grande antes, supuso. Era extraño sentarse aquí, como si estuviera dentro de una especie de cápsula del tiempo. O, más exactamente, como si estuviera afuera mirando hacia adentro. Un lugar en el que estuvo una vez, pero que había dejado atrás. Era un sentimiento sorprendentemente solitario, como si ya no perteneciera a ningún lado.

"Oscureciendo más temprano", dijo Peter. Se le acercó, tomando la silla frente a ella y apoyando los brazos en los descansos a cada lado. Se había puesto una chaqueta azul marino. Su forma era un contorno anaranjado en los últimos rayos del sol detrás de él, sus lentes eran espejos que ocultaban sus ojos.

"Todavía no ha pasado tu hora de dormir, ¿verdad?" Ella le provocaba.

Asumió que él estaba sonriendo cuando habló. "Todavía

no. Y tú eres la que siempre tenía que estar en casa a las ocho y media, ¿recuerdas?"

Ella negó con la cabeza. "Eso era solo porque mis padres querían que estudiara para poder ser tan buena en la escuela como Peter Clark".

"Mmm. ¿Por eso dejaste de venir tanto en la secundaria?"

"Teníamos diferentes grupos. Tú eras ciencia y campo traviesa. Yo estaba en el grupo de arte, si es que había tal cosa aquí". Eso dolió más de lo que debería. "Eso fue hace mucho tiempo, ¿cierto?" Añadió, como si eso de alguna manera explicara todo.

"Eso parece". Él se inclinó hacia adelante, con los codos sobre las rodillas, la cara más cerca. "Sin embargo, a veces parece que fue ayer".

Ella asintió, no solo para parecer estar de acuerdo con él, sino porque tenía razón. Sentados aquí, sus casas a ambos lados. Se sentía como si pudieran volver a tener diez años. No estaba segura de por qué se sentía así, pero así era.

Hablaron. Hablaron hasta después del anochecer, sentados en las sillas de metal junto a la glorieta. Ella había olvidado lo tranquilo que era aquí. No hay bocinas de automóviles ni sirenas que resuenen en cañones de concreto. Solo unos grillos chirriando y el ocasional ladrido de perro en algún lugar en la distancia. Un auto crujiendo a una o dos calles más abajo.

Solo ellos dos, la noche lentamente ocultaba sus rasgos hasta que todo lo que quedaba eran siluetas contra un cielo despejado salpicado de estrellas. El sol se había puesto hace rato ya, dejándoles la luz de las farolas distantes y un tenue brillo de media luna que se elevaba sobre los árboles detrás de la casa de Peter. Ya no estaba segura de qué hora era, y no le importaba mirar su reloj.

Ciertamente pasadas las 8:30, pero sus padres nunca lo sabrían.

Peter estaba describiendo un incidente con su club de química el año pasado con una voz tan emocionada que no pudo evitar sonreír. Parecía el chico que ella recordaba, bajo el rastrojo viril. Sin pretensiones. Lo que veía era lo que había.

Le llamó la atención que de todas las citas que había tenido con hombres en Chicago, nunca había hablado tanto con ellos como con Peter esta noche. En la ciudad había muchas charlas, charlas de negocios, deportes. Sus citas eran chicos guapos, agradables, pero un poco aburridos. Como una pintura, no una escultura, para usar una analogía artística.

No es que hubiera sacado mucho tiempo para las relaciones. No tenía mucho de sobra si quería hacer algún progreso en Garman.

Pero con Peter conversar era fácil. Quizás solo era lo que sucedía con viejos amigos. Toda la historia compartida.

Viejos amigos. Eso es lo que eran, ¿verdad? Solo viejos amigos.

Peter estaba terminando su historia. "No pudieron quitar las marcas de quemaduras del techo. Tuve que prometer que vendría durante el verano y lo pintaría. Supongo que es la última vez que les dejo mezclar fósforo rojo con clorato de potasio".

Kate se rio.

"¿Qué?" Peter se inclinó hacia su silla, con la cabeza ladeada.

"No sé, nada, supongo". Ella se inclinó hacia delante también. "Es solo que... realmente has encontrado tu nicho aquí. Quiero decir, dando clases. No conozco una molécula de un mangstrom e incluso yo puedo ver eso".

"Angstrom", corrigió.

"¿Ves?"

Él se recostó. "Supongo que sí". Quiero decir, sí lo disfruto. Es algo muy especial cuándo un niño lo entiende, ¿sabes? Cuando algo en el mundo intangible se vuelve real debido a un experimento o una nueva forma de explicarlo. Es casi como si pudieras ver una luz encenderse en sus ojos".

"Debe ser realmente gratificante, Peter".

"Si lo es. Quiero decir, nunca pensé que me gustaría tanto, pero..." Hizo un gesto hacia el patio, la casa donde había crecido. "Aquí estoy, justo donde empecé".

Ella no estaba segura de si eso era tristeza en su voz o no. Ella se cruzó de brazos. Estaba haciendo más frío. "Carol mencionó que podrías irte. Quiero decir, no dejar de enseñar, pero tal vez conseguir otro trabajo. En una escuela más grande en algún lugar.

Él hizo una pausa, su cuerpo inclinado hacia ella. Se sentía como si él la estuviera estudiando, pero ella no podía darse cuenta por la oscuridad. "Eso es solo lo que está diciendo Lucius. Tiene un amigo en una escuela privada donde enseñó una vez. Tienen una vacante para un profesor de ciencias. Es en Chicago, en realidad. La Escuela Dixon".

Se inclinó hacia delante impresionada. "¿De verdad? El jefe de mi empresa tiene dos hijos que van allí. Bastante prestigioso. ¿Lo vas a tomar?"

"No creo. Estoy muy feliz aquí".

"¿Pero ni siquiera vas a la entrevista?"

"Si sé que no estoy interesado, ¿por qué les haría perder su tiempo?"

"Bueno, para ver si tal vez te guste. ¡Nunca lo sabrás si no lo intentas!"

Incluso en la oscuridad ella podía verlo tensarse. "No es

que tenga mucho tiempo para ir a entrevistas en todas partes. Tengo muchas responsabilidades aquí. Sé que es solo una escuela de pueblo, pero aquí hay muchos niños que dependen de nosotros. Para algunos de ellos, es un momento decisivo. Si me fuera, sentiría que los estoy decepcionando".

Se dio cuenta de que él se estaba alterando, pero siguió presionando. "Pero, ¿qué hay de ti? Has invertido tu tiempo. Todo el mundo sabe cómo cuidaste de tu padre y tu madre, y eso es genial, eso es mucho. Pero también debes pensar en tu propia vida. Tal vez hay otros estudiantes en Chicago que te necesitan tanto como los de aquí. Tal vez más.

Se encogió de hombros. "Puede que sí".

"El pago probablemente también sea mejor, ya sabes", dijo.

"Oh, estoy seguro".

¿Eso fue sarcasmo?

Él continuó. "Pero hay más en la vida que el dinero, ¿verdad?"

Kate sabía que el éxito no se trataba solo de dinero. Se trataba de que tu arduo trabajo fuera apreciado, de subir el siguiente peldaño de la escalera. "¿Por qué no simplemente hacer la entrevista, explorar la oportunidad—"

"Mira, Kate, no quiero ser un idiota sobre esto, pero ¿podemos cambiar de tema?"

¿Lo había hecho enojar? Este terreno comenzaba a parecer demasiado familiar. Diablos, sonaba casi como sus padres. Su carrera no era asunto de ella.

Miró su reloj. "Ah, mira, un mensaje de la oficina. Será mejor que lo revise. Estoy segura de que tienes trabajo que hacer, también. Evaluaciones que calificar o algo así..."

Mientras ella se levantaba, él también.

Se acercó. "Oye, entonces... parecía que querías preguntarme algunas cosas antes. Sobre tu propuesta"

Ella agitó su mano. "Ah, no te preocupes, está bien". Había estado tan ocupada charlando que pospuso sus preguntas de química por el momento.

Él puso su mano sobre su brazo. Ella se estremeció, pero no era por el frío aire nocturno. "Bueno, está bien, si necesitas ayuda, házmelo saber, ¿de acuerdo?"

Estaban solo a unos centímetros de distancia ahora. ¿Cuándo pasó eso?

Al instante se sintió como una chica en su primera cita, parada en su porche, esperando ver qué iba a hacer el chico. Ella podía sentir el pulso latiendo en sus oídos, el calor de su mano.

¿Qué debería hacer ella? ¿Qué quería ella que él hiciera? Su voz era casi un susurro. "Gracias. Lo haré".

Su mano estuvo en su brazo por lo que pareció una hora. Ella apenas podía ver su rostro en la reluciente luz de las farolas. Solo el contorno de su despeinado cabello, sus lentes. Se dio cuenta de que no había besado a nadie con gafas desde...

"Está bien, entonces, ¿supongo que te veré luego?"

Sus pensamientos se rompieron, el zumbido en sus oídos se detuvo. Eran solo ella, Peter y los grillos otra vez.

"Claro", dijo ella, cuando su mano dejó su brazo. Ella respiro profundamente. No era por esto que ella estaba aquí. Esto era solo una distracción. Ella dio un paso atrás.

Peter había comenzado a caminar de regreso hacia su casa, luego se volvió y miró por encima del hombro. "Buenas noches, Kate". Su sombra continuó hacia su casa.

Ella lo observó irse, preguntándose por qué seguía parada allí, sintiendo como si un importante y grande momento acabara de irse flotando y desaparecido.

CAPÍTULO ONCE

"Vaya, Katie, te levantaste temprano". Carol entró en el comedor. Ella todavía llevaba su pijama de franela rosada con pequeñas rosas.

"Solo trato de tener todo bajo control". Kate lanzó un suspiro, feliz de tomarse un descanso de la pantalla de su computadora. Al final de otra semana frustrante en su oficina, decidió que sería mejor sentirse frustrada cerca de su proyecto. Llamó a Carol a última hora del viernes y le preguntó si le molestaría volver a tenerla como invitada. Tres fines de semana seguidos.

Carol desapareció en la cocina y regresó en unos segundos con dos tazas de humeante café. Kate aceptó la suya agradecida y tomó un largo sorbo de la muy necesaria cafeína. No quería confesar lo mal que había dormido después de conducir. Luego, un tonto cardenal comenzó a cantar durísimo en el árbol de abeto afuera de su ventana a las cinco y media. Estaba demasiado inquieta para dormir después de eso.

No tenía nada que ver con Peter, bueno, aparte del hecho de que ella había perdido el valor para pedirle ayuda la última vez. Necesitaba algo para presentarle a Danni y a su equipo en Garman esta semana, y hasta ahora todavía estaba atascada con Penny la vaca de dibujos animados que parecía que había estado oliendo demasiadas floculaciones, lo que sea que eso fuera.

Carol se sentó al otro lado de la mesa. "Mi grupo de costura vendrá esta mañana. Espero que eso no interfiera con tu trabajo".

"No seas tonta. Soy la invitada aquí. Esta es tu casa. Siempre puedo encontrar un lugar en la biblioteca. ¿En qué tipo de proyecto de costura estás trabajando? ¿Una colcha?"

"Las Thread Heads se están tomando un descanso de la costura hoy. Estamos finalizando algunos detalles para el carnaval en el Centro Comunitario de la próxima semana".

Kate levantó la vista de la lista de productos Nitrovex que estaba estudiando en busca de inspiración. Tal vez caería un rayo. ¿Quién sabe? "El Centro Comunitario parece que significa mucho para ti".

Carol se encogió de hombros. "Significa mucho para la comunidad".

Kate no entendía el apego a Golden Grove. "¿Por qué no viajar, ver el mundo? ¿Tomar un crucero o ir a Europa?

"Oh, Katie, esa no soy yo. Además, todos mis amigos están aquí, siempre lo han estado. ¿Por qué querría ir a otro lado?"

¿Por qué alguien *no* querría estar en otro lugar? Claro, Golden Grove tenía un gran encanto, pero incluso el encanto se vuelve aburrido después de un tiempo. ¿Cierto? Sin Starbucks, sin teatro, sin museos, sin dejar de ir a trabajar para ver a los Cachorros jugar un día en Wrigley. Solo unos cinco restaurantes, si no contabas el Stop-n-Pop y sus burritos de microondas. Lo cual ella nunca, nunca haría. Estaba Ray's, por supuesto, y sus batidos sin igual. Olvidé lo increíbles que eran. Y la Librería de Copperfield, donde solían pedirle libros de arte que ya no publicaban para ella, aunque probablemente eso no les hizo ganar mucho dinero. Y estacionamiento gratis en lugar de pagar treinta dólares por una mañana.

Bien, quizás no *todo* sobre Golden Grove era malo.

Carol tomó un sorbo de café "Entonces, ¿estás planeando visitar a Peter nuevamente esta noche? Parece haber sido un éxito el fin de semana pasado. Ni te oí entrar".

Aquí vamos, justo a tiempo.

"Llegué a la casa a las ocho y media", mintió.

"Ah. ¿Te ayudó con tu proyecto?"

"En realidad, nunca llegamos a la química".

Carol revolvió más el café. "Ah". Parece haber mucho implícito en esa única sílaba.

"Nos desviamos un poco. Está derribando su vieja casa del árbol".

"Sí, lo noté esta semana". Carol continuó estudiándola.

"Solo... hablamos".

"Bueno, me alegro de que ustedes dos se estén volviendo a conocer. Ya sabes, a veces los viejos amigos son los mejores".

"Estoy segura de que Peter ya tiene muchos amigos". Kate tocó algunas teclas de la computadora. Mejor que revise su correo.

"Podrías sorprenderte. Es solo que no es bueno ir por la vida sintiendo que te has perdido de algo bueno, créeme". Carol estaba mirando su taza de café, acariciando el borde. Había algo más allá de ese consejo maternal.

Kate no pudo evitar sentir curiosidad. "¿Te perdiste de algo en particular?"

Carol no habló por un momento. "Oh, nada. Debería dejarte para que trabajes".

"No, en serio. ¿Qué es?" Se dio cuenta de que había algo en la mente de Carol. Había estado recibiendo estas pistas melancólicas en sus últimas dos visitas, también.

Ella finalmente lo escupió. "Oh, fue hace mucho tiempo, y los dos estábamos en la secundaria. Como estaban tú y Peter. Pero está bien".

"¿Tú y Percy?"

"No, esto fue antes de que Percy y yo nos conociéramos".

Ah. Normalmente, ella podría haber bromeado con su amiga, pero esto parecía diferente. Ella cerró la tapa de su portátil. "Vamos, puedes decirme".

"No, ya he dicho demasiado. Además, éramos mucho más jóvenes entonces. Ambos nos casamos felizmente con otras personas, y ahora estamos demasiado viejos para ese tipo de cosas".

"Espera... él está aquí en Golden Grove, ¿no?"

"No, no... Dios mío, estamos felices de ser solo amigos ahora. No se trata de mí, se trata de ti, ¿recuerdas?"

Kate se inclinó hacia delante. "¿Tú y Lucius Potter? Ay, Dios mío, eso es tan adorable". Ella se llevó la mano a la boca. "¿Cómo era él?"

Carol la señaló con un dedo. "Mira, Kate, si le cuentas a un alma sobre esto..."

"Oh, no te preocupes, no lo haré. ¿Era lindo?"

"¿Era lindo? ¿Eso es todo lo que las chicas piensan estos días?"

"Ay, ¡vamos! Algunas cosas nunca cambian, ¿verdad?"

Carol no dijo nada, pero lentamente se puso roja como la remolacha.

Kate golpeó la mesa con ambas manos, sonriendo. "¡Sí era lindo! Eso es muy dulce. Tú y tu novio de la secundaria. ¿Percy lo sabía?"

"Oh, Katie, ya para. Eso fue hace tiempo. Solo éramos niños, mucho antes de que conociera a tu Percy".

"¿El señor Potter —digo, Lucius— tenía bigote en ese entonces?"

"No, no tenía bigote. Se suponía que mi punto era..."

"¿Cómo era él? Apuesto a que te sostenía la puerta y llevaba tus libros a casa desde la escuela". Ella casi chilló. "¿Fueron al sock hop juntos?"

Carol bufó. "¿El sock hop? ¿Qué edad crees que tengo?"

Kate se encogió de hombros. "No lo sé. Sock hop, mosh pit, love-in, ¿qué hacían ustedes entonces?"

"Creo que nos estamos desviando un poco".

"¿Estás bromeando? Esta es la conversación más jugosa que he tenido en el último mes. Quizás en el último año. Entonces, ¿te hacía cosquillas su bigote?"

"Su bigote no hace cosquillas, digo, no tenía..."

Los ojos de Kate se agrandaron. "¿*No hace?* No, no acabas de decir eso". Ella apretó el brazo de su amiga. "Carol, tú sí que te mueves".

Carol se puso de pie con la cara aún roja. "Oh, me estás poniendo toda nerviosa. Cállate". Se dio la vuelta y fue a la cocina.

Kate agitó las manos. "Está bien, está bien, lo siento, lo siento". Ella se levantó y la siguió.

"Eso espero". Carol buscaba algo en el refrigerador.

Kate se dio cuenta de que había llevado las bromas demasiado lejos. "Mira, solo regresa y siéntate. Cuéntame qué ibas a decir".

Carol suspiró y se dejó caer en la mesa de la cocina. Kate se sentó frente a ella. "Lo que estaba tratando de decir es que, si no te arriesgas, podrías perderte algo mejor de lo que pensabas, eso es todo".

"¿Qué pasó contigo y Lucius?" Kate dijo suavemente.

Carol dudó. "Bueno, éramos buenos amigos en la escuela. Como lo eran tú y Peter. Vivía en el lado sur de la ciudad, donde está la calle de los bolos. Entonces todo era tierra de cultivo.

"¿Tuvieron una cita alguna vez?"

Ella sonrió, mirando a la mesa, sacando una miga del mantel. "Solíamos ir a patinar en Compton. Tenían una pista en las afueras de la ciudad, el Roll-a-Rama de Rhonda".

Kate casi se rio, pero la mirada pensativa en el rostro de Carol la detuvo. "Así que ustedes eran un par, ¿eh?"

"No, en realidad no. Creo que los dos nos gustábamos, ya sabes, pero nuestros padres no estaban muy de acuerdo. Era cuatro años mayor que yo, ya sabes. Era muy apuesto. Alto y delgado, con gafas con montura de cuerno. Muy parecido a Peter, la verdad". Parecía recordar algo, mirando al espacio. "Tenía estas patillas largas y fumaba cigarrillos de clavo".

"Espera, ¿Lucius fumaba?"

Ella se rio entre dientes, llevándose el dedo a la boca. "Lo atraparon una vez fuera de la clase de taller. No creo que sus padres lo descubrieran nunca. Si lo hubieran hecho, probablemente lo habrían enviado a la escuela militar. Eran bastante estrictos. ¿Sabías que su padre trabajó en Nitrovex?"

Kate puso su barbilla en su mano. "No lo sabía"

"Era mucho más pequeño en aquel entonces, recién comenzando. No pensaban mucho en que su hijo quisiera ir a la universidad, por alguna razón. Tal vez pensaron que trabajar en una fábrica era más seguro que obtener un título en alguna universidad. Creo que fumaba solo para tratar de actuar rebelde.

Kate tuvo una repentina imagen de un joven Lucius con

patillas de cordero, un bigote de morsa y un largo cabello castaño bailando en la brisa. Vestido con una bandana con los colores del arcoíris, sentado en una ruidosa chopper púrpura, acelerando el motor. Y Carol en la parte de atrás, vestida con una chaqueta Nehru con cuentas y flecos, brazos alrededor de su cintura, con lentes de espejo de abuela. Haciendo el signo de paz.

"Y entonces, ¿qué pasó?"

Carol suspiró. "Bueno, como dije, mis padres no pensaron demasiado en eso, yo tenía unos dieciséis años y todo y él casi cuatro años mayor".

"¿Y eso fue todo? ¿Nunca estuvieron juntos?"

"Lo intentamos, pero recuerda, él era mayor. Se fue a la universidad cuando recién comenzaba la secundaria. Regresó unas cuantas veces temprano o nos encontrábamos en el camino en Millersburg o en algún otro lugar. Les decía a mis padres que iba a jugar bolos con mis amigos. Nunca les había mentido antes".

La boca de Kate se curvó en una pequeña sonrisa. Ella estaba tratando de imaginar a su pequeña y amable amiga como una adolescente rebelde.

"Y, por supuesto, nos escribimos mutuamente. Bonitas largas cartas sobre lo que estábamos haciendo, y la escuela y demás. Sin embargo, no tanto de lo que estábamos sintiendo. Primero, lo hacíamos un par de veces a la semana. Luego una vez a la semana, luego una vez al mes, y luego simplemente... nos detuvimos".

Kate sintió el silencio colgando en el aire, el único sonido era el tictac del reloj vieja escuela que colgaba en la pared. Ella puso su mano sobre la de Carol.

"¿Y luego conociste a Percy?"

Carol asintió, sonriendo. "En la universidad, sí. Amor a primera vista, se podría decir". Se quitó las gafas y miró a través de ellas, luego las dejó sobre la mesa. "Lucius logró evitar el reclutamiento —pies planos, creo, pero no le digas que lo sé. Conoció a su esposa unos años después de la universidad. Realmente nunca nos vimos hasta que regresó aquí para enseñar".

"¿No fue un poco incómodo?"

"Oh, no tanto. Éramos prácticos. Uno sigue con su vida. No puedes vivir siempre en el pasado, ¿sabes?" Ella hizo una pausa, mirando hacia abajo. "Aun así, es parte de quien eres. Mi papá solía decir 'Quienes somos en el presente incluye quiénes fuimos en el pasado'".

Algo, un sentimiento, una noción, tiró de los pensamientos de Kate, pero nunca se materializó. Ella se sentía... no triste, si no ¿melancólica? ¿Esa era la palabra? Y la parte inquietante era que no estaba segura de sí era por su amiga o por ella. Se frotó las sienes con las manos. Dios. Estar de vuelta aquí estaba realmente revolviendo sus emociones.

"Bueno". Carol se puso de pie de repente. "Suficiente con eso. Tengo que prepararme para las damas". Se apresuró a la cocina. En unos momentos, Kate oyó golpes de ollas y agua que salía del grifo. Y... ¿eran sollozos? Ella no podía estar segura.

———

El timbre sonó, y un ruido de felices voces femeninas resonó desde el salón principal. Tommy, el gato de Carol, le pasó por encima y se escondió bajo una silla tapizada.

Kate entendió exactamente cómo se sentía el gato. No había planeado estar en la casa cuando aparecieron las Thread Heads, pero estaba en una buena racha con su trabajo. Al menos, eso pensaba. Hablar con Peter le había dado una idea sobre cómo podría seguir el proyecto Nitrovex. Todos los científicos no eran el típico nerd con bata de laboratorio.

Ella empujó su computadora portátil dentro de su caso y rápidamente reunió sus cosas mientras Tommy la miraba a ella y a las invasoras Thread Heads sospechosamente desde debajo de la silla.

Tenía la intención de saltar a la biblioteca de la ciudad y trabajar desde allí. Era probablemente el mejor lugar de la ciudad para esconderse y encontrar un buen Wi-Fi. Luego tenía una conferencia telefónica con sus jefes esa tarde. Y el lunes, de vuelta a Chicago con su espectacular, brillante y con suerte impresionante propuesta para el cambio de marca de Nitrovex.

Casi como si lo hubiera planeado, sonó su teléfono. Era el tono de llamada de Danni. No era inusual que su jefe llamara el fin de semana. Ella golpeó el icono de respuesta en el teléfono, cubriendo su oído izquierdo para bloquear la creciente charla de la sala de estar a medida que llegaban más damas.

"Hola, Danni."

"Hola, Kate. ¿Cómo está todo?"

"Todo muy bien. Justo estoy trabajando en la propuesta ahora". Ella tiró algunos garabatos arrugados de tubos de prueba bailando en una papelera cercana.

"Bien, la junta estará encantada de escucharla". Una pausa. Las pausas nunca eran buenas. "Bueno, sólo quería adelantarte algo. Frank Madsen estará sentado en tu reunión esta semana".

El pulso de Kate se aceleró. "¿El Sr. Madsen estará allí?"

"Sí " dijo Danni. "Estoy segura de que es sólo una de sus visitas de rutina para estar al tanto de nosotros."

¿Rutina? No había nada de rutinario en que el propietario altamente invertido de la empresa chequee un proyecto. Su proyecto. Se sentó en una silla.

"¿Kate?" Danni estaba diciendo. "¿Estás ahí?"

"Claro —sí. Estoy bien. ¡Estaremos bien!".

Danni debe haber oído la preocupación en su voz. "Entonces, ¿cómo va la propuesta?"

Kate miró las hojas de papel en blanco entre los materiales de Nitrovex dispersos en la mesa. "Genial, genial. De hecho, estoy en Golden Grove trabajando en algunas ideas". Se frotó la cara con la palma de la mano.

"Bueno, bien. Espero con ansias la presentación de esta semana". Dijo Danni. "No me decepciones".

Se colgó la llamada, y ella puso su teléfono abajo, mirando a la mesa. *No te preocupes, no te preocupes, no te preocupes* le atravesaba el cerebro.

Se sentó. *No te preocupes. Recuerda, eres buena. Sabes lo que estás haciendo, ¿no es así?* Todavía tenía días para crear un concepto bueno y consistente para presentar.

Un boceto de una sonriente mazorca de maíz con un traje de materiales peligrosos se asomó desde debajo de su portátil. Ella lo arrugó y lo arrojó a la papelera con el resto.

"¿Katie? ¿Podrías venir aquí un momento?"

La cabeza de Kate se asomó. Era Carol inclinándose en la puerta del comedor. "¿Mmm?"

"Todas las damas te quieren saludar"

¿Ahora? Kate se puso de pie, y luego terminó de apilar sus papeles. "Bien, puedo por un minuto. Luego de verdad necesito volver al trabajo".

"¿Va todo bien?" Carol la miraba de la forma en que su madre la miraba cuando pensaba que había olvidado estudiar para un examen.

Kate agitó los dedos. "Absolutamente". Trajo sus cosas y

siguió a Carol a la sala de estar, donde grupos de dos o tres mujeres mayores estaban charlando felizmente.

"¿Esa es la pequeña Katie?" Una mujer grande dijo en tanto llegaba a ella con los brazos extendidos. Ella sólo tuvo tiempo de poner su portátil y carpetas en una mesa auxiliar antes de soportar un abrazo aplastante de la gran mujer que olía abrumadoramente a lilas.

"Soy yo" respondió débilmente.

La mujer la sostenía a lo largo de los brazos como si esperara a que Kate dijera su nombre. "Oh vamos. ¿No me digas que no recuerdas a tu vieja maestra de segundo grado?"

La mente de Kate revuelta. Segundo grado, segundo grado, habitación vieja, olía a crayones y limpiador Comet, y.... a lilas. "¿Sra. Rooney?"

Eso produjo otro abrazo aplastante. "Así que sí lo recuerdas".

"Claro, por supuesto", dijo Kate con el poco aliento que le quedaba.

Su vieja maestra la liberó. "Mírate, toda crecida y hermosa. Mi pequeña artista". Ella se volvió a sus sonrientes amigas. "Katie era la mejor artista. Siempre dibujando en clase, dejándome pequeñas notas e imágenes."

Las otras mujeres arrullaron y sonrieron.

"Lo recuerdo como si fuera ayer", continuó la señora Rooney. Miró hacia arriba, la cabeza inclinada, los ojos cerrados, señalando con el dedo. "Tenías una silla en la segunda fila junto a la ventana. La mitad de las veces que te llamaba estabas mirando por la ventana el jardín de flores de la señora Malcom o un pájaro o algo así". Las otras damas sonrieron educadamente.

Bien, esto se estaba poniendo vergonzoso. "Sí, esa era yo,

supongo." La señora Rooney recordaba más de sus días de escuela que ella.

"Sí, y cuando no estabas mirando por la ventana estabas mirando a tu pequeño amigo Peter en la fila junto a ti."

Kate podía sentir su cara caliente. Sí, esto era oficial e innegablemente vergonzoso.

"Pequeño Peter, pequeño Peter", continuó su maestra con un suspiro. "Ustedes dos eran inseparables. Siempre juntos en el recreo". Ella susurró: "Una vez los atrapé agarrados de las manos junto a las barras de los monos." Las otras damas sonrieron de nuevo.

Esto se estaba saliendo de las manos. "Sí, bueno, eso fue hace mucho tiempo."

"Pequeño Peter, pequeño Peter", dijo la señora Rooney de nuevo, sonriendo y moviendo la cabeza. "Aunque ya no es tan pequeño, ahora, ¿verdad?" Ella dio un empujón a una de sus amigas, luego devolvió su mirada a Kate. "Y todavía un soltero codiciado, si no me equivoco."

Kate solo sonrió. *No se equivoca, y que alguien me saque de aquí ahora.*

La señora Rooney siguió. "Elegible y guapo, si se puede decir"

"Y tan cortés", contribuyó una mujer más bajita. "Y un muy buen maestro, por lo que entiendo. Mi nieto habría fallado en su clase sin su ayuda. Fue a su casa para ayudarlo con tutorías".

Las otras damas asintieron en aprobación. "He oído lo mismo de mi nieta, Stacy. Ella ama su clase, y nunca le gustó la ciencia en lo absoluto".

Sí, genial, todos estamos de acuerdo en que Peter es un gran tipo y un partido fantástico. Comencemos todos un club de Peter. Usted puede ser la presidenta. Ahora, ¿cómo saldo de aquí?

Kate buscó ayuda en Carol, pero sólo recibió una sonrisa y un asentimiento en aprobación.

"¿Has tenido la oportunidad de ver a Peter mientras estás aquí?" La señora Rooney continuó. "Está justo al lado, ¿sabes?"

No me digas. "Ah, sí, lo he visto una o dos veces."

Ella atrapó a la señora Rooney mirando su dedo anular por un momento. "Tú, ya sabes, me imagino que alguien lo va a atrapar pronto. No puede quedarse soltero para siempre".

"Estoy segura de que alguien lo hará", dijo Kate, esperando que su acuerdo terminaría el tema.

Pero no fue mi suerte.

"Lo he visto con Penny Fitch un par de veces", dijo una de las damas.

¿Qué? Peter no había dicho nada al respecto. O Carol...

La señora Rooney asintió. "Oh, sí. Y ella estando divorciada y todo eso, estoy segura de que está al acecho".

¿Divorciada? ¿Al acecho? Una imagen de Penny con un salvaje pelo negro y los dedos como garras apareció en su cabeza.

"Oh, Rose, no empieces ningún rumor", dijo Carol.

"Bueno, uno nunca sabe. Ninguna de nosotras se está volviendo más joven". Más sonrisas y asentimiento. "Y, como dije, él es el soltero más codiciado de la ciudad."

Carol se adelantó. "Bueno, señoras, supongo que deberíamos ponernos manos a la obra."

"Sí, fue bueno verlas a todas de nuevo", dijo Kate, retrocediendo.

La bandada de damas comenzó a mudarse al comedor, retomando su charla donde la habían dejado.

Kate rápidamente recogió sus cosas y se dirigió a la puerta principal. No se había expuesto así en mucho tiempo. Lo raro era que, aparte de los vergonzosos pinchazos sobre Peter, fue agradable verlas a todas. Al menos Carol tenía un grupo de amigas con las que pasar el rato. Todo lo que ella tenía eran los atracones de Netflix los sábados por la noche y la ocasional pizza después del trabajo con algunos compañeros de trabajo.

Tendría que hablar con Carol más tarde sobre todo esto. ¿Penny Fitch? ¿Qué fue todo eso? ¿Sólo un grupo de mujeres tratando de iniciar un rumor?

Bueno, ella tenía cosas más importantes que hacer que preocuparse por la vida social de Peter. Y las Thread Heads lo confirmaron. Le estaba yendo bien aquí. No sólo bien, sino que de verdad estaba ayudando a los niños. Como lo dijo la otra noche.

Miró su reloj mientras se dirigía a la puerta principal y bajaba las escaleras. Esa conferencia telefónica con sus jefes era en unas horas, y le quedaba mucho trabajo por hacer si iba a convencerlos de que no sólo estaba en el trabajo, sino que le estaba yendo muy bien.

No pudo evitar mirar a la casa de al lado donde vivía el soltero más codiciado de la ciudad. La casa del árbol todavía estaba, por ahora, siendo tragada silenciosamente por el árbol. ¿Y el chico que la había construido? Parecía atascado aquí, también, poco a poco siendo engullido por Golden Grove.

CAPÍTULO DOCE

La Screamin 'Bean era la cafetería principal de Golden Grove, al lado de Ray's Diner, por supuesto. Por lo general, estaba vacío a última hora de la tarde del sábado, salvo por una dispersión de estudiantes universitarios instalados con los auriculares puestos, estudiando. Y Sam Price en una cabina de la esquina, encorvado sobre un manuscrito. Sam fue uno de los autores de Golden Grove, actualmente el escritor fantasma detrás de la acogedora serie de misterio "Lottie Long", aunque no dio a conocer el hecho.

"Hola, Sam", dijo Peter. "¿A quién matarás hoy?"

Sam miró hacia arriba. "¡Hola, Peter! Aún no estoy seguro. Bien sea el sacerdote tuerto o el bibliotecario cojo. ¿Tienes alguna sugerencia?"

"¿Qué tal a un miembro del comité de presupuesto del distrito escolar que tiene una risa malvada y un bolígrafo rojo que nunca se queda sin tinta?"

"Veré qué puedo hacer", dijo Sam, con los ojos brillantes mientras volvía al trabajo.

Lucius y Peter eligieron una mesa con dos sillas junto a

una de las dos ventanas de vidrio que daban a la plaza del pueblo.

Una lluvia ligera rodaba por las amplias ventanas del restaurante, nublando la vista al exterior. Se estaba poniendo más frío casi a diario. Pronto caería la primera nevada, luego comenzaría el largo y lento descenso hacia el invierno.

Peter cuidó su café. Él y Lucius habían estado hablando de lo habitual. Cuestiones escolares, cómo le iba al equipo de campo traviesa, la maestra de arte que estaba embarazada y renunciaba después de este año. Pero él estaba más interesado en hablar sobre otro tema. El que no había abandonado su mente en las últimas semanas. Ese de pelo rojo dorado y el perfecto toque de pecas alrededor de su nariz.

"Escuché que dejaste caer un vaso en el laboratorio el viernes", decía Lucius.

Peter se encogió de hombros. "Estaba resbaloso. No tenía nada adentro".

"Siempre les da una carcajada a los niños, apuesto".

"Oye, si les llama la atención, dejaré caer un ladrillo sobre mi cabeza".

"No sería porque estabas distraído por algo, ¿verdad?"

Él no dijo nada.

"Escuché que nuestra visitante está de vuelta en el pueblo. Deberías invitarla a ayudar con la casa del árbol otra vez".

Peter lanzó un suspiro. "Veo que Carol te tiene en marcación rápida".

Lucius sonrió. "Solo estamos cuidando a nuestros amigos".

Amigos. Él ya no estaba seguro de qué significaba esa palabra. ¿Eras amigo de alguien si soñaste despierto en cómo la puesta de sol hacía que su cabello flameara dorado cuando intentabas calificar los exámenes de laboratorio? Él debe estar más solo de lo que había pensado.

"De todos modos, está lloviendo", señaló Peter.

"Entonces invítala adentro. Es agradable verla toda crecida", dijo Lucius.

No, no estaban hablando de esto.

Lucius continuó. "Es interesante. He enseñado tanto tiempo que veo que muchos estudiantes regresan. Reconozco sus caras o su caminar o voz. Algunos cambian mucho, y no puedo reconocerlos. Algunos se ven más o menos igual".

"No sé cómo es con Kate. Es como si estuviera allí en alguna parte", dijo Peter. "La verdadera Kate. La 'Katie'. Detrás de los relojes de diseñador y agua alcalina embotellada, debajo de las faldas de negocios grises".

Lucius alzó las cejas. "¿Debajo de las faldas?"

"Tú sabes lo que quiero decir"

Lucius asintió, pareciendo considerar algo. "Yo sí sé lo que tú quieres decir. Quieres que ella sea quien tú crees que realmente es".

Peter se encogió de hombros. "Ella puede ser quien quiera".

"Solo me pregunto si tal vez quieres que sea alguien que una vez conociste".

"¿Y quién es esa?"

"La chica de al lado. Con la que creciste". Su voz se hizo más suave. "La que se te escapó". Se aclaró la garganta. "Por así decirlo".

Los ojos de Peter se entrecerraron. "Estamos hablando de Kate, ¿verdad?"

Se movió en su asiento. "Claro. Lo que digo es que recuerdas a Kate como era, y ahora la estás viendo como es. Y estás tratando de decidir cuál es cuál".

"¿Cuál es la verdadera Kate? Creo que puedo decírtelo con bastante facilidad". Contó con los dedos. "Exitosa, talentosa, a la moda, motivada, confiada". Hermosa. Ojos castaños. Fuera de tu alcance. Y, una vez que haya terminado con su propuesta de Nitrovex, fuera de tu vida. "Se lo dije el fin de semana pasado. Todos crecen. Ella ha elegido una vida agradable para ella misma". Tomó un sorbo de su propio café. "Ella siguió adelante. Esta es solo una breve parada en su antigua vida, y luego regresa a la gran ciudad".

Lucius asintió con la cabeza. "Mmm. Pareces un poco amargado por eso".

"No, esto no se trata de mí. Estoy feliz por ella. Lo ha hecho genial. Ella está donde pertenece ahora".

Lucius asintió con la cabeza. "Puede que sí. No puedo evitar pensar que, a pesar de todo su éxito, todavía está sola".

Peter se encogió de hombros. "Bueno, sigues diciéndome lo genial que soy, y todavía estoy solo".

Lucius asintió con la cabeza. "Cierto. Me pregunto si a veces la gente debería tratar de estar solos juntos". Empujó su taza de café hacia adelante y comenzó a deslizarse fuera de la cabina. "Ahora, si voy a ser la mitad de exitoso que cualquiera de ustedes dos, será mejor que vaya a la escuela. Tengo que pedir vasos nuevos para el laboratorio". Él sonrió.

Peter lo vio salir de la cafetería. La puerta principal campaneo, y él se había ido.

Solos juntos. Sonaba como el título de una mala canción pop. Pero parecía describir sus sentimientos por Kate. Tal vez, en algún momento, habían tenido una pequeña oportunidad. Pero eso fue hace mucho tiempo, cuando eran niños. Hace toda una vida. No, hace *dos* vidas. Una volando alto en Chicago y el otro atrapado en el barro de Golden Grove.

Apretó su mandíbula. Ellos eran solo amigos. Viejos amigos, disfrutando un poco de tiempo juntos.

Drenó su taza, la volvió a poner en su platillo. Afuera, su ciudad natal se veía ajetreada. Coches yendo a trabajar, a comprar, gente moviéndose por la acera, hablando, riendo, las parejas agarradas de manos bajo sombrillas.

Se levantó de la silla. Tenía su propio trabajo que hacer. Eso es todo lo que parecía que había para hacer, prácticamente lo único que le quedaba allí. Sin familia, sin vida, sin futuro. Suspiró, empujando la puerta y entrando en la fría llovizna.

Tal vez pararía y tomaría una cena temprano para llevar con él a la escuela. Podía calificar algunos papeles. Por lo general, la mayoría de los sábados por la noche había alguna actividad escolar. Mejor que comer solo. De nuevo.

———

El doble y espeso batido de pastel de nueces con chispas de chocolate no había hecho nada para levantar el estado de ánimo de Kate. Se sentó en una cabina en la esquina trasera, el único cliente en Ray's. Ella revolvió el batido con su cuchara larga, mirándolo fijamente, con la esperanza de que Ray hubiera arrojado algún tipo de jugo de respuesta instantánea en él, que haría que todo se aclarara.

Su próxima reunión en Nitrovex se dirigía a un completo desastre si no se le ocurría alguna idea. John Wells tenía que estar quedándose sin paciencia. Ya había organizado una actualización en línea vía Skype a principios de esta semana, donde Kate se vio insegura con su presentación como si fuera una chica de secundaria dando un informe del ensayo que acababa de escribir la noche anterior.

Lo cual no estaba muy lejos de la realidad. Estuvo despierta hasta la una de la mañana tratando de encontrar un ángulo decente en Nitrovex. Algo, cualquier cosa que al menos llevara a Garman a la siguiente ronda de compañías bajo consideración hasta que pudiera encontrar ese increíble concepto que sabía que existía.

John Wells había estado mayormente en silencio. Si no hubiera sido por su innata cortesía de Iowa, probablemente se habría reído en su cara. Menos mal que este no era un cliente de Chicago o la reunión podría haber terminado con una llamada telefónica a su jefe y con ella volando desde una ventana del veinteavo piso seguida de su portátil y de las páginas brillantes de su propuesta.

Penny también estuvo allí durante la conferencia telefónica, de vez en cuando ofreciendo sugerencias. Algunas de las cuales eran útiles en realidad, pero Kate tenía la sensación de que cuando ella se fuera iban a reírse a carcajadas de la tonta chica que pensó que podía salir de su pueblo natal y ser exitosa en la ciudad.

Y no se le había ocurrido mucho más hoy.

Faltaba algo y no podía descifrar qué era. Lo que era peor era que ella sabía que había otras compañías presentando *sus* propuestas, y ellos probablemente no estaban usando una vaca danzante con bata de laboratorio.

Kate se sentía derrotada. Luego ella tendría que engañar a su equipo en una reunión en Garman para salirse con la suya, y llenar su posterior informe para Danni de suficientes clichés y palabras de moda para (eso esperaba) ganar un poco más de tiempo. Pero necesitaba algo mucho más concreto para llevar de vuelta a su equipo en Chicago el lunes.

Descansó la barbilla en su mano, mirando por la ventana frontal del restaurante salpicada por la lluvia, —pasando las páginas rizadas de los avisos de desayuno de panqueques y los carteles de los gatos desaparecidos—, al parque de la ciudad, donde el viejo cañón yacía en un lecho de flores de crisantemos naranjas y amarillos. En algún lugar allá afuera había una gran solución en el cerebro de alguien, pero seguro que en el de ella no era.

Volvió a su batido, tomó un sorbo grande de la pajilla, y luego se puso de pie. Ella nunca había tenido problema para conseguir las ideas artísticas, pero lo que tenía que ver con químicos podía ser cualquier cosa, pero una tina de lodo marrón arremolinado la estaba eludiendo.

Pensó en llamar a Danni, decirle que estaban equivocados. Que ella no era la indicada para el trabajo. Deberían traer a alguien más antes de que ella arruinada por completo esta cuenta.

Tal vez se le podría ocurrir algo para al menos mantener este patético tren rodando. Ese ángulo esquivo, esa base básica sobre la que construir, el núcleo de lo que hizo que Nitrovex fuera único. Bueno, para y piensa. Imagínate la esencia del producto y deja que las ideas fluyan.

Ella cerró los ojos. Su cerebro sólo podía imaginar una maraña de interminables tubos blancos anidados entre un mar de tanques sin sentido, todo respaldado por la banda sonora ensordecedora del zumbido aplastante de la maquinaria.

¿La esencia? Veamos, ¿aburrimiento? ¿Pesadez? ¿La inutilidad de la lucha del hombre contra los inevitables dedos de la muerte?

Ella agitó la cabeza. Lo que necesitaba era la perspectiva de alguien que amaba estas cosas. Alguien que apreciara la potasa cáustica y el hexafluoro-lo que sea. Suspiró. Alguien con una sonrisa torcida y estúpidamente comprensivos ojos azules.

Alguien que acababa de entrar por la puerta principal de Ray.

"Kate, hola", dijo Peter, deambulando.

Hola *a ti mismo*. Ella dio un pequeño saludo con la mano, él dudó en su mesa.

"¿Está bien si me siento?"

"Claro", asintió, con la boca seca. Tomó un sorbo de su batido, dándose cuenta de que probablemente a él le parecía enorme, pues el recipiente de metal y el vaso estaban cargados. "Yo iba... a... guardarle un poco a Carol. Para más tarde", mintió.

Él se deslizó en la cabina, con la sonrisa torcida y todo, y ella perdió el apetito. *De acuerdo, chica ruda, esta es tu oportunidad. Pregúntale.*

"¿Qué te trae por acá?" dijo ella. *Pregunta incorrecta*, le ladró su cerebro.

Él echó un vistazo a la habitación, luego miró su reloj. "Se suponía que debía encontrarme con Lucius aquí a las tres para tomar un café. Me llamó y dijo que tenía que revisar algo conmigo". Sus ojos volvieron a los de ella. "Estoy empezando a preguntarme si él va a aparecer".

Ella sonrió, la misma sonrisa que usaba para selfies. *Falso.* Ella se aclaró la garganta. "Ah, bueno, ya que estás aquí y eso, me preguntaba si tal vez podrías ayudarme con algo". *Buena transición, genio.*

Se inclinó hacia delante, la sonrisa aun haciendo su magia. "Seguro que sí. ¿En qué te puedo ayudar?"

Hay una pregunta cargada. "Es este proyecto de Nitrovex. Todos los términos químicos, los floculantes y demás". Ella agitó los dedos. "Creo que obtuve máximo una C+ en química en la secundaria". Normalmente no hacía el acto de la damisela angustiada, pero estaba desesperada por lograr

un avance. Ella trató de sacudir sus pestañas lo más indefen-
samente posible.

"¿Hay algo en tu ojo?" preguntó.

Sacudida de pestañas fallida. Ella se frotó el ojo. "Solo una pestaña. Entonces, ¿crees que puedes ayudarme?"

Él asintió, sus ojos estudiándola. Por un segundo pensó que él iba a decir que no, y su corazón dio un vuelco.

"Claro", dijo finalmente. "Creo que puedo darte un repaso de lo básico".

"Eso sería muy útil, gracias".

"No hay problema. Tengo que calificar algunos papeles esta noche, entonces podríamos vernos en la escuela. Hay práctica de baloncesto así que las puertas deberían estar abiertas. ¿Nos vemos en la puerta principal a las seis y media?"

Ella asintió. "Suena genial, gracias".

Él comenzó a deslizarse fuera de la cabina. "Mejor llamo a Lucius para ver qué pasa".

"Bien. Nos vemos esta noche a las seis y media entonces".

La sonrisa brilló de nuevo. "Es una cita", dijo, y se fue.

Ella lo observó irse. Muy bien, entonces, es una cita. Una cita de química. ¡Sí! Se limpió las palmas sudorosas con el pantalón, inhaló un poco de aire y apartó la sacudida. *¡Sí!*

———

Kate dejó su bolso sobre el escritorio de Peter en la parte delantera del aula de química. Miró a su alrededor las filas de mesas negras de Formica, cada una con su propio frega-dero y boquillas de gas cromado. Ella se sorbió la nariz. El aire olía a acre, como azufre y cosas quemadas hace mucho tiempo. Ella arrugó la nariz. Prefería el espeso olor a cera de las pinturas y papel en el salón de arte al final del pasillo.

"¿Entonces aquí es donde pasas la mayor parte de tu tiempo?"

Peter estaba en una estantería cerca de la ventana guardando algunos libros. "Casi todo el tiempo. Tengo una oficina al final del pasillo, pero prefiero pasar el rato aquí. Es más fácil para los estudiantes encontrarme".

Kate caminó alrededor de su escritorio, tocando los diversos adornos en él. Modelos de moléculas, pequeños trofeos caseros con frases crípticas en ellos. Probablemente chistes internos de los estudiantes. Ella se unió a él en el estante, escaneando los títulos. *Guía de Estudio de Química Orgánica. Química Cuántica e Interacciones Moleculares.* ¡Guao! Pura lectura adictiva.

"Gracias de nuevo por estar dispuesto a ayudar", dijo.

Sacó una carpeta y rodeó el escritorio hasta su silla. "No hay problema. Es mejor que calificar papeles". Volvió a su escritorio y abrió un cajón. "Siento no haber podido ayudar más la otra noche".

Ella levantó la vista, recordando esa noche. "No, tranquilo". Ella vio un papel de aspecto oficial en la esquina de su escritorio debajo de una carpeta y dos libros. Remolinos de espirógrafo alrededor del borde de papel pergamino. Lo sacó de debajo de los libros y lo leyó: *La Junta de Educación de Iowa confiere a Peter Hargrave Clark, Profesor de Ciencias del Año.*

Ella ladeó la cabeza hacia él. "¿Este es tu premio?"

Él miró hacia arriba y luego hacia abajo otra vez. "Síp".

"¿Por qué no lo tienes enmarcado? Se arrugará todo aquí".

"Lo haré en algún momento".

Ella abrió la boca para decir más, luego se detuvo. En

cambio, dejó el papel cuidadosamente sobre su escritorio y volvió a escanear su estantería. Un lomo desgastado de un libro con una foto de una mano sosteniendo un vaso con un líquido rosado le llamó la atención.

Lo sacó. "¿Este no es nuestro viejo libro de química?"

Peter levantó la vista de su escritorio y luego volvió a bajar. "Si, ese es. ¿Te trae recuerdos?"

Kate levantó el libro. "Sí. De dolor de espalda". Los libros de ciencias siempre fueron muy pesados. No recordaba mucho sobre química, pero sí recordaba cómo le dolía la espalda el día que tenía que llevar esto a casa en su mochila.

Ella lo abrió. En la cubierta interior estaba garabateado "Peter Clark" y debajo "SuperChemGuy" con estrellas dibujadas a su alrededor. Ella sonrió. "Entonces, Super Chem Guy, ¿alguna vez sales? Quiero decir, ¿lejos del pueblo? Seguramente debe haber algunas convenciones de química increíblemente emocionantes a las que puedes ir o algo así".

Peter levantó la vista y luego se echó a reír. "Ah, sí. Casi todos los fines de semana hay una salvaje convención para los profesores de química de secundaria en Las Vegas. Champán en vasos de precipitado, bailarinas, todo el asunto. Y SuperChemGuy era solo mi antiguo nombre de cuenta de AOL ".

Ella se mordió el labio pensando. "Creo que el mío era ArtGurlForever o algo tonto como eso".

"ArtGurlsRule".

Ella levantó una ceja, pero no dijo nada. Extendió la mano para volver a poner el libro en el estante. Algunas notas sueltas cayeron de debajo de su cubierta posterior al suelo.

Kate las recogió, escaneándolas. "¡Uuu! ¡Notas de amor!"

"¿Qué?" Se levantó y rodeó el escritorio. "Esos probablemente son solo viejos exámenes de química". Él trató de quitárselos, pero ella se giró antes de que él pudiera, manteniéndolos fuera del alcance mientras desdoblaba una, garabatos de pluma en papel de cuaderno.

"Querido Marvel", leyó, "*debo protestar por el uso de amoníaco como reagente en el último número de Spider-Man, número 167. Además, la reacción común de la quema de butano sería producir una llama azul, no una rosada, como se muestra en el panel cinco en la página doce*". Ella se echó a reír. "Ay Dios mío... lo siento, Peter, pero eras todo un geek".

"Sí, bueno, lo dice la chica que pintó un mural de My Little Pony en su pared y luego habló con él todas las noches".

"No hablé con él. Era solo... fingiendo. Y dijiste que nunca lo mencionarías".

"Solo dame el resto de las notas". Él extendió la mano sobre su hombro y tomó los papeles de su mano y luego los metió entre dos libros en el estante.

Casi deseó poder ver si había una nota de Penny Fitch. Era historia antigua, pero no pudo evitarlo.

Peter resopló. "Por qué no dejamos atrás el mundo de los recuerdos, ¿sí? "La jaló por el codo hasta una silla cerca de su escritorio, luego volvió a la suya.

Kate hizo una reverencia mientras se sentaba. "Claro que sí, Super Chem Guy".

"¿Dijiste que necesitabas algún consejo sobre tu propuesta?"

Estaba disfrutando de verlo nervioso, quitando su rebelde cabello de sus ojos. Hoy tenía la cara afeitada y olía a ropa recién lavada y especias. Pero él tenía razón. Es hora de ponernos manos a la obra.

"Está bien, tú sabes que se supone que debo estar inventando un brillante cambio de imagen para Nitrovex".

"Bien".

"Pero parece que no puedo encontrarle la vuelta. Quiero decir, la mayoría de las empresas con las que trabajamos son empresas creativas o en la industria de servicios. Observamos qué los hace funcionar, qué es lo que está en su núcleo, su base, y luego se nos ocurre un eslogan. Como 'Mudarse al futuro' o 'Tecnología a la velocidad de la mente'. Cosas así".

"Pegajoso"

"Gracias. Puedes usarlos en tu próxima carta a Marvel Comics".

"Entonces, ¿qué piensa Nitrovex de lo que les has mostrado hasta ahora?"

Recordó el largo silencio de John Wells. "¿Qué es una palabra que significa odio, pero peor?"

"¿Aborrecer?" Él se frotó la barbilla una vez con la palma de la mano. "Umm, ¿desprecio? ¿Retroceder horrorizado? ¿Vomitar profusamente?"

"Sigamos con el odio. Él lo odió".

"Oh, vamos, no puede haber sido tan malo". Acercó su silla a ella, su brazo tocó el de ella. "Muéstrame lo que tienes".

"Está bien, pero recuerda, no soy responsable de cualquier aborrecimiento o retroceso horrorizado que pueda causar". Presionó un par de teclas en su portátil. Apareció un programa de gráficos, luego una imagen de una vaca sonriente sosteniendo un tubo de ensayo llenó la pantalla.

Peter se echó a reír, luego se detuvo y se aclaró la garganta.

Los ojos de Kate se estrecharon. "Eso fue solo un bosquejo preliminar. Se suponía que no debías verlo".

"No, Kate, lo siento. Está bien. Si Nitrovex fuera un camión de helados". Esta vez, se cubrió la cara mientras se reía, haciendo una mueca en anticipación por el golpe que ella le dio.

"Muy gracioso. Consejos artísticos de un tipo que ni siquiera pudo terminar una imagen de un cachorro pintada por número".

"Oye, tú eres la artista, no yo".

"Exactamente, por eso necesito la ayuda de tu pequeño, simple e impasible cerebro científico. ¿Qué me está faltando?"

"¿Además de un tubo de ensayo bailarín? No estoy seguro".

Ella se estremeció. "Ya intenté eso".

"¿En serio?" Se frotó la barbilla de nuevo. "Tal vez si le pusieras un pequeño sombrero..."

"Vamos, Peter, es en serio".

Su risa había disminuido. "Bueno, vale. Lo siento". Se secó los ojos. "Mira, estás tratando con ingenieros y científicos aquí. Ni a las personas en Nitrovex ni a las compañías con las que ellos están tratando les va a importar si el logotipo tiene una vaca, un cerdo o un tallo de maíz. No son tan literales".

"Entonces, ¿cómo me invento un eslogan para una empresa cuyo producto principal parece ser algo que evita que las aguas residuales se vuelvan espumosas?"

"Bueno, ¿qué tal 'Tecnología a la Velocidad de la Caca'?"

Kate negó con la cabeza. "Sabía que esta era una mala idea".

Los hombros de Peter temblaban. Él levantó la mano. "Espera, espera, lo tengo. 'Nitrovex: Intestino moviéndose hacia el futuro'".

Kate se puso de pie. "Muchas gracias por tu ayuda".

Peter la agarró de la mano. "No, Kate, espera. Lo siento". La atrajo de nuevo hacia su asiento.

Ella se sentó, cruzando los brazos.

"Mira", dijo, "John Wells es el tipo que tienes que convencer, ¿verdad? Entonces, si te concentras en lo que le gusta, encontrarás algo en lo que aterrizar. Mire sus antecedentes, de dónde vino, por qué comenzó la compañía".

"Puede que sí. Pero él me parece más vaquero que químico".

"Puede que luzca así, pero es un tipo listo. Se graduó tercero en su clase en Iowa State".

"Bueno, entonces volvemos a cómo lo relaciono con los químicos nuevamente".

Peter se puso de pie. "Creo que parte del problema es que necesitas volver a familiarizarte con el maravilloso mundo de la ciencia. Ven conmigo al laboratorio". Se paró.

Kate, levantándose con un suspiro, lo siguió hasta una larga mesa negra. "Está bien, pero le estás pidiendo mucho a una geek del arte".

"No te preocupes. Soy Profesor de Ciencias del Año, ¿recuerdas? Bien, comencemos con lo básico".

———

Una hora después, Kate sentía que su cerebro se iba a derretir.

"Bueno, eso está cerca", decía Peter, "pero recuerda, un mol es una cantidad unitaria. Una molécula es un grupo de átomos".

Kate levantó las manos con frustración. "Bien, se acabó. Supongo que no tienes nada aquí que pueda transformar lo que sea que haya en este vaso en vino". Ella señaló un vaso de líquido al lado del fregadero.

"Oh, vamos, no deberías rendirte tan fácilmente".

"No deberías subestimar el valor del vino".

Peter sacudió la cabeza. "Recuerda el viejo chiste de química: El alcohol no es el problema... es la solución".

"Bien, primero: ¿en serio? ¿La química tiene chistes? Y segundo: no lo entiendo para nada".

Peter frunció el ceño. "Extraño... ese siempre los mata en nuestras increíblemente emocionantes convenciones de química".

Kate hizo una cara.

"El chiste es que el etanol es una sustancia pura, pero el alcohol que bebemos siempre es una mezcla de cosas, como uvas o agua y alcohol, por lo que técnicamente es una solución".

"¡Guao! Eso es tan... no gracioso".

Peter asintió, el lado izquierdo de su boca se curvó. "Sí, supongo que tienes que ser un geek de la química".

Kate puso ambas manos sobre la mesa. "Si puedes notarlo por mi cara y su total falta de expresión, no me estoy riendo. Y no creo que esto me esté acercando a una solución, y si haces otra broma sobre la solución, te golpearé con como sea que se llame esta botella".

"Lo que intento mostrarte es que hay un arte, incluso una belleza en la química. Es lo que compone el mundo. Como cuando pintas un cuadro, usas diferentes colores, ¿verdad?"

"Claro".

"Bueno, todo lo que somos, nuestros cuerpos, esta silla, está compuesta de moléculas, de químicos, cada uno combinado de diferentes maneras para hacer algo más grande".

Ella ladeó la cabeza. "Guau, Peter. Eso fue en verdad... poético".

"Sí, yo también me sorprendí allí".

Kate se frotó los ojos y ahogó un bostezo. Se sentía exhausta y ni siquiera era tarde.

"Digamos que", dijo Peter. "No tengo botellas de Chardonnay escondidas en el aula, pero ¿qué tal una cena algún día?"

Kate se puso de pie. Había disfrutado el tiempo que pasó con Peter, pero todas estas cosas de ciencia la habían dejado sin vida. Y ella sabía que el reloj avanzaba en este proyecto. "Gracias, pero será mejor que vuelva a trabajar. Tengo una propuesta que presentar en Chicago la próxima semana".

No estaba segura de sí sus hombros se habían caído. "Claro, cierto. ¿Supongo que ya no te veremos mucho por aquí?"

Ni ella misma estaba segura. ¿Qué pasa si la reunión de esta semana iba mal? ¿Qué pasaría si la sacaran del proyecto y pusieran a alguien más? Sintió una punzada en el estómago. "Creo que debería estar de vuelta, si todo va bien con mis ideas".

Él asintió. "Bien. Quiero decir, ha sido bueno verte de nuevo".

Ella recogió sus cosas. "A ti también", dijo ella, reuniendo una sonrisa. "Y gracias por tu ayuda."

Él miró el reloj en la pared. "Supongo que debería ponerme a calificar esos papeles. Aunque, creo que los llevaré a casa. Solo necesito agarrarlos de mi oficina".

Ella asintió. "Claro. ¿Nos vemos en la puerta principal?"

"Seguro. Te llevo a casa. Bueno, no a casa. No a Chicago. A donde Carol".

Estaba notando que sus despedidas se estaban volviendo más incómodas, sin saber si solo decir "adiós" e irse, o algo más. Como si fueran una especie de pareja y necesitaran... ¿qué? ¿Estrecharse las manos? ¿Golpearse mutuamente en la espalda y la cabeza? ¿Besarnos?

Supuso que se trataba más de si volverían a verse y cuándo. El hecho de que se quedara en la casa de al lado no significaba que pudiera asumir que lo volvería a ver antes de irse.

La punzada volvió a saltar en su estómago. Ni siquiera sabía si volvería a Golden Grove.

Ok, respira profundo. Estúpidos pensamientos.

Levantó su bolso sobre su espalda y dobló una esquina en el pasillo solo para toparse con alguien.

Pecas, tirantes. Era como verse en un espejo y verse a sí misma en la escuela secundaria.

CAPÍTULO TRECE

Un par de libros y un tablero de arte cayeron al suelo. Kate se inclinó para recogerlos, disculpándose al mismo tiempo. "Lo siento mucho, no te vi allí".

"No, fui yo", dijo la niña, con el rostro enrojecido. "No estaba viendo a dónde iba, supongo".

Kate recogió los libros y notó las portadas. *Historia del Arte* y *Dibujo del Cuerpo Humano* de Milton. No había oído hablar del segundo, pero el primero era el mismo libro que usó cuando estaba en la secundaria. Le entregó los libros a la chica, que los metió en su mochila morada.

Volteó los tableros de arte para pasárselos a la chica. El de arriba era un dibujo de un caballo rampante, sin jinete. Deslizó ese a un lado para ver el que estaba debajo, que era una pintura acrílica de un tulipán, de cerca y en detalle. Ambos eran excelentes.

"¿Tú hiciste estos?" le preguntó a la chica, que estaba cambiando su peso de un pie al otro.

"Sí. En clase de arte".

Kate notó que la chica no la había mirado a los ojos ni una vez. "Son muy buenos".

Hubo un indicio de una sonrisa en el rostro de la chica que desapareció rápidamente. "Gracias".

Kate le entregó los tableros. La chica los tomó y luego se acercó a una mesa cercana donde arrojó su mochila. Kate la siguió, curiosa. El trabajo puede esperar unos minutos.

"Es muy tarde para estar aquí".

La chica nunca volteó. "Obtuve permiso del Sr. Clark para trabajar en mi experimento esta noche. No vine ayer. Y luego voy a ayudar con las decoraciones para el Baile".

"Ah, sí. 'Keeping It Rad In The Eighties', creo". Se detuvo. "Entonces, ¿Estás en la clase de Química de Peter, —del Sr. Clark?

"Química 201." La adolescente comenzó a colocar el equipo sobre la mesa.

"¿201? Te debe gustar la química."

"Supongo".

Kate se acercó, poniendo sus cosas en la mesa al lado de la mochila de la chica. Ella extendió la mano.

"Soy Kate. Soy amiga del señor Clark. También me ha estado ayudando con química".

La breve sonrisa regresó y estrechó la mano de Kate con cautela. "Soy Stacy". Regresó a trabajar, sacando un libro de texto grueso y pesado de las profundidades de su mochila.

"Hola, Stacy". Stacy... ¿la chica que una de las Thread Heads había mencionado la otra mañana?

Intentó ignorar cuánto le recordaba la niña a sí misma a esta edad. Tímida, bonita pero probablemente teme creerlo. Su breve sonrisa mostró un destello de metal. Frenillos. Kate había olvidado cuánto odiaba sonreír cuando tenía los frenillos. Dos años enteros de fotos de secundaria con una sonrisa lúgubre y sombría de Mona Lisa, sin mencionar el último año. Cortesía de alguna condición de ortodoncia que pudiera pronunciar. Una cosa que no había olvidado era cuánto podría apestar la secundaria.

"Entonces, ¿tomas alguna clase de arte?" Kate señaló los dibujos al lado de la mochila.

"No hay muchas para tomar, pero he hecho algunas pinturas extracurriculares".

"¿En qué año estás en la escuela?"

"Último año".

"Oh, ¿casi lista para la universidad?"

"Eso creo".

"¿Y te gusta la química también?"

Hubo una pausa mucho más larga como si Stacy estuviera decidiendo algo. Ella no levantó la vista, solo dijo: "No realmente", en voz baja.

Las cejas de Kate se arquearon ligeramente. "Pero estás tomando la segunda clase de química. Supongo que eso es lo que representa el dos-cero-uno, ¿no?"

"Sí". Otra pausa. "Mis padres piensan que necesito aprender tanta ciencia como sea posible. Para la Universidad. Para que pueda conseguir un buen trabajo".

Bien, ¿dónde ha escuchado ella eso antes? "Déjame adivinar. ¿Uno de tus padres o ambos trabajan en Nitrovex?"

Eso se ganó una mirada directa a la cara. "¿Cómo lo supiste?"

Kate se rio entre dientes. "Suerte, supongo. Apuesto a que la mitad del pueblo trabaja allí".

"Creo".

Kate notó la carpeta sin abrir de química de Stacy sobre la mesa. Estaba cubierta de intrincados garabatos. Animales, formas, filigrana, todos entrelazados. Abrió la carpeta y vio más garabatos en los márgenes, así como páginas enteras de dibujos. Gatos, leones, una niña con el pelo al viento mientras miraba desde un acantilado hacia el océano con las manos entrelazadas en la espalda.

"Stacy, estos son muy buenos".

La cabeza de Stacy apareció. Su rostro se puso rosado cuando vio a Kate mirando dentro de su carpeta. "Ah. Esas son solo cosas que hago en mis notas cuando estoy aburrida".

"Bueno, están bien".

Breve sonrisa. "Me gusta más el arte, pero mi padre quiere que haga algo en ciencias, como ser médico o algo así".

Kate sintió un ardor en el cuello. Dios. Algunas cosas nunca cambian. "Bueno, supongo que es práctico... pero ¿has considerado obtener una especialización en arte? ¿O algo en diseño gráfico?"

Los hombros de Stacy se encogieron. "Podría tomar algunas clases en la universidad si tengo tiempo. Pero no estoy segura de sí mi papá estaría de acuerdo".

"Bueno... yo estaría feliz de hablar con él. Si tú quieres". Bien, ¿de dónde vino eso? Ella ni siquiera conocía a esta familia.

Stacy pausó lo que estaba haciendo y levantó la vista. "¿Lo harías?"

"Seguro. A mí también me gusta el arte. ¿Recuerdas, —has oído hablar de My Little Pony?"

Stacy ladeó la cabeza. "¿El juguete?"

"Síp". Ella agitó su mano por el aire. "Pinté un mural completo en mi pared. Cuando era niña. Los ocho ponis, con un arcoíris, hierba, un puente sobre un arroyo". Se frotó la barbilla con el dedo. "Creo que incluso tuve a Queen Chrysalis allá arriba en alguna parte".

Stacy sonrió por primera vez, formando hoyuelos en sus mejillas pecosas. "¡Guao!"

Kate se rio. "Sí. Bastante geek, ¿eh?"

Stacy volvió a su trabajo. "No lo sé. Suena genial".

Kate se apoyó en la mesa con los codos. "Bueno, creí que lo era. Al menos en aquel entonces. Me cambié a negocios y diseño gráfico para la universidad. Tiene que ser práctico, ¿verdad?"

"Supongo".

La chica parecía decepcionada. Le recordó al tono que sus padres habían usado cuando dijo que iba a la escuela de arte en lugar de ir a la universidad. Excepto que esto fue a la inversa. "Pero sí hice mucho arte en la secundaria. Incluso entré en la Feria de Becas".

Había un nuevo brillo en la voz de Stacy cuando se volvió. "¿De verdad? ¿Ganaste?"

Kate casi hizo una mueca, pero mantuvo su sonrisa. "No realmente. Pero las cosas salieron bien". ¿Cierto?

"Mi profesora de arte me está haciendo entrar a la feria. Ella dice que mi proyecto es muy bueno".

Kate asintió con la cabeza. "A juzgar por lo que vi, apuesto a que es así".

"Es una pintura realmente grande que hice de mi granja. Lo pinté en madera de granero".

Madera. Bien. Eso debería ser a prueba de cohetes. "Espero que ganes", dijo Kate.

Stacy solo asintió.

Los ojos de Kate se dirigieron a la cartelera de anuncios de papel amarillo en el pasillo, lleno principalmente de avisos de clase. Descansaban en un collage de fotos pegadas en una cartulina verde: Peter y su clase afuera en algún lugar, riéndose, jugando, haciendo muecas. Ella sonrió. "¿Dónde tomaron esa?"

Stacy se volvió para ver lo que estaba mirando. "Ah, esa. Esa fue nuestra excursión a principios de año. El Sr. Clark nos llevó a Palisades Park para disparar algunos cohetes que habíamos hecho en clase".

"¿Hiciste cohetes?" Su estómago se volcó una vez. De nuevo con los cohetes.

"Sí, el Sr. Clark dijo que era un experimento de combustión y propulsión. Lo hicimos con la clase de física. Fue divertido. Él es muy genial".

"Ciertamente es un caso". Kate recordó las marcas chamuscadas en el piso de la casa del árbol.

"Sí. La escuela no tenía dinero para eso, pero lo pagó todo él mismo, de todos modos. Luego nos llevó a todos a tomar un helado".

Kate escaneó el resto de las fotos. Encontró una con Stacy, pequeña sonrisa, lejos de la parte más bulliciosa de la multitud, pero aún con algunos amigos. Fue un recordatorio demasiado familiar. "Entonces, ¿esos son tus amigos?"

Stacy miró hacia arriba y luego hacia abajo nuevamente. "Sí".

Kate entrecerró los ojos ante la foto de nuevo. "¿Qué es eso en tus jeans?" Ella pensó que vio un patrón. "¿Punto de aguja?"

"No. Es pintura amarilla".

"¿Pintura? ¿Tuviste un accidente en la clase de arte?"

"No. No es nada. Solo algunos chicos".

Los ojos de Kate se estrecharon. "¿Qué chicos?"

Stacy se encogió de hombros. "Solo... chicos". Ella movió un portaobjetos de vidrio hacia un microscopio gris. "No pasa nada. Un par de chicos estaban jugando y me tropezaron con pintura amarilla en la clase de arte. Es solo la secundaria, dice mi papá".

Una letanía de recuerdos similares pasó por la mente de Kate. Risas y señalamientos en el pasillo. Bromas de frenillos. Risitas y miradas. No ser elegida para equipos en educación física. Pequeñas cosas que se acumulan en grandes cosas. Si las dejas.

"Bueno... tienes razón en algo. No es gran cosa. Sabes que no eres todo lo que la gente dice de ti, ¿verdad?"

Stacy asintió, pero siguió trabajando. "Lo sé", dijo en voz baja.

"Y tampoco debería ser 'solo la secundaria'". Podía sentir sus orejas calentarse.

"Lo sé", repitió Stacy, luego miró a Kate antes de volver a sus tubos de ensayo. "Apuesto a que probablemente no tenías... quiero decir, eres tan bonita..." Se interrumpió.

"¿No tenía problemas en la secundaria?" Kate terminó por ella. Ella casi resopló. "Perdona. Stacy, las historias que podría contar".

Stacy ahora se volvió, con la cabeza en alto, los ojos muy abiertos. "¿En serio?"

Kate sacó un taburete en el banco y se sentó. "Tuve frenillos hasta los dieciséis años. Mi nombre es Katie Brady, así que, por supuesto, fui Katie Braces durante la mayor parte de la secundaria. Luego estaban los chicos que ladraban o bramaban cuando yo pasaba. Y las chicas no eran mucho mejor. Una de ellas me vio leyendo un libro de Harry Potter. Comenzó a llamarme 'Hairy Pitter' en educación física". Hizo una pausa, recordando. "Incluso los amigos que creías que eran tus amigos podrían volverse contra ti".

"Pensé que tendrías... quiero decir, no estás..."

Kate tocó el hombro de la chica. "Ey, ¿Stacy? Escúchame. El hecho de que no puedas caber en una talla seis no significa que no vales nada. Y solo porque naciste con los dientes en los ángulos equivocados no significa que no seas hermosa. En lo absoluto. ¿De acuerdo?" Le dio un apretón en el hombro a Stacy para enfatizar.

Stacy asintió con la cabeza. "Desearía ser tan bonita como tú".

"Vaya. ¿Recuerdas cuando tu mamá solía decirte que comieras tus verduras? Las mamás aún hacen eso, ¿verdad?"

"¿Sí?"

"Me lo tomé muy en serio. Eso fue todo lo que comí por un tiempo después de la universidad. Era una especie de misión para mí en ese momento. Pensé que, si me hacía ver hermosa por fuera, también me haría hermosa por dentro. Pero después de un tiempo, me di cuenta de que era una mentira".

"Bueno, eres hermosa". Stacy sonrió con timidez.

Kate tocó el hombro de su nueva amiga. "Siempre fui hermosa, Stacy. Y también lo eres tú. Me refiero a la verdadera belleza, no a las cosas que la gente ve en el exterior. Eso no siempre significa que sea verdad. Créeme, una vez que la gente vea la verdadera belleza que tienes, —la belleza que toma tiempo ver—, significa mucho más. Y dura... mucho más tiempo". Encontró sus ojos mirando fijamente la foto de Peter que la clase había pegado en la cartelera, sus ojos azules bailando sobre su alegre sonrisa mientras la clase hacía payasadas a su alrededor. Suspiró.

"Entonces, Kate... entonces... te gusta el Sr. Clark, ¿verdad?"

Kate fue sacudida fuera de sus pensamientos. "¿Mmm? ¿Qué?"

Stacy la estaba mirando fijamente. Era obvio que Kate había estado mirando la foto durante unos segundos. "El Sr. Clark dice que fueron juntos a la escuela".

"¿Dice eso? Si, así fue". Hace mucho tiempo".

Stacy se volvió hacia la mesa y comenzó a organizar sus notas. "¿Cómo era él? En aquel entonces, quiero decir".

Kate entrelazó sus dedos, pensando. "Bueno, veamos.

Era alto, flaco y usaba anteojos. Algunos de los muchachos lo llamaban 'Peter Clarker', ¿sabes, como Spiderman?"

Stacy se rio.

"Y, mmm... ah sí, él también hacía cohetes en ese entonces".

"¿En serio?"

Kate asintió y luego susurró. "Casi quemó su casa del árbol una vez".

Eso consiguió una sonrisa con los ojos y la boca abierta. Stacy parecía recordar algo. "Oh, sí, una vez el Sr. Clark nos estaba mostrando gases inertes y encendió una bolsa porque creía que era helio, pero en realidad era hidrógeno".

Kate asintió con la cabeza. "Está bien, no tengo idea de lo que eso significa, pero supongo que algo explotó".

"Sí. Había una gran bola de fuego". Señaló una mancha oscura en las tejas del techo sobre una de las mesas. "Todavía se puede ver la mancha en la lampara colgante".

Kate frunció los labios. "Mmm. Solo había escuchado sobre aquel en el que mezcló dos cosas. ¿Rojo-algo y fósforo-algo?"

"Ah, sí. Esa no era mi clase, pero me enteré. La escuela lo obligó a pintar el techo".

Kate se inclinó hacia delante, calentándose por estos chismes de Peter. "Está bien, ¿qué más tienes?"

"Oh, una vez, estaba mezclando algo en un vaso de precipitados y se resbaló y cayó, se derramó sobre la mesa y lo roció sobre él". Se cubrió la boca con la mano. "Lució como si se hubiera mojado los pantalones por el resto de la clase".

Kate se rio. "Está bien, ese definitivamente lo estoy recordando".

"Sí". Stacy cruzó las manos sobre su regazo. "Es el mejor profesor de la escuela. Desearía que fuera profesor de arte".

Kate asintió con la cabeza. Stacy continuó antes de que ella pudiera hablar.

"Me preguntaba si pensabas que tal vez él... bueno, no él, por supuesto..." Ella miró hacia abajo. "Pero alguien como él podría ser..." Se apartó el pelo de los ojos. "¿Podría gustarle alguien... como yo?"

Kate respiró hondo y exhaló. "Oh, Stacy". Le tocó el hombro otra vez. "Por supuesto que alguien podría y alguien lo hará".

Stacy sonrió ampliamente. "Bien". Parecía tener un pensamiento porque se sentó un poco más erguida. "Deberías ir al Baile de Bienvenida con él. El Sr. Clark va todos los años". Más risas. "Es un buen bailarín".

¿Peter? "¿De verdad? Casi valdría la pena ver eso". Luego ella recordó. "Pero no estoy segura de sí estaré aquí. Yo vivo en Chicago".

"Ah. Pensé que vivías aquí". Y con eso, la niña se volvió a su taburete y abrió su carpeta de química.

Kate la observó por un momento, luego saltó de su propio taburete. "Está bien, suficiente charla de chicas. Debería seguir mi camino. Pero recuerda, si quieres charlar, házmelo saber, ¿de acuerdo? Aquí tienes..." Kate tomó el teléfono celular de Stacy que estaba sobre la mesa y marcó su número. "Lo pondré bajo 'Hairy Pitter' para que sepas quién es".

Stacy dio un par de risas. "Bien".

"No te quedes demasiado tarde. Es sábado por la noche, ¿recuerdas?"

Una pequeña pero genuina sonrisa. "No lo haré."

Kate recogió sus cosas otra vez, su ojo atrapó la cartelera y automáticamente encontró la familiar cara sonriente de Peter. Viéndolo ahora, menos como el chico torpe y lindo que había conocido y más como el hombre complejo que estaba descubriendo. Pero tal vez demasiado tarde.

Miró a Stacy cuando salió de la habitación. Estaba ocupada con su experimento de química. Aunque ahora con una leve sonrisa en su rostro. Y ella estaba tarareando.

Kate no solo le dio una charla motivacional. Ella realmente era hermosa. A veces solo necesitabas que alguien lo dijera, alguien que no fuera tus padres o tus amigos o tu maestro.

Se fue, sus pasos resonaron por el pasillo vacío. ¿Cuántas otras Stacys necesitaban escuchar eso aquí? Tal vez eso era lo que había mantenido a Peter aquí todos estos años. No solo lo que podía enseñar en el aula, sino fuera de ella. Tantas Stacys...

Ella vio su reflejo en la vitrina de trofeos a la entrada de la escuela y se detuvo. Baloncesto, fútbol, atletismo. Entrecerró los ojos. Una placa con los ganadores de la Feria de Becas de los últimos años descansaba en la parte posterior, cerca de la esquina de la vitrina. Una fila más arriba, ocho placas de latón hacia abajo. Peter Clark.

Su reflejo le devolvió la mirada desde el cristal.

Stacy parecía creer su pequeña charla motivacional. Pero, ¿lo hacía ella?

Captó otro conjunto de reflejos en el cristal. Al final del pasillo, una puerta abierta, Peter y... ¿Penny Fitch? ¿Qué estaba haciendo ella aquí?

Se congeló. Penny se estaba riendo (por supuesto), tocando el brazo de Peter y sacudiendo su perfecto cabello negro azabache. Peter sonriendo también, con las manos en los bolsillos, haciendo su pose de tímido colegial. Otra agarrada de brazo de Penny y desapareció de nuevo en la habitación, justo cuando Stacy se unía a ella. ¿Decoraciones para el Baile? ¿Por eso estaba Penny aquí?

Y ahora Peter venía hacia ella. De repente, encontró muy interesante, el trofeo de First Tennis Runner-Up Girls Tennis de 1969, que tenía delante de ella.

———

Peter vio a Kate parada en el pasillo vacío, mirando la vitrina de trofeos. "Veo que conociste a Stacy", dijo, deambulando.

Kate se volvió y asintió. Él no pudo distinguir su expresión. "Sí, es una chica muy trabajadora, quedándose aquí hasta tan tarde. Ayudando con las decoraciones del Baile".

Sus ojos se estrecharon. ¿Stacy le había dicho eso? "Entonces, Stacy sacó todos los trapitos sucios del viejo y malvado Sr. Clark, ¿verdad?"

Kate asintió con la cabeza. "Algunos, pero probablemente no todos. Escuché que eres bastante bueno pintando techos".

"Hombre, explotas una bolsa de hidrógeno y te marcan de por vida".

"Mejor que andar todo el día con pantalones mojados".

Cuando ella se movió hacia la entrada principal, él la siguió. Genial. La historia de los pantalones mojados. "Bueno, cualquiera que dijera que ser profesor es fácil está mintiendo".

"Dudo que alguien que haya tenido que enseñar alguna vez haya dicho eso".

"Cierto".

Se detuvieron junto a la puerta principal. Un par de estudiantes entraron desde afuera, los miraron, se miraron sonriendo, y siguieron corriendo, riéndose. Genial. Más rumores.

Se apartó del poste de la puerta. "Debería volver. Tengo horas de trabajo por delante".

Él asintió. "Claro". *Pregúntale.*

Ella le ganó. "¿Puedo enviarte si me atasco con algún término científico?"

"Seguro. Cuando quieras".

Ella sonrió. "Nunca se sabe cuándo podrías necesitar más consejos científicos".

Él asintió. "Bien. Aquí estaré".

Se quedaron en silencio por un momento. "¿Te acompaño a tu auto?" Peter dijo finalmente.

Ella hizo una breve reverencia. "Gracias, amable señor".

"No hay de qué". Peter la rodeó para abrir la puerta.

Caminaron juntos por las puertas delanteras y salieron a la puesta del sol. La lluvia había cesado, pero las nubes se movían rápidamente cruzando el cielo. Algunas hojas crujieron a sus pies.

"Como en los viejos tiempos".

"¿Cómo así?" dijo él.

"Cuando solías acompañarme a casa desde la escuela".

"Estaba mucho más cerca entonces. Cerca de una carrera de cinco millas desde aquí".

"Ciertamente". Se arrastraron en silencio. Sostuvo su bolso con ambas manos frente a ella, pateando las hojas mientras avanzaba.

Él pensó en algo que alguien le dijo una vez, o tal vez lo había leído. Recordaste las cosas malas del pasado y olvidaste muchas de las cosas buenas. En este momento, estaba pensando en Kate, la niña, acompañándola a su casa desde la escuela, con su mochila púrpura de My Little Pony rebotando sobre sus hombros. La Kate que era muy cercana a él, no de la que él se había alejado en la secundaria. La cual se preguntaba si había perdido, o si tal vez le habían dado otra oportunidad de encontrarla.

Siguieron arrastrando los pies. Él comenzó a patear hojas con ella, sonriendo.

Como en los viejos tiempos.

CAPÍTULO CATORCE

F<small>RANK</small> M<small>ADSEN</small> <small>LEVANTÓ</small> <small>LA</small> <small>VISTA</small> <small>DEL</small> <small>INFORME</small> <small>DE</small> Kate en su portátil, mirándola por sus gafas de lectura. "¿Y este es el alcance del informe hasta ahora?"

A Kate le molestaba el cuello de su camisa. La sala de conferencias se sentía demasiado cálida hoy. "Sí, hasta ahora. Es sólo el informe preliminar. Nitrovex está resultando tener un alcance más amplio de lo que nosotros, —de lo que yo pensaba".

Madsen asintió lentamente. Los otros tres miembros mayores de su grupo continuaron pasando a través de la delgada pila de papeles que conforman su informe. Ninguno de ellos sonreía.

Eso es todo, de vuelta a las tarjetas de negocio. Se preguntó si los KwikCopies de la esquina tendrían alguna vacante. Ella esperó a que alguien más hablara con los dedos entrelazados.

Pasó todo el viaje de regreso el domingo con la radio apagada, una libreta con líneas amarillas y un bolígrafo en el asiento del copiloto. Pensando, conduciendo, tomando notas. Más notas una vez que llegó a su departamento, luego hizo rápidamente una presentación de diapositivas cuando llegó a la oficina esta mañana. Odiaba hacer las cosas a último momento, y estaba molesta consigo misma por sentirse tan fuera de su área de confort.

La conversación con Peter ayudó. Había abordado el problema de Nitrovex desde un ángulo diferente, un ángulo más personal, y había logrado reunir algunas ideas nuevas para su propuesta. Suficientes, con suerte, para convencer al grupo de que ella podría terminar el trabajo. Lo que significaba otro viaje de regreso a Nitrovex y Golden Grove.

¿Y Peter?

Ella no podía decidir cómo se sentía al respecto. Incluso había pensado que arruinar este trato podría ser algo bueno. Ella nunca había querido ir a Golden Grove, primero que todo; de hecho, lo temía.

Pero tenía que pensar en su trabajo. Danni había dejado en claro cuáles eran las expectativas del grupo. Un fracaso aquí probablemente sería un asesinato profesional. Y su carrera era algo en lo que había trabajado demasiado y durante demasiado tiempo como para considerar perder.

Ella enderezó su columna vertebral. Al menos podría fingir que sabía lo que estaba haciendo. Incluso si estaba a punto de ser despedida.

Danni habló. "Aunque el informe es bastante ... delgado, creo que podríamos tener algo con que trabajar".

Mi querida Danni. Gracias Danni.

"Aunque habrá que trabajar mucho más con respecto a la premisa básica de su propuesta. Por ejemplo, ¿cuáles son algunos de los conceptos centrales con los que estás trabajando? ¿Qué tal el aspecto internacional de la empresa? ¿Cómo encaja eso con los orígenes de Nitrovex en el Medio Oeste?

"Sí, el aspecto internacional. Bueno, creo que primero

debemos encontrar la base, la esencia de lo que hace que Nitrovex sea único. La esencia de la empresa puede parecer muy básica, pero el tema general de sus productos es mucho más amplio de lo que sospechábamos. Con ese fin, creo que debemos hacer un examen más profundo de todos los diferentes aspectos de los muy diversificados activos de la compañía, especialmente en Europa, donde están haciendo avances significativos en, emm, los disolventes de floculación".

Era una evasiva para ganarse tiempo, una no-respuesta. Se sentía como un político o una concursante de belleza que intentaba responder a su pregunta sobre la paz mundial sin realmente decir nada.

"¿Disolventes de floculación?" dijo un miembro del grupo.

Kate asintió con la cabeza. "Sí" Solo sí. No podía decir mucho más sobre los disolventes de floculación, especialmente porque acababa de inventarlo para salvar su trabajo.

"Veo que ha hablado casi exclusivamente con el propietario, el señor Wells". Madsen preguntaba.

Kate asintió, moviéndose en su asiento. "Sí, ha sido muy útil para darme el telón de fondo, la historia de la empresa".

Nadie cambió su expresión, solo la miraban fijamente, esperando.

"Sí, y también estoy consultando con otro experto local. Y espero reunirme con el nieto del dueño la próxima semana. Es mucho más versado en sus operaciones europeas, así como en el futuro de la compañía".

Fue una especie de mentira. Bueno, fue sobre todo una mentira. Bien, fue una mentira descarada, y deseó no haberla dicho. Pero sí sabía que se suponía que Corey Steele regresaría pronto a Golden Grove, y estaba segura de que John estaría feliz de concertar una reunión con él.

Finalmente, uno de los miembros asintió. "Eso debería ser muy útil. Una mejor imagen del futuro de la compañía es lo que necesitaremos".

"Debería" no *podría*. Por primera vez desde que comenzó la reunión, sintió que tenía la oportunidad de no ser echada a patadas de la cuenta...

"Sin embargo...", dijo Madsen.

Oh, cielos, no un '*sin embargo*'.

"... vamos a tener que tener un informe mucho más extenso en la próxima reunión si vamos a confiar en usted para presentar la propuesta completa".

Kate asintió vigorosamente. "Sí, por supuesto, mucho más completo, se lo prometo. Una vez que tenga algunas piezas más del rompecabezas en su lugar, podré sugerir un paquete completo. Logotipos, lemas y marcas".

Logotipos, lemas y marcas, ay Dios mío. Ella no tenía ninguno de esos, todavía. Dijo un agradecimiento interno por haber dejado a Penny the Toothy Cow fuera de las sugerencias de su logotipo en el último minuto.

Madsen sobresalió la barbilla y asintió, pensando. "Bueno, en este punto, esta es probablemente nuestra mejor apuesta. No podemos negar la ventaja que aún podemos tener con que la Sra. Brady haya vivido en la ciudad del cliente". Se giró hacia ella. "¿Hay alguna forma de que pueda explotarlo más? Tal vez, ¿reunirse con más gente de la ciudad? Conéctese con ellos, hágale saber a Wells que sigue siendo una de ellos, por así decirlo".

¿Una de ellos?

Ella tragó. "Por supuesto. Ya he tenido bastante éxito en ese sentido". Un destello de los sonrientes ojos azules de Peter cruzó por su mente, y ella parpadeó. "Con el señor Wells, el dueño. Hemos desarrollado una muy buena relación". Esa parte era verdad. El genial dueño de Nitrovex parecía haber tomado un brillo paternal.

"Muy bien", dijo Madsen. Los otros miembros comenzaron a juntar sus papeles, cerrando portátiles, indicando que la reunión ya casi terminaba. "Vuelva a Nitrovex pronto. Reúnase con el nieto, este Corey Steele, si puede. No tengo que recordarle que hay otras compañías que ofertan por este trabajo, la mayoría de ellas más grandes que nosotros".

"Sí, entendido", dijo ella, su cuello sudando.

Madsen cerró su propio portátil y se levantó. "Esperaremos un informe más completo a fines de la próxima semana, esta vez con algunos ejemplos de logotipos y eslogan".

No era una pregunta; era una orden.

"Absolutamente", dijo ella.

Los miembros se fueron. Todos menos Danni, que se acercó rodeando la larga mesa ovalada. "Parece que tienes una segunda oportunidad", dijo.

Kate sonrió débilmente, apilando sus papeles. "Si, gracias".

"No me lo agradezcas. Estaba a punto de sonar el silbato de tu cancioncita y bailar".

Un puño frío agarró el estómago de Kate. "Bueno, sé que, mm, no fue la mejor propuesta que he hecho".

La expresión de Danni era neutral. "Todos hemos tenido que suavizar los bordes de un concepto en un momento u otro. ¿Pero disolventes de floculación? Esa es nueva".

"Lo haré mejor la próxima semana. Informe completo, marca, todo".

Danni asintió con la cabeza. "Más te vale, o no seré capaz de interferir por ti". Ella se sentó en el borde de la mesa. "¿Estás segura de que estás preparada para esto, Kate? Es un gran trabajo, tu primera cuenta importante".

La espalda de Kate se puso rígida en tanto regresaba un poco de coraje. "Lo estoy. Sé que lo estoy. Ya tengo algunas ideas nuevas que no presenté hoy".

"Bien. Siempre y cuando sean mejores que tu vaca feliz, allí". Señaló la pantalla del portátil de Kate, donde la mitad del logo con la cara de la vaca dentona, se asomaba por debajo de otra ventana.

Sintió que le ardía la cara. "Oh, lo serán".

Danni se puso de pie. "Espero que trabajes en esto durante el fin de semana".

Dejó a Kate sola con solo el zumbido de las luces fluorescentes en lo alto y el latido de su corazón. Ella sopló un poco de aire lentamente, sudando como si acabara de terminar un entrenamiento.

Por primera vez desde que trabajaba en Garman, se preguntó si valía la pena. Las vacaciones perdidas, las horas extra. Pero, todos los trabajos tenían sus partes aburridas, ¿no? Como calificar papeles. Eso era exactamente lo que era el trabajo.

Sintió una punzada de envidia por Peter. Ella apostaba a que él podía irse a casa por la noche, ver a sus amigos, tomar batidos de tarta con Lucius. Un pensamiento surgió. Tal vez debería instalarse sola. Volver al trabajo de diseño, donde ella comenzó.

Ella sacudió la cabeza, necesitando aclararla. Bueno, ahora mismo, su trabajo estaba aquí. Y ella sabía que solo ser amiga de John Wells o depender de su cortesía no iba a ganar ningún contrato. Ella iba a necesitar trabajar más. Mucho más, y sin distracciones esta vez.

————

Peter dejó el último plato en el lavavajillas, cerró la puerta y luego se apoyó en el borde del fregadero, exhalando un lento suspiro. A través de la ventana de la cocina, las ramas del antiguo olmo en el patio se agitaban, cada brisa liberaba un nuevo conjunto de hojas.

Debería haber sido fácil, esta cosa con Kate. No debería haber estado tan distraído en el trabajo, olvidando los nombres de los estudiantes, olvidando una sesión de estudio de laboratorio y llegando tarde. Mirando por la ventana norte de su casa solo por si algún brillante Volkswagen amarillo estaba estacionado en la calle. Preguntándose si ella incluso volvería otra vez.

Era estúpido, como si fuera un chico de secundaria nuevamente, como los chicos que veía en los pasillos, el drama se alimentaba del drama. Pero él no lo era. Él había crecido, pero estaba actuando como ellos, ¿cierto?

Se limpió las manos con una toalla y la dejó caer sobre el mostrador. El retrato de la familia colgaba en su lugar, al lado de la puerta trasera, donde había estado los últimos quince años. Fue la que tomaron en Sears en Iowa City cuando estaba en noveno grado cuando insistió en usar su camisa con cuello V. Menos mal que no tenía pelo en el pecho.

Eran momentos como este, solo en la casa, cuando deseaba que su padre todavía estuviera aquí. Podía llamar a su madre, pero sabía que ella probablemente le diría que "fuera él mismo". No era un mal consejo, y ella tenía buenas intenciones, pero a veces solo quería saber qué diría su papá. Pero eso no iba a suceder, ¿verdad?

Se trasladó a la sala de estar, agarrando un libro en el camino. Buena noche para un fuego en la chimenea. No había tenido que encender la calefacción todavía, y siempre odió hacerlo. Siempre significaba que el verano realmente se había ido, y que el invierno comenzaría cualquier día. Como si alguna vez pudiera detener algo tan inevitable como el cambio de estaciones.

Así es como esto se sentía. Inevitable. ¿O era imposible una mejor palabra? Como si no tuviera otra opción, como si no pudiera evitar tener que decidir sobre Kate, de una vez por todas.

Recogió algunas piezas de leña del estante al lado de la chimenea y las colocó sobre el periódico arrugado en una pirámide. En unos minutos, el fuego crepitaba.

No se había movido, hipnotizado por las llamas anaranjadas que se mecían a los costados de los troncos. Casi se rio, un pensamiento surgió en su cabeza. Conocía los principios de la combustión, lo había enseñado durante años. Leyó en su mente como un libro de texto interno. "Un proceso químico que ocurre cuando el oxígeno reacciona con otra sustancia produciendo suficiente calor y luz para causar ignición".

Pero el simple baile de las llamas era belleza pura, la otra cara de la ciencia, la fascinante. Entonces, ¿eso eran él y Kate?

Ella podría estar orgullosa de su metáfora artística. Si estuviera aquí.

Permaneció sentado durante un largo tiempo con la habitación oscura, excepto por las llamas del fuego que se extinguía lentamente.

CAPÍTULO QUINCE

Caray, ¿qué pasaba con Golden Grove y sus locas convenciones? Primero los tipos barbudos y ahora había un concurso de cuartetos de barbería este fin de semana. La única habitación de hotel disponible que Kate pudo encontrar fue en el Super 6 a las afueras de la ciudad.

No es el alojamiento más elegante, pero decidió que era su mejor opción. Peter estaría cerca en caso de que ella necesitara más ayuda científica, pero no tan cerca como para ser una distracción. Necesitaba agacharse y ponerse a trabajar. Sin batidos de pastel, sin viajes al parque en convertibles, y sin pasar el rato con él en su patio trasero o en la secundaria.

Comer, dormir y respirar Nitrovex. Su nariz se arrugó. Bueno, no respirar.

Colocó su computadora sobre el pequeño escritorio de su habitación e intentó empezar a trabajar, las palabras de Danni resonaban. *¿Estás segura de que sigues preparada para esto, Kate?*

Quizás no.

Los cuartetos de barbería a ambos lados de su habitación de paredes delgadas estaban en pleno apogeo. Ella contó doce rondas de "You Must Have Been a Beautiful Baby", trece repasadas de "Bye Bye Blackbird", y un número demasiado excesivo de interpretaciones de algo llamado "Ma, She's Makin' Eyes At Me". Que, con seguridad, tenía que ser la canción número uno que se tocaba en el infierno.

A medianoche, era demasiado, y se dirigió a la casa de Carol, abriendo la puerta con la llave que estaba debajo del gnomo de jardín que se parecía a Karl Marx con resaca. Lo que también describía su estado de ánimo perfectamente.

A la mañana siguiente, arrugada y todavía completamente vestida, Kate se dio vuelta en el rígido sofá de Carol, temiendo mirar su reloj. Una cola peluda se agitó en su rostro y ella dejó escapar una bocanada de aire. Tommy levantó el brazo del sofá y se zambulló debajo de una silla.

Carol también estaba un poco sorprendida de verla. Está bien, se aferró a su pecho cuando vio a Kate en el sofá. Pero rápidamente se calmó, emocionada de que su niña pródiga estuviera en casa otra vez.

Una hora y una buena taza de café después, Kate se frotó las sienes.

"¿Cómo está tu cabeza, querida?" Carol preguntó.

"Mejor". El paracetamol que se tomó con un vaso grande de jugo de naranja estaba empezando a funcionar. Las dos uñas que obviamente debían estar saliendo de sus sienes estaban desapareciendo lentamente.

"Bueno, lamento que no hayas dormido bien anoche". Suspiró. "Uno pensaría que el gerente no los dejaría practicar tan tarde así".

Lida Rose, estoy en casa otra vez, Rose...

Kate se sentó y se llevó el vaso frío a la cabeza. "Consideré el asesinato, pero habría tenido que cavar cuatro tumbas, y después del viaje desde Chicago, estaba demasiado cansada".

"Bien, te traeré una bolsa de hielo del congelador", dijo Carol, dirigiéndose a la cocina.

El timbre sonó y las uñas volvieron. ¡Ay!

"¿Puedes atender eso, Kate?" Gritó Carol. "Probablemente es Rose dejando mi cacerola".

Mejor que no sea *Lida* Rose. "Claro", respondió Kate, dirigiéndose a la puerta principal. Podía ver una sombreada figura esbozada detrás de las cortinas de encaje. Si esa era Rose, debe jugar mucho baloncesto.

Abrió la puerta, su corazón dio un vuelco. "Está bien, entregue la cacerola, señor, y nadie saldrá herido".

"Hola, Kate", dijo Peter, la sonrisa torcida en peligro de darle palpitaciones a su corazón. "Sin cacerola, solo un reloj". Levantó un reloj rojo en forma de manzana con pequeñas ramitas para las manos. "Carol me lo llevó temprano esta mañana y me pidió que lo arreglara por ella".

Kate asintió con los ojos entrecerrados. ¿Cuán temprano? ¿Y cuándo exactamente Carol la había visto en el sofá? "Bien, entonces, ¿cuál es la contraseña?"

"¿Déjame entrar, tengo un reloj?"

"Nop".

"Ah, ¿debería volver más tarde?"

Ella agitó la cabeza. "Ni siquiera cerca. ¡Última oportunidad!"

"¿Kate es la chica más hermosa que he visto?" Sus ojos líquidos bailaron con una sonrisa, y ahora sus codos zumbaban.

Oh-oh, codos, ¿ahora?

"Suficientemente cerca", dijo ella, retrocediendo mientras una brisa jugaba con el cabello de él. ¿Por qué siempre había tanta brisa en este pueblo? "Usted puede entrar".

Lo hizo, rozándola, todo suave, limpio y picante.

Carol entró en la habitación, una gran sonrisa floreció en su rostro. "Oh, Peter, hola".

Peter le tendió el reloj. "Asunto arreglado. Solo necesitaba nuevas baterías".

Carol se lo quitó, manipulándolo como si fuera una pieza vital del equipo del transbordador espacial en lugar de un reloj barato. "Muchísimas gracias. No sé qué haría sin ti".

Kate observó, con los brazos cruzados, asintiendo levemente ante la actuación. *Bravo, Carol.* Ella se volvió hacia Peter. "Entonces, salvador de relojes, ¿cómo estuvo tu semana?"

"Bien. Te ves bien. Debes estar progresando en el proyecto".

"Mmm-jmm" Ella dio una cabeceada sin compromiso. Él estaba siendo amable, y a ella le gustaba. Su cabello caía de la manera incorrecta, y no tenía maquillaje. Y ahora que de repente lo recordaba, se volvió rápidamente. Ay dios.

Él había entrado, pero aún estaba de pie. Educado.

Carol regresó de dejar su preciada carga de dos dólares. "Peter, ¿te veremos en el carnaval esta noche?"

Él asintió. "Allí estaré. Tengo que manejar el stand de globos. Explota un globo, gana un premio".

Lástima que no hubiera un stand de besos, pensó Kate al azar, luego entrecerró los ojos. Bueno, tranquila. Debe ser la falta de sueño.

"Kate, ¿por qué no vienes al carnaval esta noche? Necesitarás un descanso, ¿verdad?"

"¿Carnaval?" ella dijo con su mejor tono del tipo *¿quién yo?*.

"Sí, el Centro Comunitario de Carnaval. Recuerda, por eso se reunieron las Thread Heads la última vez que estuviste aquí. Es una recaudación de fondos que hacemos cada otoño. Este año es para el grupo de veteranos heridos. Peter estará allí".

Como si ese se suponía que fuera el factor decisivo. "Bueno, supongo que tal vez pueda tomarme un descanso. Por unos pocos minutos".

Peter solo estaba de pie allí, luciendo como un gran cachorro hermoso, con los brazos cruzados.

"En realidad, me vendría bien algo de ayuda con el stand de pintacaras", dijo Carol.

"¿A qué hora?" Kate preguntó. Bueno, ella realmente necesitaría un descanso más tarde. De todos modos, podría agacharse y trabajar todo el día mañana.

"Comienza a las siete", dijo Peter.

Kate pensó, luego asintió. "Bien".

"Es una cita", dijo Carol.

Kate la fulminó con la mirada.

"Bien", dijo Peter, volviendo a la puerta. "Lo siento, pero me tengo que ir. Todavía necesito recoger el tanque de helio para los globos".

Él pasó flotando a su lado y Kate inhaló.

"Damas", dijo, y salió.

"Qué buen hombre", dijo Carol soñadoramente.

Kate se acercó a su amiga. "Sabes, él está soltero", dijo sugestivamente. "¿Alguna vez has oído hablar de los romances de mayo a diciembre?"

Se ganó un golpe con eso. "Ay, para. Y gracias".

"¿Por qué?"

"Por aceptar ayudar. Te da la oportunidad de volver a ver parte de la comunidad".

Ella no había pensado en eso. ¿Mezclarse con los habitantes de Golden Grove de nuevo? Suspiró. Bueno, era por una buena causa, y tal vez le daría algo de inspiración para su propuesta. Después de todo, eso era al menos parte de por qué había decidido conducir a Golden Grove y trabajar aquí en lugar de Chicago este fin de semana, ¿verdad?

"¿Los hombres de Chicago son tan amables como él?" Carol preguntó.

"¿Cómo?"

"¿Son amables los hombres de Chicago?"

"Sí, Carol, son muy amables. Te abren la puerta, a veces se bañan y no sumergen tus coletas en el tintero".

"¿Tan amables como Peter? Ha sido tan bueno tenerlo como vecino. Tan útil..."

"Claro que es amable. Es amable con todos. Tiene un caso virulento y terminal de amabilidad. Cuando Dios estaba repartiendo amabilidad, miró a Peter y solo dijo... '¡Amable!'. Él es el rey de la amabilidad. Si la amabilidad fuera un deporte olímpico..."

"¿Katie? ¿Kate?"

"¿Qué?"

"Estás balbuceando".

Kate se puso la mano en la frente. "Lo sé. Necesito una siesta". Ella se sentó en el sofá. "Pero a veces no te vuelve un poco loca que él sea tan... ya sabes..." Ella dejó caer las manos, buscando la palabra.

"¿Amable?" Carol ofreció.

Kate se cubrió los oídos con las manos. "Yarggh, deja de decir esa palabra".

Carol se echó a reír.

"¿Qué?"

Carol agitó su mano, todavía riéndose. "Mírate. La mayoría de las mujeres se quejan porque los hombres son demasiado malos, estúpidos o perezosos, y tú estás toda alterada porque alguien es demasiado amable".

Kate frunció los labios y luego suspiró. Carol podría actuar como una entrometida casamentera en ocasiones, pero ella era una amiga. Más que eso, casi una madre sustituta.

"Supongo que ese es el punto. Solo está siendo amable conmigo como lo es con todos los demás". Como, Penny Fitch en la secundaria.

"¿Estás segura de eso?" Carol se acercó, le tocó el brazo. "¿Por qué no le preguntas si es más que eso?"

¿Preguntarle? Como, ¿con palabras? ¿Kate realmente quería saberlo si quiera? Habían tenido un momento suficientemente malo volviendo al punto de partida como amigos, ¿no? Y sí, tal vez hubo algún coqueteo, pero eso era inofensivo, ¿verdad?

¿Realmente quería arriesgarse a complicar una amistad al tener que revolcarse en un doloroso '¿Yo te gusto gusto?'? ¿Conversando como una ruborizada y llorona colegiala?

Carol le tocó el brazo otra vez. "Kate, ¿qué te dice tu corazón?"

¿Qué era esto, una película de Disney? Ella sonrió y le devolvió el apretón de brazo a su amiga. "Me dice que necesito ir a trabajar".

CAPÍTULO DIECISÉIS

KATE SIGUIÓ A CAROL POR LAS ESCALERAS DE hormigón. A pesar de que las letras de vinilo en la puerta trasera del antiguo gimnasio anunciaban el Centro Comunitario de Golden Grove, demasiados recuerdos lo hacían todavía la escuela secundaria para ella. Las mismas barandas metálicas, los mismos suelos con listones de arce desgastados. Fue el olor lo que más la atrapó, ese olor a polvo, cera e historia. Ella tragó saliva.

En la caminata hacia acá se preguntó si habría algún tipo de gran momento cuando entrara al gimnasio. Como alguna revelación desgarradora que la dejaría caer de rodillas en una avalancha de angustiados recuerdos. Este era el centro de todo, ¿no? La Feria de Becas, la traición.

Echó un vistazo a las esquinas de la habitación, a lo largo de las paredes, casi esperando que aún quedaran trozos de cristal roto ocultos en los bordes.

Pero, nada. Era solo una habitación normal llena de gente deambulando alrededor.

Carol, llevando una pequeña caja, la condujo por el

piso. La gente la rodeaba, algunos llevando más cajas y cargando niños. Ninguno que ella reconociera. Bueno, aún.

El carnaval abriría sus puertas en unos quince minutos. El plan era permanecer cerca de Carol, ayudar en la cabina de arte, no deambular. Tal vez saludar a Peter en la cabina de dardos de globos, por supuesto. Tenía que ser buena vecina.

Hablando de eso...

Peter saludó desde el pasillo. Mmm. ¿Podría un saludo ser sexy? Ella decidió que sí.

"Damas, encantadoras como siempre", dijo Peter, con los ojos azules hirviendo a fuego lento.

Vaya, ¿se estaba sonrojando Carol? El amistoso. Espera, ¿se estaba sonrojando *ella*?

"Debería haber una gran multitud esta noche". Carol sonrió, empujándole la caja a ella. "Kate, ¿puedes llevar estas pinturas a esa mesa, por favor? Tengo que reportarme con Marcie".

"Ven, puedo tomar eso". Peter alcanzó la caja y se dirigió al stand de pintacaras.

"Gracias", dijo Kate una vez que estaban en la mesa decorada con serpentinas.

Él le dio un golpe amistoso en el hombro. "Estaré cruzando el pasillo. Si me necesitas".

Caminó entre la creciente multitud, media docena de personas lo detuvieron para saludarlo en el camino.

Carol regresó. "Bien, ¿nos instalamos aquí?"

"Ah. Perdona". Kate comenzó a examinar la caja. Estaba lleno de pinceles, esponjas y pequeños frascos de varios colores. "Nunca había hecho esto antes", le dijo a Carol, que estaba ocupada clasificando billetes en un cajón metálico.

"Oh, nada de eso. Lo hice el año pasado. Ten". Empujó

una tarjeta laminada sobre la mesa. "Aquí están los diseños que pueden elegir".

Kate deslizó el papel hacia ella. Mariposas, osos de peluche, flores, corazones. Parecía bastante sencillo.

El gimnasio se ponía más ruidoso a medida que más personas entraban. Ella tragó y sonrió ante la familia que pasaba por ahí. Una niña tiró de la mano de su madre y señaló la mesa de Kate.

"Tal vez más tarde, cariño", dijo la madre mientras seguían adelante.

Kate jugueteó con los pinceles, su corazón latía con fuerza. Se sentía más nerviosa que si hubiera estado dando una presentación a toda la junta de Garman en bikini. Era la gente. Se sentía fuera de lugar. Todos parecían conocerse, riendo, grandes sonrisas repentinas cuando se acercaba un nuevo amigo, niños jugando juntos. Sí, una gran familia de pueblo pequeño feliz.

Ella inspeccionó la habitación. Stand de Spin-art algunas mesas más allá. Cakewalk en la esquina, frente al escenario. Patos de plástico en un estanque azul al otro lado, un niño sacando uno para ver si había ganado un premio.

Todavía no había reconocido a nadie. Quizás ella escaparía de la noche después de todo. Quiero decir, ella había estado fuera doce años. Pero todo lo que se necesitaría sería un reconocimiento de Kate, y se correría la voz. Consigue las horquillas y las antorchas, Katie Brady está de vuelta.

¿Por qué había aceptado ella...? Cierto. Una buena causa.

Suspiró. Bueno, relájate. Era solo por unas horas, ¿verdad? Incluso podría ser... divertido.

Se acercaba una niña, probablemente de unos cuatro años, una mujer mayor a cuestas. Probablemente su abuela.

D. J. VAN OSS

Kate ladeó la cabeza. Lucía familiar, pero no podía ubicar la cara.

"Hola", dijo la niña con timidez.

Kate se inclinó hacia adelante, con las manos sobre las rodillas, sonriendo. "¡Hola, tú! ¿Quieres que te pinten la cara?"

La niña miró a su abuela en busca de aprobación. "Vamos, dile lo que quieres", dijo la mujer.

Kate le acercó la hoja con los diseños de muestra. "¿Qué tal una flor?"

La niña negó con la cabeza.

"Umm... aquí, ¿un gatito?"

Sacudida de cabeza. No.

"¿Perrito?"

No.

Vamos, niña, me estás matando. "¿Mariposa?"

Eso se ganó un entusiasta asentimiento.

"Bien. Sube a la silla aquí y te haremos una linda mariposa".

"Púrpura", dijo la niña mientras se sentaba. Luego, después de una mirada de reprensión de su abuela, "Por favor".

"Púrpura será", dijo Kate, desenroscando la tapa de una botella. Ella comenzó a delinear algunas alas de mariposa en pintura púrpura, la niña se quedó quieta. Kate sonrió. Tenía un montón de pecas en la mejilla. "Me gustan tus pecas", dijo mientras sacaba un pincel más pequeño y la pintura negra. *Necesito delinear esto, de lo contrario, no tendrá un buen balance.*

"Gracias", dijo la niña.

"Disculpa", dijo la abuela. "¿Tu nombre es Katie?"

Kate se congeló dibujando el rizo de la probóscide. ¿Yo?

Levantó la vista. La cabeza de la mujer estaba ladeada, esperando, con una pequeña sonrisa en su rostro.

Kate forzó una sonrisa. "Sí, Kate, en realidad", dijo, volviendo a la mejilla de la niña.

"Creí haberte reconocido. Soy Betty Locklear ¿Tu antigua profesora de piano?"

Kate cerró los ojos. Sí, por supuesto. La Sra. Locklear. ¿Verano de qué? ¿Tercer grado? La muerte semanal marcha a su casa a cuatro cuadras de distancia para golpear canciones descuartizadas de ese libro de piano verde.

"Hola, señora Locklear. Sí, soy yo". Ella estrechó la mano de su antigua maestra.

"Eso pensaba", dijo la señora Locklear. "¿Estás de vuelta en Golden Grove?"

Kate regresó con su paciente niña, eligiendo un poco de pintura verde para los lunares del ala. "Solo de visita. Trabajo, en realidad. Me iré pronto". Sí, hazle saber que este no es un trabajo permanente.

"Qué bueno verte. Siempre me gustó darte clases, a pesar de que fue solo por un verano".

Al igual que Peter, ella estaba siendo amable. Kate había rogado a sus padres que la dejaran tomar lecciones, prometiendo practicar todos los días. Desearía haberlo hecho. Luego, cuando descubrió que no tenía algo llamado habilidad musical, les rogó nuevamente para renunciar.

"Gracias", dijo Kate. "Lamento haber sido una estudiante tan mala". ¿Era veinte años demasiado tarde para una disculpa? ¿O eran doce...?

La mujer agitó la mano. "Oh, no. Al menos hiciste lo mejor que pudiste. Eso es todo lo que pedía".

Kate terminó las florituras finales en su mariposa. No estaba segura de sí las mariposas tenían antenas rizadas con corazones en los extremos, pero, como sea. Licencia Artística.

Levantó un espejo de mano hacia la niña, que sonrió, luego miró a su abuela en busca de aprobación.

La señora Locklear asintió. "Genial. Muy, muy lindo, Katie", dijo mientras la niña saltaba del taburete. "Ve y muéstrale a tu mamá".

"Gracias", dijo Katie mientras comenzaba a limpiar sus pinceles.

"Oh, lo siento", dijo la señora Locklear, tocando su pecho. "El nombre de mi nieta también es Katie".

Ah. Ups.

"Pero tú sí hiciste un muy buen trabajo, también", dijo, pasando un billete de cinco dólares.

"Gracias", dijo Kate.

La señora Locklear se inclinó para acercarse y le dio a Kate un apretón en el hombro. "Me alegra verte de nuevo, Kate".

"Lo mismo". En ese momento, sintió que había conocido a esta mujer toda su vida.

Carol se acercó rápidamente. "Veo que tuviste tu primer cliente".

Kate vio a su tocaya junto al estanque de patos, mostrando su mejilla a tres de sus amiguitas, señalándola.

"Sí. Parece que también podría obtener algunas referencias". Sintió una pequeña oleada de orgullo.

Aproximadamente una hora, ocho mariposas, tres gatitos, cinco flores y una cabeza de zombie personalizada (sin sangre, por favor) más tarde, ella necesitaba un descanso.

"¡Carol! ¿Te importa si echo un vistazo alrededor?" Había notado una cabina de algodón de azúcar por el área de concesiones cerca de la cabina de dardos de globos de Peter. Era su única debilidad. El algodón de azúcar.

Carol se despidió con la mano. "Ve. Diviértete un poco. Quizás jugar algunos de los juegos. Escuché que la cabina de globos está pagando bastante bien".

"Seguro que sí". Sacó su billetera de su bolso y extrajo un par de veintes, metiéndolos en su bolsillo. "¿Puedes cuidar mi bolso?"

"Seguro".

Kate dejó su bolso en el suelo debajo de la mesa. Ella nunca haría eso en Chicago, ¿pero Golden Grove? Por favor. Probablemente podría dejarlo abierto sobre la mesa con billetes de veinte colgando y algún buen samaritano de Golden Grove vendría y lo escondería por ella.

Se movió a su derecha, observando las cabinas que aún no había visto. Adivina los M&M's en el frasco. Lanzamiento de una pelota de ping-pong en el vaso de plástico. Fotomatón con accesorios tontos.

Hasta ahora, había escapado al reconocimiento, a excepción de la Sra. Locklear y otro maestro, el Sr. Harms, su maestro de ciencias de octavo grado. Y Dale Schwartz, director del Centro Comunitario (escuela secundaria). Y Denny Anderson (primaria, secundaria, preparatoria), que ahora era policía, lo cual ella no podía creer. Y también podrías contar a su esposa Jenna, que se sentaba en el escritorio frente a ella en la clase de la Sra. Turlowski en cuarto grado.

De acuerdo, su misión de permanecer sigilosa no iba tan bien, pero no ha sido tan malo. Casi divertido, en realidad, ver a personas que no había visto en mucho tiempo, saber cómo resultaron, qué estaban haciendo. Algunos incluso tuvieron hijos, que es como encontró a Megan Burns, una chica que estaba en el club de arte con ella.

De acuerdo, no hay necesidad de ponerse demasiado

cursi. A lo sumo, probablemente solo necesitaría hacer algunas visitas más aquí. Ella necesitaba recordar eso.

Un equipo de estudiantes de secundaria estaba llenando de agua un tanque de inmersión. Una idea bromeaba su cerebro. "¿Quién va a entrar?" le preguntó a la chica con la manguera.

"Un montón de profesores, Sheriff Anderson, alcalde Watts".

¿Un montón de profesores? Interesante. "¿El Señor Clark va a entrar?"

La niña verificó con sus amigos, luego se volvió. "No que yo sepa".

"Ah. Qué mal. Escuché que iba a hacerlo", dijo Kate. ¿Qué? Era por una buena causa.

Los ojos de la niña se volvieron redondos. "Sería increíble si lo hiciera".

Kate sonrió. "Déjeme ver qué puedo hacer"

La cabina de algodón de azúcar llamaba su nombre, y ella obedeció, logrando un gran rollo púrpura recién salido del tambor. Ella no había comido algodón de azúcar en años.

"Algodón de azúcar, tu favorito", dijo Peter.

Se giró, ahogándose con un enorme bocado que acababa de meterse en la boca. Estaba de pie a su lado, con los ojos brillantes.

"Oh", dijo con voz apagada. "¿Quieres un poco?"

Él sacudió la cabeza. "No, gracias. Soy más del tipo manzana caramelizada. Una, por favor. Sin chispas" le dijo a la estudiante de secundaria detrás de la mesa de al lado.

Kate asintió, tragando un bocado de azúcar girada. *Entonces, ahora que piensa que soy un cerdo...* "¿Cómo va la cabina?" ella preguntó.

Tomó la manzana de la chica, pasando más de dos dólares. Kate no pudo evitar notar la mirada persistente que ella le dirigió a Peter. *Retrocede, chiquilla*, pensó.

"La cabina va bien. Me estoy tomando un descanso para ayudar a instalar el tanque de inmersión".

Espera, ¿tanque de inmersión? Esto iba a ser fácil. "Ah. ¿Eres, eh, el invitado de honor?" ella preguntó.

Él señaló su pecho. "¿Yo? De ninguna manera. Mis alumnos me destruirían".

"Sí, pero es por caridad, ¿recuerdas?"

Un chico, un estudiante, se acercó. "Señor. C, alguien dijo que iba a entrar".

Peter entrecerró los ojos hacia Kate. Ahora el turno de ella de señalar su pecho. "No fui yo", dijo, riendo. "Pero creo que es una *gran* idea, ¿no?" Ella dirigió esto al chico, quien sonrió y asintió.

"Vamos, señor C. Es solo un poco de agua", él persuadió.

Apareció un nuevo grupo de estudiantes.

"Sí, vamos, señor C", dijo Kate. "Se-ñor C, Se-ñor C", comenzó a cantar, asegurándose de no hacer contacto visual con Peter.

Los estudiantes siguieron el canto. "¡Se-ñor C! ¡Se-ñor C! ¡Se-ñor C!"

Peter abrió la boca, luego dio un paso atrás, levantando las manos en señal de rendición. "Está bien, está bien, vándalos, lo haré".

Se levantó una ovación. Allí estaba esa mirada de colegial de él, y su corazón dio un vuelco.

"Caray, no es suficiente con que tenga que asegurarme de que no exploten el laboratorio, ¿también quieren ahogarme?"

Los estudiantes se rieron, luego se empujaron alrededor de él, moviéndolo hacia la cabina.

Kate lo siguió. "Oh, Peter, estoy muy orgullosa de ti", dijo con su mejor voz de mujer fronteriza.

"Ahórratelo, hermana. Y no *te hagas* ninguna idea".

"¿Yo?" dijo ella.

"Si, tú. Tienes una mala racha".

"Bueno, ahora que lo mencionas, he *estado* trabajando en mi bola curva últimamente".

"Probablemente ni siquiera podrías llegar al objetivo, mucho menos golpearlo".

¿Me está retando? Está bien, amigo. Se llevó la mano al bolsillo, sintió el fajo de billetes que había puesto allí y luego sonrió. "Tengo un rollo de veintes que dicen lo contrario".

"Bueno, puedes tomar tu rollo de veintes y..."

No pudo terminar, ya que lo arrastraban hacia el tanque.

Ella lo vio por última vez cuando se quitó la camisa de botones y le dedicó una sonrisa torcida y, ¿eso fue un guiño?

Oh, ella estaba absolutamente, positivamente entrando en esta acción.

———

"¿Estás segura de que puedes hacerlo desde allí?" Peter se burló desde el tanque. "Tal vez deberías acercarte un poco más".

"Tal vez deberías tomar aire", respondió Kate, y luego soltó su primer lanzamiento.

La pelota navegó extensamente y golpeó inofensivamente el lienzo de fondo.

La multitud reunida alrededor del tanque gimió un *¡oh!* en colectivo.

"¡Lanzas como una niña!" Peter gritó a través de las

manos ahuecadas. Estaba sentado en su percha en el tanque con las piernas colgando.

"Soy una niña, idiota", gritó Kate, lanzando la segunda bola.

Este golpeó de lleno el plástico protector frente a la cara de Peter con un ruido sordo. Retrocedió instintivamente, agarrando el asiento. Muy lejos del objetivo, pero tan satisfactorio.

"Lo siento, ¿te asusté?" ella dijo, batiendo sus pestañas.

Él sacudió la cabeza. "No desde que usaste ese disfraz de Frida Kahlo en cuarto grado". Hizo un gesto cortante sobre su frente, pronunciando la palabra *uniceja*.

¡Uuu! Golpe bajo, señor.

La multitud había crecido, una mezcla de estudiantes y gente del pueblo, algunos señalando y sonriendo. Está bien, pensó, con la mandíbula apretada, pero sonriendo. Esto ahora era oficialmente un asunto serio.

Quedan dos lanzamientos. Levantó la siguiente bola mientras miraba a Peter, quien saludó desde la cabina. "Cuando quieras, cariño", gritó.

¿Cariño? Ella se echó hacia atrás y lanzó. Sentía que su brazo salía volando fuera de su cuenca. La pelota disparada directamente hacia los círculos rojos y blancos del objetivo, luego se curvó y golpeó el borde, girando por el suelo del gimnasio. El brazo del tanque se sacudió y se tambaleó, pero se quedó, y Peter permaneció seco.

Otro *¡oh!* de la multitud.

"Oh, ¡qué cerca!" Peter gritó, ahuecando sus manos otra vez. "Vamos, Kate. Es por caridad, ¿recuerdas?"

Volteó la bola que le quedaba hacia arriba y hacia abajo en su mano. *El último.*

"Clávalo, Kate", gritó Lucius desde una cabina al otro

lado de la habitación. Algunos de los estudiantes comenzaron a cantar: "¡Se-ñor C! ¡Se-ñor C!"

"¿Listo para mojarte?" ella le dijo a Peter.

Él respondió con una sonrisa, cruzando los brazos. "¡Haz tu mejor tiro!"

Ella asintió. *Oh, lo haré, señor.* Se inclinó hacia delante, mirando al objetivo. Alguien en la multitud chifló. Una inusual competitividad la agarró mientras sus ojos se estrechaban.

Ella retrocedió, apuntó y lanzó.

La pelota golpeó inofensivamente el telón de fondo.

Uuuu vino el gemido de la multitud. Kate estaba de pie con las manos en las caderas. Peter casi parecía más decepcionado que ella, y algo tiró de su corazón.

Ella subió hacia la cabina. "Di mi mejor tiro", dijo ella.

Él asintió desde su percha con la barbilla hacia afuera. "Eso es todo lo que puedes hacer". Hizo una pausa, luego ladeó la cabeza. "¿Doble o nada?"

Ella se acarició la barbilla, luego miró por encima del hombro a la multitud, que comenzó a animarla. "Les diré algo", dijo en voz alta. "¿Por qué no vamos directo al grano?"

La multitud vitoreó más fuerte. Se volvió hacia Peter, cuya sonrisa se evaporaba lentamente.

"Ya va. ¿Kate?"

Ella sonrió, sacó un billete de veinte de su bolsillo, lo dejó caer al suelo y luego empujó el brazo del objetivo tan fuerte como pudo.

Peter se hundió, y la expresión de su rostro era deliciosa.

La multitud se volvió loca.

"Es por caridad, ¿recuerdas?" dijo dulcemente cuando él apareció, farfullando.

———

Veinte minutos más tarde, se acercó a ella en el stand de Carol, con el pelo mojado, usando una sudadera, y una mirada recién restregada en su rostro.

"¿Disfrutó su baño?" dijo ella sin levantar la vista. Estaba ocupada pintando una flor en una cara de cinco años.

"Sorprendentemente refrescante", dijo, pasándose una mano por el pelo. "Pensando en conseguir uno de esos tanques para mi casa".

Ella asintió, terminando un pétalo de margarita a rayas. "Me encantaría ayudarte de nuevo con el remojo".

"No, creo que la humillación de esta noche es suficiente por ahora".

Kate dio una palmada en la mano de la niña. "Estás lista, cariño."

La niña admiró su mejilla en el espejo de mano sobre la mesa, luego se alejó para mostrárselo a sus amigos.

"¿Sigues tú?" Kate preguntó, de pie. "Estaba pensando en algo acuático". Ella fingió sorpresa. "¡Lo sé! ¿Qué tal si dibujo algunas branquias en tu cuello?

"¡Qué graciosa! ¿Qué tal si pruebas el tanque luego? Hay un espacio a las ocho y media".

Ella agitó la cabeza. "No, gracias. Prefiero bañarme en privado. Además, probablemente harías trampa".

"No lo haría. ¡Y mira quién habla!"

Ella se dio cuenta en el momento en que él se dio cuenta de lo que había dicho. Su expresión se congeló, pero curiosamente el viejo recuerdo no la molestó.

Ella le sonrió. "Pagué lo justo por ese privilegio. Por caridad, ¿recuerdas?"

Él asintió, acercándose y luciendo aliviado. "¿Qué tal un almuerzo, entonces? ¿Mañana?"

Su cuello brilló. Había estado tan preocupada por estar

en el gimnasio, por estar nuevamente en Golden Grove, pero todo parecía ya un recuerdo de hace mucho tiempo.

Y ese era el problema. Su sonrisa vaciló. "Ah. No puedo. Tengo que trabajar en mi propuesta todo el día". El trabajo parecía otra vida, otro mundo en este momento.

Él asintió, entendiendo, pero la chispa había dejado sus ojos. "Está bien. Lo entiendo".

Sin embargo, no estaba segura de que ella lo entendiera. El carnaval continuó su feliz camino alrededor de ellos. Niños corriendo de cabina en cabina, risas en la sala, música de circo saliendo desde la AP. Ella debe haber entrado en calor inconscientemente. Conversaciones fáciles con la gente del pueblo, como si ya fueran viejos amigos. La gente aceptándola honestamente en su pequeño grupo. Todo se sentía tan... seguro.

Se dio cuenta de que no había dicho nada en unos segundos y se frotó la mejilla con la palma. "Sí, lo siento", dijo, escaneando la brillante habitación.

"¿Cuánto tiempo te quedarás esta vez?"

"Solo hasta mañana". Su cerebro parecía estar en una ligera niebla.

"¿Cuándo volverás?"

Fue tan directo que tragó. No "si", *cuándo*. "No lo sabré hasta después de la próxima reunión con mi jefe".

"Ah, está bien"

Ella quería decir algo. Algo para tranquilizarlo. Se veía tan perdido. "Mira, tal vez..."

"¡Señor C!" Un estudiante llamó detrás de él. "Lo necesitan en la cabina de globos. No saben cómo manejar el tanque de helio".

"Estaré allí en un segundo", gritó sobre su hombro, luego se volvió hacia Kate. "Entonces, avísame cuando vuelvas a la ciudad, ¿de acuerdo?"

"Bien".

Le dio un rápido apretón a su brazo y se fue.

Y entonces la luz pareció salir de la habitación, y ella se sintió como una extraña otra vez. Alguien que acababa de entrar al lugar, se sentó y simuló ser parte de la diversión y la familiaridad.

"¿Kate? Tienes un cliente".

Kate se volvió sin expresión. Era Carol, sonriendo, gesticulando con los ojos hacia una chica parada pacientemente junto a la mesa, con una sonrisa en miniatura en su rostro.

"Ah. Claro, hola". Se sentó en la silla al lado del kit de pintura, luego se inclinó. "¿Cómo te llamas, cariño?"

"Eloise".

"Eloise, muy lindo. ¿Qué te gustaría que pintara?"

La niña señaló la hoja de ejemplos. "Quiero un corazón", dijo con su pequeña voz.

Kate tragó saliva, forzó una sonrisa y cogió un pincel. *Ay, cariño. Todos queremos uno. Todos queremos uno.*

CAPÍTULO DIECISIETE

La ducha siempre se sentía bien después de correr, pensó Peter. El vestuario de chicos en la secundaria estaba despejado los lunes por la noche. La práctica de campo traviesa era temprano en la mañana ahora. Era más fácil ducharse aquí que irse a casa, especialmente porque todavía tenía más trabajo por hacer.

Trabajo. Genial, wiii. Pasó tres semanas cortando y porcionando su camino a través de una propuesta de presupuesto, tratando de ahorrarle dinero a la escuela, pero, aun así, darles a sus estudiantes una oportunidad, y todo lo que tenía para demostrarlo eran recortes.

Estaba de mal humor, e ir a correr generalmente ayudaba. *Libera endorfinas, aumenta el crecimiento neuronal, aumenta el ácido fenilacético.* Pero la bioquímica le estaba fallando esta noche, y sabía por qué.

Había pasado más de una semana desde la última vez que vio a Kate en el carnaval. Durante unos días estuvo bien, sin problema. Él pensó que probablemente regresaría el fin de semana para seguir trabajando en su propuesta en Nitrovex. Tal vez la invitaría a cenar esta vez.

Pero ella no regresó el fin de semana. Su breve mensaje decía que no estaba segura de cuándo volvería a la ciudad.

La realidad era que no había querido enfrentar ese hecho. Sorprendente, ¿verdad? Para alguien que se suponía que debía amar el método científico. Hacer una pregunta, investigar los antecedentes, construir una hipótesis, probar con un experimento. ¿Funciona el procedimiento? ¿No? ¿Sí? Él gruñó.

Los hechos eran: Kate vivía en Chicago. Ella amaba su trabajo. Él (todavía) vivía en Golden Grove. ¿Y él amaba *su* trabajo?

Bajó la mirada hacia el banco del vestuario donde su hoja de solicitud de presupuesto, cubierta con líneas de tachaduras rojas, se burló de él.

¿Cómo se suponía que amaría este trabajo cuando estaba siendo afectado por recortes presupuestarios? Cuando no podía dar a sus alumnos lo que necesitaban para aprender, para tener éxito.

El banquete del Profesor de Ciencias del Año al que asistió en Des Moines casi lo empeoró. Muchas sonrisas, aplausos, golpes en la espalda. ¡Excelente trabajo! *Eres un orgullo para tu lo que sea,* y todos los otros clichés que parecían valer tanto como el papel en el que se imprimió esta hoja de presupuesto. Luego volvió a la realidad.

Una que quizás ahora ya no incluya las visitas de Kate.

Comenzó a desempacar su bolso de correr, revisando su ropa de calle.

"Creí haber visto tu auto aquí".

Peter terminó de ponerse la camisa y vio a Lucius, con las manos en los bolsillos, apoyado en un casillero. Lo saludó. "Síp. Ese soy yo. El concienzudo Clark, aquí hasta el amargo final".

"Ah. Supongo que ya viste el informe presupuestario, entonces".

Peter golpeó el papel. "Parece que tendrán que reemplazar el cartucho rojo de la impresora después de éste".

"En realidad, no hay cartucho rojo en una impresora".

Peter frunció el ceño. "Lo sé. Pero por favor déjame tener al menos un comentario sardónico. ¿O eso también se ha recortado del presupuesto?"

Lucius sonrió y se sentó.

"Y, ¿qué estás haciendo aquí?" Peter le preguntó.

"No estabas en tu oficina. Estaba preocupado".

Peter se levantó, encontró su cinturón y comenzó a pasarlo por las presillas de sus jeans. Miró a Lucius. "No necesito que me supervises, *papá*".

"Uh, oh".

"Uh-oh, ¿qué?"

"Solo veo esa mirada cuando algo anda mal".

"Ya te lo dije. Recortes de presupuesto".

Lucius lo miró fijamente, esperando.

"No pasa nada", reafirmó Peter.

"Seguro. ¿Perdiste tu calculadora de la suerte otra vez?"

"No". Peter se sentó y se calzó el zapato derecho.

"¿Abolladura en el Mustang?"

Silencio.

"Está bien, eso nos deja, veamos, una tortuga del aula muerta, Plutón ya no es un planeta, o.... tiene algo que ver con una precuela de *Star Wars*".

"Ninguna de las anteriores".

Una pausa. "No vino Kate, esta semana que pasó, escuché".

Debe haberlo sacado de la línea directa de Carol. "Nop".

"¿Ella regresará?"

"No estoy seguro".

Lucius se sentó en el banco a su lado. "Qué mal. Le debo veinte dólares por prometerme que te metería en ese tanque de agua".

Peter dejó de atarse el zapato y se sentó con los ojos inquisitivos.

Lucius sonrió. "Es broma".

Peter señaló. "Mira mi cara, no me estoy riendo".

"Perdona. Me agrada Kate".

"Bueno, a mí también. Y si preguntas si me *gusta* gusta, entonces ayúdame..."

Lucius agitó sus dedos en señal de rendición. "No, no". Él hizo una pausa. "Es un poco difícil de entender, ¿no? Lo que sientes por alguien. Qué hacer al respecto".

Peter se puso el otro zapato y comenzó a atarlo.

"Sí, la gente es compleja", continuó Lucius.

"Lo siento, ¿hice una pregunta?"

"Solo digo que no es fácil entender a alguien por completo. Ser quién somos implica muchas cosas".

"Sí, el equivalente a ciento sesenta dólares en químicos".

"Me refería a nuestro pasado, nuestras elecciones".

"¿Tienes un punto? Porque tengo que ir a tratar de descubrir cómo enseñar la diferencia entre ácidos y bases con un presupuesto de —consultó el papel a su lado— catorce dólares y noventa y ocho centavos ".

"Bien. Mi punto es..."

"Lo siento, para. Te ahorraré el tiempo de más canciones y bailes. Acercarme a Kate sería un error. Ser amigos, bien. Resolver problemas pasados, genial. Pero ahora vivimos en mundos diferentes".

"No lo sé. Lucía como en casa pintando caras en el carnaval".

Entonces, Peter la vio en su mente, riendo, bromeando con los niños mientras pintaba sus caras. Muy natural con los estudiantes. Se puso serio. "Cierto, y luego se fue. Ya no vive aquí, Lucius. Su vida —la vida que *eligió*— está en Chicago, con su oficina en un rasca cielo y su agua Armani o lo que sea. Ella siguió adelante. Está en la ciudad. Eso es lo que ella ha elegido. Ya no es una chica pueblerina".

"Y tú todavía estás en la secundaria. La misma en la que creciste, en el mismo pueblo".

Peter sostuvo la cabeza. "Oh, cielos, por favor no me psicoanalices."

"Suenas como si estuvieras un poco celoso".

Había terminado de vestirse y se puso de pie. "Pues ¿sabes qué? Tal vez sí lo esté. Tal vez estoy cansado de tener que sangrar cada semestre durante la temporada de presupuesto, tratando de suplicar por suficientes materiales para que mis estudiantes puedan tener la mitad de una oportunidad de aprender algo. Tal vez debería entrevistarme para ese trabajo en Chicago. Tal vez es hora de que siga adelante". *Tal vez esta sea mi única oportunidad.*

"Eso es un montón de tal vez".

"Tal vez".

Lucius también se puso de pie y lo palmeó en la espalda. "No te preocupes por los tal vez. De ellos prácticamente está hecha toda la vida".

"Prefiero que las cosas sean un poco más concretas".

"Eres un científico. Te gusta que las cosas sean ordenadas, cuantificables y reproducibles. Así no es como la gente funciona".

"Excepto por la parte reproducible".

Lucius asintió con la cabeza, riendo. "Cierto. Bueno, espero que ya estés cansado de mi sabio consejo. Tengo mi propio sangrado que detener en mi oficina". Se dio la vuelta para irse, y luego se detuvo. "¿Hasta mañana?"

Peter giró. "Aquí estaré".

"Oh, y Brenda preguntó si habías cuadrado las cosas con Nitrovex para la excursión".

Peter dejó caer la cabeza hacia atrás, miró fijamente el techo. Casi se olvidaba de eso. "Sí, si queda algo de dinero para poner gasolina en el autobús".

"Te ayudaré a conseguir un aventón si se trata de eso".

Lucius abrió la puerta del vestuario y desapareció.

Peter estaba solo. El vestuario era grande, retumbante y vacío. El único sonido era el goteo constante de uno de los grifos en el cuarto de ducha. Caía pesada y rítmicamente. Algo le decía que todo era de alguna manera simbólico, pero no sabía qué sentido darle. Kate quizás podría darle algunas pistas metafóricas, pero estaba en Chicago.

Se puso de pie, agarró sus papeles y colgó su bolsa de entrenamiento sobre su hombro. El folleto de la Escuela Dixon todavía estaba en su oficina, y era hora de tomar alguna medida. Salía temprano el viernes. Tal vez podría conseguir un sustituto para la mañana y agendar una entrevista en Dixon esa tarde.

Tal vez era su turno de seguir adelante. Por mucho que amara esta ciudad, no iba a ninguna parte. Tal vez esta era la oportunidad que necesitaba. Tal vez era donde se suponía que debía estar. En Chicago. Donde vivía Kate.

Atravesó la puerta del vestuario.

Sí, Lucius tenía razón. Esos fueron muchos tal vez.

———

Genial, pensó Kate, examinando la abolladura recién hecha en el lateral de la puerta del conductor mientras la cerraba. *Otra marca en mi auto.* Sin una nota, por supuesto.

Ella levantó su bolso y se dirigió al ascensor del garaje en el centro de Chicago bajo las oficinas de Garman, esquivando una mancha babosa de algún líquido sin nombre que alguien había tirado por la puerta de su auto.

Ella revisó su lista mental para verificarla. Era miércoles, lo que significaba una reunión con todo su grupo sobre actualizaciones de proyectos, cambios en las políticas y bla bla. Luego tenía que salirse del acuerdo de Hampstead en el que Milly había estado trabajando mientras ella trabajaba en Nitrovex. Luego otra reunión, esa era con recursos humanos para repasar una nueva política de acoso sexual que necesitaba asegurarse de seguir, como si ese era un problema para ella, pero tenían que decirle cara a cara por ley o algo así.

Suspiró cuando las puertas del ascensor se abrieron a las oficinas de Garman. Había hecho más trabajo de diseño en un día con la pintada de caras en el carnaval de lo que había hecho aquí en meses. Pero, como dijo Danni, ese era el precio de subir. Los encantos de la administración.

Administración. Una palabra tan lánguida y sin vida. Implicando que lo más alto que podías lograr era sólo para *administrar*, para simplemente sobrevivir.

¿Es eso lo que estaba haciendo aquí? ¿Sobreviviendo?

Había llegado a su oficina, saludando con la cabeza a una compañera de trabajo que le pasaba por un lado en el pasillo mientras abría la puerta. El limpio y utilitario espacio era el mismo de siempre, excepto que hoy estaba lleno de la oscuridad de la suave lluvia de la mañana. Encendió las luces de arriba y ellas iluminaron la habitación, pero con dureza. Al mudarse a su escritorio, dejó caer sus llaves y su bolso allí. Tuvo un repentino impulso de abrir la ventana, para dejar entrar algo del aire fresco, sin importar lo lluvioso que fuera. Pero ella sabía que eso era imposible. Las ventanas de tan arriba no abrían, por supuesto. Por su propia seguridad.

Sus ojos se desviaron automáticamente hacia su planta de filodendros que había movido al alféizar de la ventana. Había olvidado lo mucho que le gustaba el color verde, lo refrescantemente vivo que era. Se había vuelto marrón ahora.

Su teléfono zumbó. Revisó la pantalla. "Oye, Milly", dijo. "Estaré ahí en seguida".

Su primera reunión era en tres minutos, y a Danni no le gustaba cuando llegabas tarde.

Tal vez, si tenía suerte, esta tarde podría sentarse detrás de su escritorio y trabajar de verdad en la próxima presentación de Nitrovex que haría a Danni y a la junta. Garman había logrado otra ronda de cortes, pero aún no tenían el trabajo.

¿Y el apuesto elefante de ojos azules en la habitación? Bueno, ella no tenía tiempo de pensar en él, ¿verdad?

CAPÍTULO DIECIOCHO

"Señor Clark, me alegra verlo. Gracias por venir". Un hombre alto con un abrigo de tweed marrón dirigió a Peter a una silla frente a su escritorio. Él se sentó.

El sol entraba por las altas ventanas con cortinas de terciopelo marrón. Los estudiantes de grado superior de Dixon se afilaban por fuera junto a la ventana, cada uno con sus uniformes azul marino. Todo era primitivo, correcto y perfecto.

La parte de la visita de Peter en la entrevista de Dixon había terminado. La escuela estuvo a la altura de su folleto. Terrenos señoriales, arcos de viejos árboles, atentos estudiantes marchando de camino a clase. Instalaciones de primer nivel, con laboratorios separados para productos químicos orgánicos e inorgánicos. Tenía que compartir un salón con la clase de física en Golden Grove. Y el club de ajedrez.

"Su CV es impresionante", decía el hombre, Stephen Volders. *Stephen,* no Steve, Peter lo había descubierto. Era el Director de Admisiones y parecía tan serio acerca de su trabajo como la pared de diplomas que miraba a Peter desde detrás de su escritorio.

Volders estaba revisando la carpeta que Peter había traído para respaldar las referencias que había enviado por correo. Él asintió, luego miró por encima de sus lentes de lectura. "Adam Butler. ¿Trabajó con él?"

Peter asintió con la cabeza. "Una pasantía de verano en Colorado. Antes de mi segundo año de posgrado". Cuando papá comenzaba a empeorar.

Volders asintió nuevamente. "Bueno, ciertamente parece calificado, Sr. Clark". Puso la carpeta en su escritorio y golpeó los papeles hacia adentro hasta que quedaron cuadrados. "¿Puedo preguntarle por qué está considerando dar clases en Dixon?"

Peter había estado luchando con esa pregunta durante el viaje de cuatro horas hasta aquí, y todavía no tenía una respuesta adecuada. Se aclaró la garganta. "Siento que es el momento para desafiarme con metas más altas en mi carrera, para ver si puedo contribuir a la sociedad de una manera más saludable y productiva".

Era algo que la señorita Iowa diría en la ronda final de un concurso de belleza o la apelación de un convicto por libertad condicional anticipada.

Volders asintió, pero no dijo nada.

Genial. Él tampoco me cree, pensó Peter.

"Y, ¿qué opinas de nuestras instalaciones?" Volders preguntó, señalando hacia los jardines.

Peter trató de sonar entusiasta. "Muy agradables. Estoy más acostumbrado a ver un contenedor de basura oxidado por la ventana de mi oficina". Él sonrió, pero Volders no lo hizo. De acuerdo, primera falla.

"Sí, nos enorgullecemos de mantener pulcros terrenos. Por supuesto, la apariencia no lo es todo, pero es importante que los estudiantes se sientan orgullosos de su entorno. Si un estudiante se enorgullece de su entorno, se sentirá orgulloso de sí mismo. Si se enorgullece de sí mismo, será un mejor estudiante. ¿Entiende lo que quiero decir?".

No, pero está bien. "Por supuesto", dijo Peter.

Volders se puso de pie, cruzando las manos detrás de la espalda mientras caminaba hacia la ventana. "Tenemos altos estándares de excelencia académica en Dixon", entonó, mirando por la ventana. "Nuestros padres lo esperan, y nuestros estudiantes también. Tres de nuestros estudiantes se han convertido en Rhodes Scholars". Se giró, obviamente esperando el reconocimiento.

"Wow", fue todo lo que a Peter se le ocurrió decir.

"Sí, así es". Volders regresó a la ventana, limpiando una mancha del cristal ondulado con su manga. "Y con un grado tan alto de logros, puedes entender por qué también esperamos ver ese tipo de dedicación y decoro de nuestro profesorado".

Entonces, apuesto a que nunca has estado en un tanque de agua. "Por supuesto", dijo Peter nuevamente, moviéndose en su asiento.

Volders se volvió. "Le he pedido a dos de nuestros profesores actuales una breve entrevista si no te importa". Sin esperar una respuesta, se dirigió hacia la puerta y la abrió. Dos maestros luciendo bastante serios se presentaron, una mujer con un moño alto y apretado y un hombre más bajo y más viejo con patillas grises y esponjosas.

Peter reprimió su sonrisa. Si Lucius estuviera aquí, habría bromeado diciendo que se parecían a Susan Calvin e Isaac Asimov. Pero estaba bastante seguro de que estos tres no entenderían su chiste interno sobre ciencia ficción clásica.

La pareja le estrechó la mano sin decir nada y luego se

sentaron. "¿Empezamos?" Volders dijo con un gesto de su mano.

¿Breve entrevista? La siguiente hora fue un rastreo de preguntas. Eran las habituales:

¿Cómo se enteró del puesto? *A través de mi adorable pero entrometido amigo, Lucius Potter.*

¿Por qué desea este trabajo? *Porque realmente me gusta el tweed.*

Háblame sobre un desafío o conflicto que haya enfrentado en el trabajo y cómo lo enfrentó. *Bueno, el otoño pasado, a Jake Showalter, nuestro mariscal de campo titular, se le quedó atrapado el dedo medio en un tubo de ensayo por una apuesta, y tuvimos que llevarlo a la sala de emergencias porque tenía un juego esa noche.*

¿Cuál sería tu trabajo ideal? *Ser piloto del Millennium Falcon.*

Se sintió como un prisionero en una película de guerra en blanco y negro: *¿Cuál es la ecuación química para la fotosíntesis? ¿Dónde están sus tropas? ¿Cuántas? ¡Habla, cerdo!*

A las tres y media, Volders se puso de pie y finalmente, por suerte, se había terminado. No estaba seguro de haber pasado la sesión de asado, pero para ese entonces no le importaba. Solo quería un poco de aire fresco.

Sus tres interrogadores se pusieron de pie. "Muchas gracias por su tiempo", dijo Volders mientras los otros dos salían por donde habían venido. La puerta se cerró y Peter también se levantó.

"Señor Clark, apreciamos que se haya tomado el tiempo para responder nuestras preguntas. Sé que fue un proceso largo, pero puede entender nuestra necesidad de asegurar la más alta calidad del profesorado aquí en Dixon".

"Por supuesto". Era la nueva respuesta de Peter a todo: ¿Entiendes que el tweed es esencial para que los estudiantes puedan procesar nuevos conceptos? *Por supuesto.* Los deportes son, con seguridad, secundarios a los estudios en Dixon. *Por supuesto.* Si quieres este trabajo, tendrás que comer esa planta de interior que está en el alféizar de mi ventana sin usar las manos. *Por supuesto.*

Volders le tendió la mano y, con eso, la entrevista terminó.

Peter se abrió paso por el campus hacia el estacionamiento de visitantes donde esperaba su auto. Los estudiantes pasaban, algunos inmersos en una conversación, la mayoría dándole una breve sonrisa. Era un lugar suficientemente amigable, sin duda un campus magnífico. ¿Y el promedio de calificaciones de los estudiantes? Tendría que estar loco para rechazar un trabajo aquí. ¿Cierto?

Encontró su Camry. Azul oscuro, seis años, vagamente fuera de lugar entre la lluvia de Mercedes y BMWs.

Entró, cerró la puerta y repasó la entrevista.

Por unos tres minutos. Luego, como había hecho unas seis veces en el viaje hasta aquí, sacó su teléfono y seleccionó el mapa.

El Grupo Garman ya figuraba con una estrella dorada, al sur de su ubicación actual.

Bajó el teléfono y suspiró. No le había enviado un mensaje a Kate para decirle que estaría en Chicago por la entrevista. No quería que ella pensara que la estaba acosando o algo así. O que estaba considerando este trabajo solo para estar cerca de ella.

No quería que *ella* pensara eso, pero él tampoco estaba tan seguro.

No, esto se trataba de su carrera. Así como ella estaba trabajando en la suya. Si no tanteaba el terreno y miraba qué había allí afuera, ¿cómo podría saber si no había algo mejor?

Se mordió el costado de la lengua, asintiendo, pensando. Sí. ¿Cómo lo sabría?

Kate incluso lo había animado a entrevistarse para el trabajo.

Arrancó el auto, lo puso en marcha, luego tocó un ícono en su teléfono y lo colocó boca arriba en la consola.

Su aplicación de mapas sonó alegremente. "Veintiséis minutos para Garman Group"

———

Kate sorbió su café distraídamente mientras caminaba por el pasillo de regreso a su oficina, escaneando notas en una mano. Era media tarde del viernes, pero todavía tenía mucho que hacer antes de que pudiera regresar a casa. Y no solo la propuesta de Nitrovex. Milly le había informado esa mañana que uno de sus clientes anteriores quería una marca adicional para su sitio web.

Empujó la puerta con el pie mientras seguía estudiando las notas. ¿Para el próximo jueves? No puede ser...

El agresivo sonido de un sacapuntas eléctrico hizo que levantara la mirada. Allí, sentado en su escritorio, en su silla, estaba Peter.

"Solía tener uno de estos", dijo, examinando la punta de un lápiz recién afilado como si fuera un diamante. "Luego a un estudiante se le ocurrió meterle un bolígrafo". Levantó la vista, sonriendo.

A ella casi se le cae su taza. "¡Ay dios mío! ¿Qué demonios haces aquí?"

Llevaba una crujiente camisa blanca de botones que abrazaba sus anchos hombros y una delgada corbata de rayas moradas. Se movió hacia el escritorio, dejando caer sus papeles en la esquina. El café podía esperar, y ella ya no necesitaba la cafeína, de todos modos. Su corazón latía horas extras.

Él se puso de pie, caminó hacia las ventanas y apoyó las manos en la repisa. "Solo vine a ver cómo vive la otra mitad. Bonita vista. ¿Esas son esas palomas reales?"

Su corazón seguía dando vueltas. ¿Peter? ¿Aquí? "¿Qué... Milly te dejó entrar?"

Se volvió, sus ojos bailaron y asintió. "Buena chica. Le pase uno de cinco para que me dejara sentar en tu silla. Muy cómoda. Me gusta esa cosa de soporte lumbar".

Ella se unió a él en la ventana, las rodillas todavía un poco temblorosas. Peter, aquí. En su oficina. Miró a su alrededor rápidamente. ¿Había un desastre? No, no está mal. ¿Cómo estaba su cabello? Debió haberse puesto su nuevo vestido de Michael Kors...

"Lo siento, debí haber llamado", dijo él.

"Sí, creo que sí", dijo, pero no enojada.

Él se cruzó de brazos. "Pero, pensé, ya que estaba en la ciudad, ¿por qué no pasar por aquí?"

Sí, ¿por qué no? Pero también, ¿por qué?

Él giró a su derecha y sacó algo de una pequeña bolsa de papel blanca que se encontraba en la repisa de la ventana. "Te traje un regalo". Lo sostuvo en la palma de su mano.

Era una esfera de nieve.

El grabado de oro en la base decía "Bienvenido a Golden Grove". Diminutas casas de ladrillo en una calle bordeada de ladrillos, era una miniatura y una belleza. Y en lugar de nieve, hojas naranjas y amarillas se arremolinaban en la luz del sol reflejada a través de la ventana. Probablemente lo había conseguido en Bailey's; tenían docenas allí para turistas.

Ella lo sacudió. Las hojas giraban como un tornado en miniatura. Si hubiera tenido tiempo para metáforas, lo habría llamado su corazón, pero, *por favor*.

"Gracias", dijo ella, mirando hacia arriba.

Él sonrió y se sintió como un rayo de sol. *Tranquila*.

"Solo un pequeño recordatorio", dijo. "Algún día, cuando esté gris y oscuro afuera, o te sientas desanimada, tal vez te recuerde a otro lugar".

¿Sentimientos? ¿De Peter? Eso era casi tan sorprendente como que él estuviera aquí en su oficina.

Puso la baratija en el alféizar de la ventana. "Entonces, ¿por qué estás aquí, realmente?"

Él asintió con las manos en alto. "Sí, lo siento. Debí haberlo dicho antes. Estaba en Highland Park. En la Escuela Dixon".

Más latidos del corazón. *¿Fue a la entrevista?* "¿Fuiste a la entrevista?"

"Más como un interrogatorio, la verdad".

"Y entonces ¿Cómo te fue?"

Se encogió de hombros. "Bastante bien, supongo".

Bastante bien en el idioma-Peter usualmente significaba muy bien.

"Entonces... ¿todavía sigues optando por el trabajo?"

"Supongo que sí. Estoy seguro de que habrá muchos otros solicitantes. Es una escuela bastante prestigiosa".

"¿Supones que sí? Necesitamos trabajar en tus habilidades de autopromoción".

Él se encogió de hombros, algo de la luz salió de la habitación.

Kate le tocó el brazo. "Bien, Lo siento. Supongo que... no pretendo presionarte".

La sonrisa regresó. "No hay problema"

"Bonita oficina", dijo, asintiendo.

"Gracias. Sin embargo, no estoy segura de sí me la merezco".

"¿En serio? Ahora, ¿quién necesita trabajar en sus habilidades de autopromoción?" Se cruzó de brazos. "¿Por qué dices eso?"

Ella se encogió de hombros. "No hay razón, la verdad". Luego trazó algo de polvo del alféizar de la ventana. "Solía hacer más trabajo real de diseño. Cuando empecé. Ahora es como si la mitad de mi trabajo fueran reuniones". ¿Por qué ella le estaba diciendo esto?

Él asintió. "Reuniones. Dímelo a mí. Ya tuve suficiente de esas incluso hoy".

"Nunca me gustó ir a entrevistas. Todas esas preguntas incómodas: ¿Cuál es su mayor debilidad? ¿Dónde se ve dentro de tres años? Si pudieras hacer algo y cobrar, ¿qué harías? Ella agitó la cabeza.

"Entonces, ¿qué harías?" él preguntó.

"¿Mmm?" Un halo de sol enmarcaba su cabeza.

"Si pudieras hacer cualquier cosa, ¿qué harías?"

Ella respiro profundamente. La pregunta flotaba en el aire, y no tenía idea de cómo responderla. "Ah. Bueno, sería algo con diseño gráfico. Logotipos, carteles, diseños de folletos. Una vez hice la portada de un libro para un amigo, fue muy divertido".

Él solo estaba asintiendo, sin palabras.

"Supongo que lo que realmente me gustaría hacer sería tener mi propio estudio de diseño". ¿De dónde venía esto? Pero la idea provocó algo dentro de ella.

"¿Por qué no haces eso?", Preguntó, todavía con un halo.

Ella se movió para poder ver su rostro y se apoyó contra el borde del alféizar de la ventana. "Oh, eso sería más adelante. Además, ¿comenzar mi propia empresa? Demasiado arriesgado para mí en este momento".

Peter solo asintió lentamente, sonriendo.

Ella saltó con una idea en su cabeza. "Mira, ¿cuánto tiempo estás en la ciudad?"

"Ah. Estaba planeando volver esta noche".

Ella agitó la cabeza. "No hasta que hayas cenado".

Él sonreía. "¿Qué tenías en mente?"

Inclinó su cabeza. "¿Cuál es tu opinión sobre Marinetti's Deep-Dish Reuben Pizza con Zucchini Pickle Relish?"

La sonrisa creció. "Suena horrible. ¿Cuándo comemos?"

CAPÍTULO DIECINUEVE

EL ESTÓMAGO DE PETER CASI SE HABÍA RECUPERADO DE la pizza tailandesa de Paisley de la noche anterior en Marinetti's, aunque algunos gruñidos residuales aún retumbaban en sus entrañas. Deben haber sido los pimientos de plátano en los que Kate había insistido. Pero estuvo bueno. Fantástico, en realidad.

Su Camry rodó por el distrito de los teatros hasta la dirección que Kate le había dado. Vio las escaleras que conducían a la plataforma L de Chicago en State and Lake. Ella todavía no estaba en la esquina, pero él llegó temprano.

Él entró de nuevo al tráfico para dar la vuelta a la manzana. Ella había insistido en tomar el tren desde su departamento de West Loop para que él no tuviera que conducir hasta allá y luego de volver al centro.

Se habían quedado en Marinetti's hasta el cierre la noche anterior, y se fueron solo después de una mirada obvia de una hosca camarera hipster que apilaba sillas en la mesa junto a ellos. Después de allí, Kate lo había dejado en su hotel, una habitación de último minuto en un sencillo pero cómodo Radisson.

Él había accedido, y sin demasiado esfuerzo, a quedarse una noche para que pudieran ver algunos sitios del centro antes de que tuviera que regresar a Golden Grove hoy. No estaba seguro de poder permitirse el tiempo, especialmente después de perderse todo el viernes. Tenía planeado una prueba para el lunes en Química 102, y necesitaba preparar el equipo para un examen de laboratorio que tenía el próximo viernes. Pero estaba bastante seguro de que podría hacer el trabajo con un par de noches más largas en la escuela.

Además, no había estado en el centro de Chicago en mucho tiempo, no desde que era un niño. Y también estaba Kate.

Estaba Kate, sí. Había estado animada y burbujeante la noche anterior en el restaurante. Riendo fácilmente, tocando su mano. Probablemente porque ella estaba en su territorio, por así decirlo.

Pero parecía que podrían haber estado en cualquier parte del mundo y no habría importado. Eran solo ellos dos en una pequeña mesa en la esquina, cada uno con una copa de Montoya Cabernet, garabateando en el mantel de papel con los crayones que dejaban para mantener a los niños ocupados. Obviamente ella era mejor en eso, dibujando ponis, sombreando corazones, incluso intentó hacer una caricatura de su rostro. Ella había insistido en arrancarlo del mantel y meterlo en su bolso. "Mi obra maestra", lo llamó en broma.

Había dado la vuelta a la cuadra, y allí estaba ella, saludando, vestida con una linda chaqueta negra de doble botonadura, leggings negros y una sonrisa. Su corazón bailaba mientras se detenía.

"¿Necesita un aventón, señorita?" dijo, tratando de sonar como un taxista.

"No suelo ir con hombres extraños", dijo, abriendo la puerta.

"No suelo recoger a mujeres tan hermosas", dijo él cuando ella entró.

Su sonrisa se expandió. Un coche tocó la bocina detrás de ellos. "Vaya", dijo ella, cerrando la puerta. "¿Alguna idea de dónde quieres ir?" ella preguntó.

Se detuvo en el tráfico. "Siempre quise ir al Instituto de Arte", dijo él.

Él podía sentir como ella alzaba sus cejas. "¿Estás seguro? Podría ponerte a dormir. Todas esas aburridas obras de arte". Ella tembló por efecto.

"Puedo soportarlo".

"Vale pues. Veamos... gira a la derecha en este semáforo".

———

Peter logró encontrar un espacio de estacionamiento a solo dos cuadras del museo en South Columbus, una hazaña que Kate declaró como milagrosa. Puntos para el chico pueblerino, pensó.

Al mediodía, ya habían recorrido las galerías de arte de la India, África y Asia, habían visto algo de arte antiguo, y habían pasado más o menos la última hora recorriendo el segundo nivel. Peter tenía que admitir que se había perdido cuando se trataba de las piezas en el nivel inferior, pero ahora hacía una demostración de señalarle una variedad de pinturas a ella. En particular, un Gauguin y un Van Gogh en el ala del impresionismo.

Ahora se mudaron a la sección de Arte Moderno Americano.

"Entonces, por aquí", decía Kate, tirando de él de la mano, "este es el famoso Nighthawks de..."

"Edward Hopper", Peter terminó por ella. "Sí, una pieza particularmente dura".

Ella lo miró como si le hubiera salido un cuerno de la cabeza. "Bien..." dijo ella.

Se giró y luego asintió. "Esta es una de mis favoritas", anunció, señalando una gran pintura de lo que parecía un planeta desintegrado descansando sobre un enorme carrete de alambre. "The Rock". Se acarició la barbilla. "Tan contundente, pero tan surrealista".

Kate se quedó sin palabras y lo siguió a una habitación al otro lado del camino.

Se apresuró hacia una pintura cuadrada de un paisaje marino poco notable. "Un ejemplo particularmente maravilloso de Whistler, ¿no te parece?" dijo señalando. "Observa las pinceladas amplias y ásperas".

Podía sentir como lo miraba, y era genial. Ella extendió la mano y lo golpeó en el hombro.

"Bien" dijo ella. "Me vas a decir cómo conoces todas estas pinturas o realmente te voy a golpear".

Se giró, cejas levantadas en fingida sorpresa. "¿Mmm? Oh." Se volvió hacia el Whistler, con la mano en la barbilla, estudiándolo como si estuviera considerando comprarlo. "Creo que se podría decir que siempre he sido un conocedor de las artes", dijo con su peor acento inglés.

Ella levantó el brazo y él dio un paso atrás, sus propias manos arriba en defensa. "Está bien, está bien", dijo, riendo. "Mis padres tenían este juego, ¿Masterpiece?"

Ella inclinó su cabeza. *Continua.*

"Era un juego de subastas. Cada uno tenía estas pinturas con valores diferentes y tenías que venderlas.

Todas las fotos que usaron eran del Museo de Arte de Chicago. No lo sabía hasta que vi unas tres de ellas aquí".

Su brazo bajó, su cabeza aún ladeada. Pero había un mínimo indicio de una sonrisa. "Yo sabía que algo estaba pasando. ¿Cómo es que nunca jugamos ese juego?"

Se encogió de hombros. "No lo sé. Mis padres casi tenían que obligarme en la noche de juegos. Prefería una buena ronda de Hoth Ice Planet Adventure".

Ella soltó una carcajada, que resonó en el salón de mármol. "Vamos", dijo ella, rodeando su brazo en el de él. "Vi una cafetería hace un rato. ¿Interesado?"

Él asintió. "Sí, la cafetería. Una de las pinturas más famosas de Edward Hopper, dedujo la combinación de la iluminación interior y exterior en un pastiche de rojos dorados que recuerda el período azul de Picasso, sin el azul, por supuesto".

Se abanicó. "Ooh, me encanta cuando un hombre habla de arte".

"Edward Hopper. Post impresionismo. Naturaleza muerta. Uh, amarillo. Pinturas. Marcos". Se encogió de hombros. "Lo siento, eso es todo lo que tengo".

Ella sonrió suavemente. "Eso está bien. Es suficiente".

Sus ojos se encontraron por un sonriente y único momento. Su reloj sonó.

Peter se subió la manga y lo apagó. "Perdona. Ese es mi recordatorio para mi laboratorio de la una en punto. Olvidé que todavía lo tenía puesto".

Ella hizo una mueca. "¿Tienes que irte?"

"No creo que haya alguien allí un sábado". Sin embargo, la realidad de Golden Grove se había entrometido. "Pero necesitaré salir en un par de horas. Tengo que revisar dos planes de lecciones antes del lunes, y habiendo faltado ayer..."

"No, claro", dijo ella, juntando sus manos frente a ella.

"Pero aún me quedan algunas horas. ¿Me muestras más del museo?"

"Creo que ya te he torturado lo suficiente. Estaba pensando que deberíamos comer, y luego el Museo de Ciencia e Industria debería ser el próximo", dijo.

Levantó las cejas y asintió. "¿Estás segura? Podría ponerte a dormir. Todas esas cosas aburridas de la ciencia".

Ella se encogió de hombros. "Pensé que, si podías mantenerte despierto aquí, yo también podría. Además, siempre he tenido curiosidad por ver esa exposición que muestra la estructura molecular del uranio-235 como se caracteriza por la constante regestión de los átomos de carbono en relación con la teoría de la relatividad de Einstein".

"Bien jugado".

"Gracias".

Siguieron caminando, tomados del brazo.

———

Después de un almuerzo excesivamente caro pero sabroso de croissants de jamón y huevo, fruta y un café de diseño local, Peter recuperó su Camry de su afortunado estacionamiento, y se dirigieron hacia el sur en Lake Shore Drive.

"¿El tráfico siempre es tan malo?" preguntó, arriesgándose a cambiar de carril frente a una Hummer negra que se aproximaba.

"Probablemente un festival en el Millennium Park", dijo Kate, "o una convención en McCormick. O tal vez solo el tráfico normal del sábado. Difícil de decir".

Llegaron al Museo de Ciencia e Industria a las dos, aunque les tomó otra media hora encontrar un lugar para estacionar y comprar boletos. Los sábados eran ocupados aquí.

Una vez dentro, agarraron un mapa y entraron en la rotonda, que resonaba con voces y chillidos de niños.

"Mmm. Entonces, ¿hacia dónde vamos?" Kate preguntó.

Él dobló el mapa. "¿Qué tal si simplemente vagamos, y vemos qué encontramos?".

Ella asintió.

———

Vagaron, vieron sus pulsos latir en el corazón animado gigante, trataron de predecir dónde iría la pelota en la máquina de pinball más grande del mundo, sintieron la niebla fría de un tornado simulado. A ella le encantaron los pollitos en la sección de genética e incluso encontró interesantes los cuerpos rebanados, aunque espeluznantes. Pasaron por alto la exposición Farm Tech. Ya ha visto suficientes cosechadoras y tallos de maíz en su vida.

Llegaron al nivel inferior del museo, donde pasaron junto a un cartel que anunciaba "El maravilloso mago de Oz".

Era su libro favorito de niña. "¿Entramos?" le preguntó a Peter.

Parecía vacilante. Era más un área para niños que para adultos.

"Claro", dijo finalmente. "Después de ti".

Entraron justo cuando una ráfaga de tres niños salía corriendo. Una vez dentro, sin embargo, estaba en silencio.

Había una pantalla donde podías sentir el latido del corazón del Hombre de hojalata, y una pantalla recortada donde podías tomarte una foto de ti como un Mono Volador. Lo cual hicieron.

"Mira", dijo Peter delante de ella, "creo que estos son para ti".

Estaba señalando un par de plateadas zapatillas gigantes montadas en una plataforma rosa. Una niña estaba parada dentro de ellas, chasqueando los talones. Cuando lo hacía, un letrero en letras rosadas se iluminaba frente a ella. *No hay lugar como el hogar.*

Ella se unió a él. "Pensé que se suponía que eran color rubí" dijo ella.

Él estaba leyendo el letrero al lado de la exhibición. "Aquí dice que eran plateados en el libro. Usaron rubí en la película para contrastar con Yellow Brick Road". Él miró hacia arriba. "Y pensabas que la ciencia era aburrida".

"No la ciencia. Quizás los *científicos*", ella bromeó.

"Auch", dijo, pero estaba sonriendo. La chica en los zapatos había bajado y pasó a la siguiente exhibición. "Solo por eso, es tu turno", dijo, señalando.

"Uh uh", dijo ella.

"¿No crees que tus pies encajarán?"

Este jugueteo, era como cuando eran niños. "¿Qué debo hacer?" preguntó ella, quitándose los zapatos.

"Salta", dijo, tomando su mano. Era fuerte y suave al mismo tiempo. Ella se apoyó en él un poco más de lo que necesitaba y deslizó sus pies dentro de las zapatillas gigantes.

La habitación estaba vacía, casi en silencio. Una bola de discoteca arremolinaba estrellas espejadas alrededor de la oscura habitación.

"Ahora", dijo Peter. "Choca los talones y di: No hay lugar como el hogar".

Su corazón golpeó en su pecho. La pintura frente a ella era de la Ciudad Esmeralda con un Yellow Brick Road en espiral que conducía a sus puertas. Arriba estaba el cielo azul y vacío.

Ella cerró los ojos y tragó. "No hay lugar como el hogar", dijo y chocó las zapatillas plateadas tres veces.

Abrió los ojos. El cielo sobre la Ciudad Esmeralda estaba adornado con parpadeantes luces LED rosadas. *No hay lugar como el hogar.*

Ella tragó grueso de nuevo.

"¿Kate?" Peter dijo, su voz distante.

"¿Mmm?"

"Acabo de recibir un mensaje. Tengo que irme".

———

Kate salió de las zapatillas plateadas y luego recuperó sus propios zapatos de la alfombra. "¿Un mensaje? ¿De quién?"

"De Lucius", dijo, su rostro ilegible. Comenzaron a caminar.

Uh oh. "¿Va todo bien?" preguntó ella, tratando de no pensar lo peor.

"Nada grave", dijo mientras comenzaba a responder el mensaje. "Agua en el piso del laboratorio saliendo de un fregadero tapado. Y Barney se soltó de nuevo".

"¿Quién es Barney?"

Peter separó sus manos aproximadamente dos pies. "Un Dragón Barbudo, de este largo más o menos".

"Ah, sí. ¿Él no ganó el concurso de barba en Golden Grove hace unas semanas?

"Este tipo es un lagarto".

Ella asintió. "Exactamente".

Una sonrisa. "Él se ha salido antes. Por lo general se esconde en la sala de mantenimiento donde están los calentadores".

Habían llegado a uno de los pasillos que conducían a la rotonda principal. El ruido de la multitud era más fuerte, resonando en las paredes de mármol.

"Ah, las alegrías de la enseñanza", dijo ella, forzando un tono alegre. "Me alegra que no sea nada serio".

Su expresión no había cambiado. "No, es solo que... necesito regresar".

"Ah. Claro". La habían pasado muy bien, bromeando, riendo. Coqueteando. Ella no había pensado en el final. Pero aquí estaba. De nuevo.

"Mira, Kate, lo siento. Incluso si me voy ahora, no llegaré a Golden Grove antes de las ocho. Entre una cacería de lagartos y el agua podría ser una larga noche. No puedo dejar que Lucius se encargue de eso solo".

Ella estaba agitando sus manos. "No, no, está bien. Necesitas estar allí". Y así era, porque él era Peter, y allí es a donde pertenecía. Su corazón se sentía sombrío y lejano. Todo había ido muy bien. ¿Pero qué esperaba ella? Él tenía que regresar en algún momento.

"¿Dónde puedo dejarte?" preguntó mientras se detenían debajo de los aviones que colgaban en la sección de aviación.

"No te preocupes. Puedo tomar el tren eléctrico a la estación Millennium. Será fácil llegar a casa desde allí".

"¿Segura?"

"Oye, soy una chica de ciudad en estos días". Se suponía que era una broma, pero se sentía plano. Él sonrió de todos modos, torcido pero triste.

Y luego la besó.

Él la alcanzó con su brazo, la acercó con un movimiento suave, se inclinó y la besó.

No eran chispas de verdad las que volaban detrás de sus ojos, pero había fuegos artificiales explotando en alguna parte. La habitación reverberaba. La soltó, pero mantuvo un fuerte agarre en sus brazos. Podía olerlo, como aire fresco y menta, y su corazón intentó recuperar el equilibrio.

Ella podía sentir las miradas de las personas a su alrededor, pero no le importaba.

"¿A qué se debió eso?" ella dijo finalmente.

"Dicen que, si besas a alguien bajo el ala del avión, es buena suerte".

Ella levantó la vista, más allá de su cabeza. Efectivamente, estaban parados bajo el ala del enorme 727 suspendido sobre ellos.

Entrecerró los ojos hacia él. "No lo dicen".

Sus ojos brillaron. "Bueno, lo harán ahora".

Ella quizás se había derretido, no estaba segura.

Ella estaba aquí, en sus brazos, a salvo. Por favor, mundo, solo vete unos segundos más.

Pero, como ya ella sabía que pasaría, todo se hundió. Y ahora él tenía que irse.

"Volveré a Golden Grove el domingo por la noche", ofreció ella.

"Qué coincidencia", dijo. "Yo también".

———

Él se había ido.

La ciudad era grande, fría y gris. Ella bajó los escalones. Estaba un poco más lejos de la estación de tren de lo que pensaba, pero no quería que Peter se sintiera obligado a llevarla a ningún lado. Sería un largo viaje a casa, pero ella tenía tiempo.

Todo el tiempo del mundo.

Ella debería estar feliz, ¿verdad? Eufórica, ¿tal vez? Las

cosas finalmente estaban avanzando con Nitrovex. Avanzando y hacia arriba.

Habría ayudado si supiera lo que sentía por Peter. Podría haber categorizado sus sentimientos, etiquetándolos como colores en una paleta. Pero estaban demasiado mezclados, esparcidos por toda la página en una mezcla turbia. Excepto por tal vez uno. El rojo intenso del miedo.

El sol comenzaba a zambullirse detrás de los edificios en el oeste, pero el cielo todavía era azul, brillante y claro. Era una escena fugazmente familiar.

Excepto que no tenía zapatos plateados que chocar. Y aún más desconcertante, ya no estaba tan segura de dónde estaba su hogar.

Porque las palabras colgaban en su corazón en letras rosadas brillantes.

No hay lugar como el hogar.

CAPÍTULO VEINTE

El viaje de vuelta a Golden Grove al día siguiente fue familiar, pero tenso. Kate lo atribuyó a los nervios. Debía presentar su propuesta principal para Nitrovex era este martes frente a su comité de cambio de marca. Si les gustaba, ella ganaría el trato para Garman. Volvería una vez más para terminar, y eso sería todo.

Eran el Super Bowl y la Serie Mundial juntos para ella. Si ganaba esto, ella sería la heroína en el trabajo, su carrera obtendría el impulso que necesitaba para seguir adelante.

Hacia dónde, exactamente, ella todavía no lo sabía. Eso tendría que venir después.

Carol estaba en una reunión del Centro Comunitario esta noche, lo cual era bueno porque Kate necesitaba tiempo a solas para trabajar. La excursión de ayer en Chicago con Peter, aunque divertida, había consumido algo de tiempo, y ella necesitaba que cada diapositiva y gráficos fueran perfectos para el martes. Todavía no tenía definidos el eslogan o logotipo principal, y esos eran su mayor obstáculo. Sin eso, sus posibilidades de obtener el contrato disminuían. Pero tenía otro día más o menos para pensar en algo de último momento. Mientras pudiera mantener a raya las distracciones.

Se encontró mirando por la ventana del comedor, a través de las drapeadas cortinas de encaje hacia la casa de Peter. La mayoría de las distracciones del Super Bowl y la Serie Mundial vivían al lado.

Frotándose los ojos, miró su reloj. Carol no estaría en casa por un par de horas más o menos. Tal vez debería tomar un descanso, una siesta corta, incluso. Ella se sentía cansada. No cansada como si acabara de terminar con una carrera de una milla. Cansada, como si le dolieran los huesos. ¿Esto es lo que se siente llegar a los treinta?

Se levantó y luego se dirigió a su habitación. Su vieja habitación en su vieja casa. Las escaleras todavía crujían en los mismos lugares. Recordó cuando de niña solía tratar de ver si podía llegar hasta la cima sin un chirrido. Practicaba para cuándo tuviera que llegar tarde a casa, no despertaría a sus padres. Algo que nunca tuvo que hacer.

Su habitación estaba al final del pasillo, al frente de la casa, debajo de la claraboya y sobre el porche. Aparentemente, ella la había elegido cuando se mudaron. Sus padres le dijeron eso. Era muy joven como para recordar. Pero fue una buena decisión. Muy artístico, había pensado, como el desván de un pintor en París.

Se dejó caer en la cama, calculando los familiares rebotes. El techo se inclinaba sobre ella donde estaba la claraboya. Una vez estuvo cargado con carteles, pinturas y dibujos. Y sí, el mural que había pintado de My Little Pony.

Fue en el verano. Pasó días trabajando en ello, verificando que los colores coincidieran con los de las cajas en las que venían los juguetes.

Probablemente fue ahí cuando sus padres comenzaron a preocuparse de que ella fuera una artista. Ella se podía dar cuenta. Ellos eran científicos. El arte era algo que hacías los fines de semana o mientras mirabas televisión, como una distracción. No para ganarte la vida. Muriendo de hambre en un apartamento con un sucio papel tapiz en Nueva York, fumando cigarrillos de clavos de olor. Ella sonrió, imaginando a Lucius fumando sus cigarrillos de clavos de olor, sonriendo a través de su enorme bigote de morsa.

¡Cómo cambiamos!

El techo estaba en blanco ahora, perfecto para pensar, para dejar atrás el pasado. Pero eso había resultado difícil de hacer en las últimas semanas. No pensaba que sería tan difícil estar de vuelta. Golden Grove era solo un lugar, como cualquier otro. Pero su ciudad natal tenía otros planes. Se había filtrado y se había extendido en ella como pintura fresca de acuarela. O tal vez era el lavado del agua, revelando lo que había estado allí todo el tiempo. Que estaba en su hogar.

Ella sacudió la cabeza, aún acostada en la cama. *No, el hogar es donde lo haces. Tú lo haces, no te hace a ti.* Esto solo eran viejos recuerdos tirando de ella. ¿Qué era lo que decían? Solo recuerdas lo bueno y olvidas lo malo.

Un pensamiento se desenterró de su mente. ¿El armario?

Se sentó. Se levantó de la cama, quitándose los zapatos mientras iba hacia la puerta del armario. Lo abrió y buscó a tientas, por un lado, la cuerda del cable que encendía la luz. El pequeño espacio todavía olía a ropa vieja y polvo con un ligero tinte de bolas de naftalina. Justo como ella lo recordaba.

En cuclillas debajo de algunos de los viejos vestidos de Carol, apartó algunas cajas de zapatos que estaban en el piso de tablones de pino. Ahí. En la esquina, una de las ranuras del piso era un poco más ancha que su vecina, con algunas marcas de arañazos cerca del borde.

Al llegar, tiró del borde del tablero con la uña. Se le resbaló un par de veces, luego lo haló lentamente. Ella lo agarró y lo levantó a un lado. Con el corazón latiendo más fuerte, metió la mano dentro, sintiendo. Sus dedos se cerraron sobre una bolsa de tela, que agarró y sacó a través de la pequeña abertura.

Regresó a la cama y se sentó con las piernas cruzadas, luego arrojó la bolsa al edredón.

Saliendo una variedad de baratijas. Algunas fotos, algunas monedas. Un sello sin usar, una pelota de goma. Algunas pulseras de alambre de colores que había hecho con un kit que le regalaron en su tercer cumpleaños. Recordó haberle regalado un collar de plata que le había hecho a Peter por su cumpleaños ese año. Él había estado tan avergonzado.

Ella esparció todo con sus dedos. Su boleta de calificaciones de segundo grado. Ella sonrió. Todas "satisfactorias". Una foto de ella con el disfraz de poni de Halloween que su madre había tratado de hacer, con la vieja peluca rubia de su madre como una cola.

Una nota doblada en papel rosa. Estaba deteriorada, como si hubiera estado en un bolsillo durante mucho tiempo. La desdobló y la leyó, luego se quedó quieta un momento. Ella comenzó a poner todas las cosas en la bolsa. Hizo una pausa, tomó la nota, la dobló y la metió en el bolsillo de su camisa.

La bolsa volvió al espacio secreto en el piso del armario. Era donde pertenecía, atrás en el tiempo, de vuelta a una niña que ya no estaba allí.

Ella suspiró, largo, mientras se hundía en la cama de

nuevo. Se estaba volviendo demasiado, la presión. Estar aquí, este trabajo.

Le picaban los ojos. ¿Cómo se suponía que debía hacer esto?

No, ella sabía que lo que realmente quería decir era, ¿cómo se suponía que debía hacer esto *sola*?

Y eso era todo. Dejar entrar la palabra, dejar que incluso fuera posible, apretó su corazón, y dio un grito ahogado. Una lágrima goteó, y ella la limpió.

Bueno, ella realmente no tenía otra opción, ¿verdad? De hecho, las decisiones se tomaron hace mucho tiempo. Ella solo las estaba montando ahora.

Olfateó y se enderezó, echó un vistazo por la ventana del segundo piso a la casa de al lado.

La luz del porche seguía encendida, con un amarillo brillante. Un faro, si ella quería ser poética. Pero ella no podía permitírselo. Todavía no.

Se levantó y bajó la persiana, y la habitación se oscureció.

———

Peter pensó por un momento, luego volvió a tocar el timbre. Tal vez lo estaba presionando. Tal vez Kate estaba dentro mirándolo, escondiéndose en la cocina. Tal vez fue un error, el beso de ayer en Chicago. Fue espontáneo, pero ella no se alejó. Tal vez él debería solo...

La puerta se abrió y Kate apareció, sonriendo. Estaba descalza con un vestido de flores. Peter no la había visto con un vestido antes. Al menos, no desde la primaria. Se veía bien, ligera y fresca. Sus uñas de los pies estaban pintadas de rojo.

"Peter, Peter", dijo un poco en voz alta. "Comedor de calabaza".

"¿Puedo entrar?" preguntó.

Ella se inclinó extravagantemente. "Entre, buen señor". Ella tropezó ligeramente cuando dio un paso atrás.

Peter abrió la puerta de la pantalla y la dejó cerrarse detrás de él. "Vi tu auto. Se me ocurrió pasar a saludar".

Kate sonrió radiante. "¡Maravilloso! ¡Maravillosamente!" Se volvió y caminó hacia un sofá y se dejó caer, acariciando el asiento a su lado. "Ven y siéntate a mi lado, Peter".

Echó un vistazo a la botella de vino y la copa en la mesa al lado del sofá. La copa estaba vacía.

"Tal vez debería volver luego".

Ella agitó la cabeza. "No, no, siéntate y cuéntame cómo has estado".

"¿Desde ayer?" Él vino y se sentó a su lado. Ella metió las piernas debajo de ella y se movió hacia él.

"No te importa si me acerco a ti, ¿verdad?"

"No".

"Bien. No me gustan los anti-acercadores".

"A mí tampoco".

"Entonces estamos de acuerdo. Siguiente orden del día. Deshacerse de la vicepresidenta de operaciones del lugar con los químicos malolientes".

"¿Penny?"

Se llevó el dedo a los labios. "No digas su nombre o aparecerá y te sacará los ojos a arañazos".

"¿Todavía tienes un problema con ella?"

"Ella está tratando de sabotearme".

"No es así. Ella es una profesional".

"Ella es una bruja... profesional" Ella se rio en su cara. "¡Casi te digo una mala palabra, Peter!" Con la sonrisa desvaneciéndose, entrecerró los ojos y señaló su estómago. "Mi instinto me dice que debo tener cuidado".

"Creo que tu instinto no está en condiciones de decirte nada en este momento".

Ella sonrió. "¡Eso fue un chiste! Bien por ti, Peter. También me sé un chiste".

"Qué bien".

"¿Por qué el alcohol no es una solución?" Se inclinó hacia delante, con una gran sonrisa en su rostro, lista para reír.

"Ya esa me la sé", dijo.

Su cara se arrugó con molestia, luego pareció pensar. "Bien entonces, y qué tal, ¿cuál es la diferencia entre un mol y una molécula?"

"No sé, ¿cuál es?"

"Prepárate, porque esto es divertido". Ella resopló, luego miró al techo como si estuviera pensando mucho, luego recitó: "Una molécula es la parte más pequeña de un elemento químico que tiene las propiedades químicas de ese elemento, y.... un mol es un pequeño roedor desagradable que cava túneles en tu jardín". Ella cayó hacia adelante, resoplando en su rodilla.

Él sacudió la cabeza. "Vamos, Kate, creo que necesitas ir a la cama". Se paró.

Kate hizo una cara severa y luego saludó. "Sí, señor, Master de Química Profesor del año". Ella levantó la botella de vino de la mesa y la sacudió. "Guao... ¿cuánto de esto tomaste?"

"¿Yo? No tomé nada. Parece que tú tomaste una copa o tres".

Kate levantó dos dedos. "Solo tres angstroms. O dos litros. O un montón de moles. Muchos moles".

Peter la tomó del brazo y trató de ponerla de pie. "Está bien, Einstein, aquí vamos".

Kate meneó el dedo. "No, Eisenstein fue un físico y también dirigió películas" Ella se echó a reír. "Dirigió Shattlebip Topemkin, apuesto a que no lo sabías, señor científico". Ella se apoyó contra él, levantó la vista y eructó en su rostro.

"¡Buf! Guao, Kate, sí, eso es increíble. Vamos, te vas arriba".

La cara de Kate se arrugó en una mueca. "No digas 'arriba', Peter, porque suena como 'vomitar' y no quiero vomitar. Vomitarte" Ella sonrió, luego cayó contra él y le echó los brazos al cuello. "¿Sabes algo, Teper? ¿Peter?"

Peter la sostuvo por su cintura para evitar que se deslizara por su pecho mientras ella se apoyaba contra él. Él deseó que fuera bajo diferentes circunstancias. "¿Qué pasa?"

"Te escribí una nota".

"¿En serio?"

Ella asintió. "Síp. Escribí una nota, y fue una buena nota, la nota que escribí". Ella susurró en su rostro. "Fue una nota de amor".

"Ah". La tenía en la base de las escaleras, todavía apoyada sobre él.

"Sí, te lo escribí y era una nota de amor en sexto grado y decía que te amaba".

"Eso es muy lindo, Kate. Subamos las escaleras".

Ella sacudió la cabeza vigorosamente. "Dijiste 'arriba' nuevamente. No digas 'arriba'. No me gusta 'arriba'".

"Perdona. Aquí vamos".

"Espera, espera, espera, Peter. Peter, espera".

"¿Qué pasa?"

"¿Puedo decirte algo?"

"Claro".

Ella sonrió ampliamente. "Te escribí una nota".

"Ya me dijiste eso".

Su labio inferior hizo un puchero. "¿Sí?"

"Sí"

"Bueno, ¿qué decía la nota? ¿Fue una buena nota?"

"No sé... nunca me la diste".

La sonrisa volvió. "¡Lo sé!". Y ella susurró de nuevo. "Era una nota de amor". Ella apuntó al techo. "La encontré arriba en mi habitación". Ella se detuvo, frunciendo el ceño. "Oh, no, dije 'arriba'".

Peter sacudió la cabeza. "¿Recuerdas cuando dije que el alcohol no era el problema, sino la solución?"

"Síp. Ese era mi chiste".

"Estaba equivocado". Intentó levantarla por sus brazos. "Bueno, vamos a tu habitación".

Ella de repente lo empujó, tropezando ligeramente. "¿Cómo te atreves a llevarme a mi habitación allá arriba? Apenas te conozco, varlot".

"¿Varlot?"

"Sí. Es lo que dicen en las viejas películas cuando un hombre era un varlot para una niña, lo que tú eres. Un varlot, no una niña. Yo soy la niña". Se señaló a sí misma. "Voy a dormir en el sofá si no te importa, pero creo que primero tengo que vomitar".

Ella de repente lo empujó, atravesó la estrecha puerta del baño al lado de la escalera y la cerró de golpe. En segundos, Peter escuchó un ataque de arcadas.

"¿Kate?" él la llamó. Su respuesta fue otra arcada. Probó la manija de la puerta. Estaba cerrada.

"Varlot", dijo atragantada detrás de la puerta.

Unos segundos después, le dio bomba al inodoro. La puerta se abrió y crujió mientras una Kate en ruinas salía, luciendo como un cachorro mojado.

Peter rápidamente se acercó a ella y le rodeó los hombros con los brazos. "¡Oye! ¿Estás bien?"

"¿Está bien cuando la habitación gira como un carrusel de lado?"

"No".

"Entonces creo que estoy bien". Ella miró por encima de su hombro. "Sabes, nunca había vomitado en esa habitación antes".

"Eso es genial. Estoy muy orgulloso de ti". Él alcanzó una toalla de mano de un estante detrás de ella y golpeó la manilla del agua fría. Mojó la toalla, cerró el grifo y le limpió la cara. Se veía tan pálida, como el de una niñita.

Con un brazo todavía alrededor de ella, la guio a la sala de estar. Sacó una manta del sofá y la arrojó al suelo con una mano, la guio suavemente hacia abajo, la recostó y luego le levantó los pies sobre una almohada en el otro extremo. Tomó una almohada de la silla cercana y la metió debajo de su cabeza. "Ven, aquí hay una almohada".

Ella lo miró con grandes ojos marrones que comenzaron a llenarse de lágrimas. "Pero yo no te traje nada".

Peter sonrió, luego le puso un mechón de cabello que tenía en su cara detrás de la oreja. Ella se recostó, una sonrisa regresó en tanto él recuperó la manta del suelo y la colocó suavemente sobre ella. Él se arrodilló a su lado, su brazo descansando a un lado del sofá.

"Buenas noches, Kate". Pensó en besarla en la frente.

Kate, sonriente, se acurrucó más en el sofá y cerró los ojos. En unos segundos, ella ya estaba dormida.

Peter se levantó, aun observándola. Con el pecho subiendo y bajando, se encontró viéndola como esa niña de su casa del árbol. El cabello ondulado se derramaba alrededor de su rostro, una pizca de pecas alrededor de sus ojos. Angelical e infantil al mismo tiempo. No la sofisticada mujer profesional que se sentía tan fuera de su alcance, sino una simple chica pueblerina.

Él sabía que ella había estado trabajando duro. Quizás demasiado duro. Y él se sintió un poco culpable por eso. ¿Le estaba haciendo la vida más difícil él? Tal vez ese beso fue un error.

Él ladeó la cabeza, espiando un trozo de papel rosa que se asomaba del bolsillo superior de su vestido. Curioso, lo sacó lentamente. Estaba arrugada, vieja y tenía un apagado olor a fresas. Papel rosa con líneas regladas del cuaderno de una niña. Él fue a una silla, desplegó la nota y la extendió sobre su rodilla. Estaba escrito con bolígrafo rojo, adornado con pequeños corazones y florituras de una feliz niña loca por el arte.

Querido Peter,
    Decidí que te super amo.
    -Katie.

PD: Yo fui quien rompió tu figura favorita de Star Wars, el robot de oro.

CAPÍTULO VEINTIUNO

EL DOLOR DE CABEZA NO FUE TAN MALO COMO HABÍA esperado. Pero el vino sí. Vino barato, de la alacena superior de Carol. Probablemente usado para cocinar hace años y dejado allí.

Sin embargo, tuvo un buen lunes. Su presentación estaba lista, doble y triplemente chequeada. Todavía faltan algunas partes, pero esperaba poder evadirlas lo suficientemente bien como para llegar a la ronda final de candidatos de marca la próxima semana.

Ella cambió su peso. Estaba parada en el porche delantero de Peter. El sol se ponía y las hojas caídas crujían en las frías sombras.

Su dedo posado sobre el timbre. Era una de esas antiguas que sonaba una campana real en el porche. Estaba preocupada de que le provocara dolor de cabeza nuevamente, pero la resaca finalmente había disminuido.

Ella quería llamar a Peter para disculparse. Estaba avergonzada, como si temiera que él llamara a sus padres o algo así y que ella estuviera castigada. Como si todavía estuvieran en la escuela y ella necesitara que él guardara algún profundo y oscuro secreto.

Miró a través de las cortinas al costado de la puerta principal de Peter. Las luces estaban encendidas, pero no había nadie en la sala de estar.

Quizás no estaba en casa. Tal vez la estaba evitando por lo de anoche.

Ella no sabía por qué había hecho eso, beber casi una botella de vino entera. No eran cosas de ella, ¿verdad?

Volvió a tocar la campana. Ella pensó que podía escuchar pasos. ¿Qué le diría?

Peter, la verdad no soy tan exquisita. Me encanta el vino barato...

Peter, estudios han demostrado que un poco de vino antes de acostarte te ayuda a dormir mejor, hasta que vomitas...

Peter, deberías saber que solo bebo cuando vuelvo a mi ciudad natal a lidiar con un proyecto muy estresante, y con un tipo que parece que no puedo sacar de mi cerebro...

Peter, yo....

La puerta se abrió.

"Hola, Kate". Él no cerró la puerta de golpe. Buena señal. "Lo siento, estaba en el patio".

La puerta pantalla seguía cerrada, pero ella no esperó. "Peter, solo quería disculparme por lo de anoche".

Sacudió la cabeza y sonrió. "No necesitas disculparte. Estás bajo mucho estrés".

Si, estrés. *Eso me sirve.* "Bueno, solo quería que supieras que normalmente, ya sabes, no bebo tanto".

"Olvídalo". Empujó la pantalla para abrirla. "¿Entras?"

"Probablemente estés ocupado. 'El trabajo de un maestro nunca termina', ¿verdad?" Otro chiste malo.

"En realidad, ya terminé por hoy".

"Ah. Bien". Ella entró. La puerta pantalla cayó de nuevo, luego se acomodó contra la jamba con un clic.

Siempre le había gustado la casa de los Clark, casi más que la suya. Parecía tan hogareña por alguna razón. Gran porche delantero envolvente, dos pisos con mucho carácter. Podría ser una pensión si alguien quisiera trabajar en eso. Sin embargo, terriblemente grande para una persona.

Peter no la había cambiado mucho. Había algunas señales de que un hombre vivía solo aquí. Una bicicleta inclinada en la esquina. Shorts deportivos sobre una silla del comedor.

Había música sonando de fondo. Ella la atrapó de un recuerdo. Cuando trabajó un verano en el puesto de maíz dulce a las afueras de la ciudad. Al Sr. Peterson le encantaba escuchar la estación de viejitas. El título rebotó de su memoria. "Don't Do Your Love".

"Linda canción".

Parecía perplejo, luego la agarró. "Ah, eso. Se supone que debo ayudar a elegir la música para el Baile de Bienvenida de este sábado. El tema es de los ochenta.

"Eso escuché".

"Tú sabes cómo es. Espera treinta años y todo vuelve a ser retro y genial".

"Mmm". Ella se balanceó sobre sus talones. Se aclaró la garganta.

"Bueno" dijo ella. "Supongo que debería...".

"¿Quieres ver mi estrella?" dijo él al mismo tiempo.

———

Peter miró a través del buscador, luego ajustó el enfocador. Entornó los ojos por el ocular, que se puso borroso y luego se despejó. En el centro había un pequeño y tenue punto.

Verificó nuevamente las coordenadas en un pequeño trozo de papel azul para asegurarse.

"Ahí está si quieres verla".

Estaban en su porche trasero. Un ventilador de techo giraba lentamente sobre ellos. El telescopio estaba posado sobre un trípode de latón cerca de la barandilla, en ángulo más allá de los árboles. Qué suerte tenía él de que la estrella estuviera en la posición correcta esta noche.

Kate vino a su lado. "¿Miro por aquí?" preguntó, señalando el ocular.

"Síp".

Se agachó, rodillas dobladas y entrecerrando los ojos por el ocular. Los ojos de Peter se posaron en sus jeans bien formados.

"¿Cómo se llama? ¿La estrella de la muerte de Peter?"

"Oficialmente, se llama 6890: 1457: 1. Pero yo la llamé Lucky".

Levantó la vista. "¿La llamas Lucky Star?"

"Por mi perro, Lucky".

"Oh, Lucky", dijo, pareciendo recordar. "Me encantaba Lucky, el pequeño bastardo". Ella volvió al ocular. "Sabes, así de técnico como esto es, también es genial", dijo. "Quiero decir, quién sabe si hay vida en un planeta girando alrededor de esa estrella. Y lleva el nombre de Lucky".

Peter sonrió, se mantenía inclinado. "Sabes, esa es probablemente la cosa más geek que te he escuchado decir".

"Oh, ya veo", dijo mientras se levantaba, sonriendo. Te estás emocionando, ¿eh? Bueno, ¿qué tal si yo...?"

Dio un paso adelante, pero su pie atrapó una de las patas del trípode del telescopio y la hizo tropezar. Peter inmediatamente alcanzó su brazo, atrapándolo mientras su otro brazo se balanceaba y agarraba frenéticamente el hombro de él para evitar caerse. La gravedad hizo el resto. Ambos tropezaron y cayeron en el mueble de mimbre acolchado con los pies retorcidos y Kate aterrizando cara a cara sobre Peter con un *¡uuf!*

Tan rápido como sucedió, ambos estaban ahora congelados, con los brazos apretados, mirándose las caras, separados por centímetros, las bocas y los ojos muy abiertos. El momento de silencio vergonzoso se rompió cuando ambos estallaron en risas simultáneas. Kate rodó sobre Peter y se dejó caer a su lado en el asiento acolchado.

"Buena movida, Clark", dijo

"¿Yo? A-ja, tú fuiste la que tropezó. Yo solo fui el receptor".

"Mmm... no, creo que pusiste esa cosa del trípode allí a propósito".

"Yo no tengo esa fluidez. Soy un científico, ¿recuerdas? Solo nos interesan los fríos y duros hechos".

"Cierto. Reacciones químicas en el cerebro".

Peter podía oler su perfume. Si solo se trataba de sustancias químicas en su cerebro, ciertamente estaban efervescentes. Se aclaró la garganta. "Entonces, Kate, ya que estás aquí..."

"¿Sí?"

"Hay algo que quería preguntarte".

Se volvió hacia él, con los ojos marrones enfocados. Ella estaba tan cerca ahora. "¿Qué sería?"

"No es gran cosa, de verdad. Más como un favor. Probablemente ni siquiera estarás en el pueblo".

"Está bien, entonces olvídalo". Ella volteó.

"No, quiero decir, podrías estar por acá. Si estás en el pueblo".

Ella se volteó de nuevo hacia él. "No lo sabré a menos que me digas qué es primero".

"Cierto. Así que este Baile de Bienvenida es esta semana. El sábado en la noche".

"Eso dijiste". Ella solo lo miró, asintiendo una vez, esperando.

"Y a los maestros se les permite ir. Con los estudiantes. No con los estudiantes, por supuesto, sino junto con los estudiantes. Si ellos quieren ir. Los profesores".

Ella todavía estaba mirándolo, asintiendo.

Él se sentía como un estúpido adolescente. Esto no debería ser tan difícil. *Solo dilo, no es gran cosa.* "Entonces, me preguntaba si estabas cerca, por supuesto, porque puedo ver dónde probablemente estarás de regreso en Chicago para entonces. Lo más probable, ¿verdad?"

Más asentimientos, con una leve sonrisa. Ella estaba haciendo esto a propósito.

"Oh, Dios, Kate, estoy tratando de invitarte al Baile de Bienvenida".

Ella se echó a reír a carcajadas agarrando su rodilla, luego levantó la vista. "Eso no fue tan difícil, ¿verdad?"

"No debería haber sido, pero sí lo fue".

"Oh, pero estabas tan lindo".

"Entonces, nunca respondiste mi pregunta", dijo.

Una sonrisa. "Realmente nunca lo preguntaste".

Peter suspiró. "Cierto". Se puso de rodillas y la miró con las manos entrelazadas. "Kate Brady, ¿me extenderás el honor del placer de posiblemente ir al Baile de Bienvenida en Golden Grove High School, que en realidad será en lo que ahora es el Centro Comunitario, el próximo sábado por la noche a las nueve post meridiem?"

"Si estoy en la ciudad".

"Si estás en la ciudad", repitió.

"Sí", dijo, radiante.

"Gracias. Me duele la rodilla". Se levantó y se dejó caer

en la silla de mimbre junto a ella, frotándose la rodilla derecha.

"Te estas poniendo viejo."

"No tan viejo como tú".

Ella lo golpeó. "Solo por cuatro días. Apenas tenemos treinta años".

El silencio llegó de nuevo. Ambos mecían la silla de mimbre de un lado a otro, mientras las luces de la calle brillaban a través de los árboles casi desnudos. Ella se acercó a él.

"¿Peter?" dijo ella suavemente.

"¿Sí?"

"¿Qué significa 'post meridiem'?"

―――――

Kate se apoyó en la barandilla que daba al patio trasero de Peter y miró hacia arriba. Era una noche despejada. Las estrellas estaban enormes, silenciosas y por todas partes. Era casi abrumador. Ella había olvidado cuántas estrellas había. Las luces de la ciudad los ahogaban en Chicago.

Se estremeció. "Gracias de nuevo por dejarme usar tu chaqueta". Tenía su chaqueta azul marino de algodón envuelta alrededor de ella. Era lo suficientemente larga como para poder meter las manos en los extremos de las mangas. A ella le gustaba eso.

"Ciertamente. Las noches se están poniendo más frías".

"Es verdad".

Ella se volvió para mirarlo, apoyándose en la barandilla del porche de madera. "No dijiste mucho ayer sobre el trabajo en Dixon".

Se encogió de hombros. "No hay mucho que decir. Tienen que revisar mis credenciales, repasar las notas de la entrevista. Estoy seguro de que hay muchos otros solicitantes".

"¿Pero podrías conseguirlo?" ella sondeó.

Otro encogimiento de hombros. "Supongo que es posible".

No parecía muy emocionado. Al menos, no tan emocionado como ella esperaba. "¿Te gustó la escuela?"

"La escuela era increíble. Los laboratorios eran increíbles, los árboles eran increíbles, todos los estudiantes se veían increíbles. Todo era muy... tweedy".

"¿Qué?"

"Olvídalo". Sus hombros estaban caídos, sus ojos mirando más allá de ella.

Este tema se estaba convirtiendo en un callejón sin salida.

Ella entrelazó sus dedos. "Entonces, me he estado preguntando".

"¿Sí?"

"¿Qué problemas te han hecho el soltero más codiciado de Golden Grove?"

"¿Qué?"

"Seguramente algo ha estado burbujeando en ese encantador vaso de precipitados que llamas corazón".

Él se recostó en el sofá, con los brazos extendidos a cada lado. "Nada aparte de los químicos habituales. Principalmente proteínas. Albúminas, globulinas. Hoy me comí una banana, así que probablemente haya algo de potasio".

Ella asintió. "Mmm. Albúminas y globulinas y potasio. Oh dios". Ella fue y se sentó junto a él. Él mantuvo su brazo en el respaldo de la silla detrás de ella.

"¿Y quién dice algo sobre el soltero más codiciado de la ciudad?"

Entonces, él tenía curiosidad. "Al parecer casi todas las mujeres sanas de la ciudad que me encuentro".

Él casi resopló. "Dicen eso de cualquier hombre menor de treinta años con pulso".

Kate asintió con la cabeza. "Mmm, ya veo. ¿Y qué hay de, um... Penny Fitch?" preguntó ella con indiferencia.

"Es solo una amiga. Si acaso".

Ella se echó a reír. "¿Penny? Pero pensé que tú... pensé que ella era por la que todos los chicos se sentían atraídos".

"Sí, tal vez algunos de mis amigos. En la secundaria. Además, estos últimos años han sido difíciles para ella. Se divorció hace unos años, antes de volver a mudarse aquí".

"¿De verdad? Me imaginé que ya se habría casado con un multimillonario y que estaría cargando con alrededor de cinco niños en una minivan".

Se encogió de hombros. "Las cosas no siempre salen como piensas a veces".

Kate no dijo nada por un momento. Ella estaba pensando en este porche. Escenas de veranos de hace años. "Debe ser muy duro estar aquí. Sin tu papá".

Él apartó la mirada, bajó el brazo del respaldo y se pasó los dedos por el pelo. Cayó casi exactamente en el mismo lugar.

"Si que hay momentos. Pero es lo que es".

Su corazón tiró hacia él. Sintió como si lo que diría a continuación llevaría una gran cantidad de peso. Tal vez el suficiente como para romper la amistad que había reavivado con él. Tal vez el suficiente como para arruinar cualquier posibilidad de algo más. "Esa es una de las cosas que me encantan de ti, Peter".

Su mirada se volvió hacia ella. "¿Qué cosa?"

"Tu lealtad, tu amor". Ella apartó la mirada. "No estoy segura de haber podido hacer el mismo sacrificio por ninguno de mis padres". Era vergonzoso decirlo en voz alta, pero cierto.

"Bueno, no tenía muchas opciones. Mamá necesitaba ayuda, y papá era... papá".

"No puedo imaginar lo difícil que fue para ella".

"Yo no tuve que hacerlo. Pude verlo". Su cara estaba pétrea por un momento, luego se suavizó. "Pero ella era una guerrera".

"Lo siento, Peter".

"No tienes porqué".

"No, me refiero a todo". Ella se estiró y le tocó la mano. Sus dedos se cerraron alrededor de los de ella, y estuvieron en silencio por un rato.

Kate trató de encontrar algo, cualquier cosa alentadora que decir. "Bueno, sabes que te va bien aquí, ¿verdad? Con la enseñanza. No resultó tan malo".

"Supongo que no".

"¿Es solitario?"

"A veces".

Una leve brisa movió su cabello. Ella podía olerlo en la chaqueta que llevaba puesta.

Él se acercó un poco más. "Aunque nunca se sabe quién podría aparecer", agregó.

Su corazón dio un vuelco. "Cierto".

"Por ejemplo, digamos, un vendedor ambulante".

"Vendedora", corrigió ella.

"Vendedora. O una nueva profesora en la escuela".

Ella asintió. "¿Nueva maestra en la ciudad? Eso solo funciona en las Occidentales".

Él asintió. "Cierto. Esta película de la que hablamos de trata de una chica moderna, ¿verdad?"

"Yo diría que sí".

"Entonces tendría que ser alguien valiente".

Ella agitó la cabeza. "Prefiero el término altamente motivada".

"Está bien, entonces alguien altamente motivada, y por supuesto que ella tendría que ser muy bonita, aunque ella no cree que sea muy bonita".

Ella solo asintió. Se inclinó más cerca. Su brazo la rodeó.

"Y, veamos... ella tendría, ¿qué? ¿Ojos azules?"

"Marrones".

"Claro, por supuesto. Ojos marrones y cabello ondulado, probablemente rubio rojizo. Algo que brillaba a la luz de las estrellas como diamantes en oro hilado".

Ella asintió. "Guao, eso es bastante colorido para un científico".

"Calla, estoy inspirado. Y ella podría tener una pizca de pecas alrededor de su nariz como polvo de diente de león". Trazó el costado de su nariz con su dedo. "¿Sabes? Algo así como ese look de la chica perfecta".

"Mmm", fue todo lo que ella pudo decir mientras asentía.

Su cara estaba a centímetros de distancia. "¿Conoces a alguien así?"

"Quizás conozco a alguien", susurró mientras cerraba los ojos.

Ella estaba en una casa del árbol, de rodillas en el suelo, inclinada hacia adelante, con un vestido morado. Broches de plástico amarillo con forma de flor de Bailey's Five and Ten en su cabello. Olía a fresas y tablones de pinos. Por favor, Dios, no dejes que nuestros frenos se unan.

Él la besó, larga y lentamente esta vez, su brazo derecho extendiéndose alrededor de su espalda, su izquierdo acunando su cuello. Ella se sentía como si estuviera en casa. No su casa, no esta ciudad, solo aquí. Con Peter, en este porche.

Fue más que un beso. Era una confirmación de lo que había faltado todos estos años. Más que un sueño borroso, alimentado por la nostalgia. Era real esta vez.

Se separaron, las narices casi se tocaban.

"Eso fue mucho mejor que el de séptimo grado", dijo él. "Incluso mejor que el de Chicago. Creo que le estamos agarrando el truco a esto".

Un perro ladró, las estrellas miraban en silencio.

"Sí", estuvo de acuerdo de todo corazón.

Se sintió bien. Fue bien, ¿no?

Entonces, ¿por qué había esa sensación de hundimiento y pesadez en su pecho?

El manto de estrellas frías sobre ella le recordó dónde estaba. Este no era el resplandor del cielo eternamente iluminado de Chicago. Era un recordatorio inevitable de que, incluso aquí en los brazos de Peter, ella todavía estaba a millas de distancia.

Pero esos pensamientos podían esperar hasta más tarde. Todo saldría bien, de alguna manera.

Tenía que hacerlo, ¿verdad?

CAPÍTULO VEINTIDÓS

PETER ESCUCHÓ EL GOLPE EN EL MARCO DE LA PUERTA de su oficina. Sabía quién era sin siquiera mirar hacia arriba.

"¿Llegaste temprano?" Lucius preguntó.

"Aparentemente". Él hizo una pausa. "Tengo algunos laboratorios que calificar antes del viaje de campo a Nitrovex esta tarde".

Lucius asintió con la cabeza. "El viaje de campo. Me había olvidado de eso. ¿Quieres que me haga cargo?"

Peter ahora si levantó la vista. Era tentador. Perdió la noche anterior después de que Kate apareciera, excelente perdida, pero, aun así, se había atrasado. Pero entonces, él podría verla allí. Ella tenía su presentación después del almuerzo... "No, puedo manejármelas. Solo quedan unos pocos más". El bostezó.

"¿No te pusiste en eso anoche?"

"Me desvíe un poco".

"Mmm. Hace tanto tiempo que no me desvío".

Peter levantó la vista. "Deberías intentarlo alguna vez". Volvió a sus papeles. "Tal vez con Carol". Él sonrió. Eso debería callarlo.

Lo hizo, por un momento. "Bueno, estoy muy feliz por ti, Peter. Déjame ser el primero en darte la bienvenida al maravilloso mundo del amor".

Peter levantó las manos. "Espera, espera. Cálmate. Nadie está diciendo nada sobre el amor". Fue solo un beso, ¿verdad? ¿O fueron tres? Técnicamente probablemente cinco...

Lucius extendió sus propios dedos en disculpa. "Perdona. No quise pisar tus intelectuales pies, Dr. Clark".

"Disculpas aceptadas".

"Simplemente no olvides lo que le pasó al hombre que de repente consiguió todo lo que quería. Él vivió feliz para siempre".

Peter resopló. "¿De verdad? ¿Me estás citando a Willy Wonka?"

Lucius se encogió de hombros. "Me estoy quedando sin material contigo". Agarró su chaqueta. "Nos vemos en el almuerzo. El martes es el día de la cacerola de tater tot".

"Encantador".

Peter se recostó en su silla. ¿Feliz para siempre? Eso no era posible. ¿Y eso no era solo para cuentos de hadas? Había disfrutado pasar tiempo con Kate, por supuesto, pero eso no duraría mucho más. La realidad de eso lo había golpeado más fuerte en la mañana. Él vivía aquí, Kate vivía en Chicago. Ella trabajaba para una prestigiosa empresa en el centro de Chicago. Él trabajaba, miró alrededor de su pequeña oficina y suspiró, en una caja en Golden Grove.

¿El trabajo de Dixon? Él casi esperaba que no llamaran. Eso lo salvaría de tener que tomar una decisión. Porque no estaba seguro de lo que diría. ¿Tomar un trabajo más que todo para estar cerca de Kate?

No podía negar sus sentimientos por ella, incluso si bromeaba con que solo eran químicos disparándose alrededor de su cerebro, jugando pinball con sus sinapsis. Pero él sabía que era más que eso. Siempre lo ha sido.

Cerró los ojos y presionó una mano contra su sien.

Todo lo que veía era su rostro dorado, fresco y sonriente.

———

Kate finalmente había revisado todas las sugerencias que había recibido esta mañana, desde su oficina en casa. La mayoría eran solo ajustes a su propuesta, pero todavía estaba preocupada. ¿Había estado en este proyecto por cuánto? ¿Casi cuatro semanas? En ese tiempo, por lo general, ya habría resuelto todo, o al menos lo suficiente como para entregarlo a sus subordinados para que lo terminen. Pero este proyecto de Nitrovex había sido una piedra en el zapato desde el principio.

Había habido distracciones, ciertamente. Pero debería ser capaz de manejar el trabajo y un digno de besar profesor de química, ¿no?

Oyó crujir las escaleras. Carol entró por la puerta momentos después, luciendo preocupada. "¿Todo listo para la reunión? Has estado en eso toda la mañana".

"No tuve tanto tiempo como esperaba para repasar todo anoche".

"Ah. ¿Te distrajiste?"

"Se podría decir que sí".

Carol asintió. "Mmm. Ha pasado tanto tiempo desde la última vez que me distraje". Ella se dirigió a la cocina.

"¿De verdad? Deberías intentarlo alguna vez", Kate gritó. "Quizás con Lucius", agregó.

Una taza traqueteó en el fregadero de la cocina. Eso la atrapó.

Carol regresó unos momentos más tarde con dos tazas de café y se sentó junto a Kate.

"Aquí está el periódico semanal". Ella dejó caer el Town Crier sobre el portátil de Kate.

Había una foto en el frente de John Wells estrechándole la mano a una niña sonriente y dándole la placa de la Feria de Becas. *Stacy*. Kate esperaba la punzada de amargura que solía sentir cada vez que recordaba la feria, pero en su lugar también se encontró sonriendo. ¡Bien por ella! Debajo de la foto de Stacy había fotos del carnaval. Una era de Peter en medio de la zambullida en el tanque de agua. La sonrisa creció en su rostro. Bien.

Abrió el periódico, golpeando el pliegue del medio para que quedara plano. Obituarios. Mabel Webster, 96. Vaya. Anuncios de nacimiento. Un Tucker, un Carter, un Harper, un Hayden (ella no estaba segura de sí era niño o niña), y dos Jayden's. Compromisos y bodas...

Más fotos del carnaval. Uh, oh, una de ella haciendo su pintura de cara. *La ejecutiva de marketing de Chicago, Kate Brady regresa a su ciudad natal y pinta una mariposa en la mejilla de Abby Grossman, de tercer grado. ¡Gracias por la ayuda, Kate!*

¿Ejecutiva de Chicago? ¡Guao! ¿Así era como la veían en Golden Grove? ¿Así era como la veía Peter?

Tenía sentido. Se había metido en este negocio por el trabajo de diseño, convirtiendo una idea creativa en algo físico que se podía ver. En estos días, sin embargo, ella hacía más la administración de proyectos que la obra de arte real para ellos. Una vez que obtuviera la cuenta de Nitrovex, la parte de administración aumentaría. Una subida más en la escalera de Garman. En Chicago.

"¿Alguna buena noticia esta semana?" Carol preguntó.

Kate dejó caer el periódico. "¿Mmm? Ah. No lo sé. Lo

de siempre, supongo. Gente muriendo y naciendo, gente casándose".

Se sintió aliviada cuando Carol simplemente asintió y dijo: "Igual que siempre".

Mientras Carol volvía a la cocina, los ojos de Kate volvieron a la foto de Peter en la portada. Su cara se veía tan tonta, tan adorable...

Miró por la ventana del comedor hacia la casa del otro lado del patio. Podía ver el porche trasero, la silla de mimbre acolchada. Frunció el ceño cuando la palabra "love seat" apareció en su mente, y rápidamente la apartó.

Bien, solo fue un beso. Su frente se arrugó. De acuerdo, dos. Espera, tres...

No, esto no era como besar a un chico nuevo que estaba empezando a conocer. Ella *conocía* a Peter.

Y ese era el problema. Obviamente no estaba entusiasmado con el trabajo de Dixon. En teoría, no debería haber comparación entre sumideros desbordados y lagartos sueltos y una escuela secundaria privada que lucía como las universidades más prestigiosas. Pero ella misma lo había dicho. Él sabía lo que estaba haciendo aquí. Amaba a sus alumnos y no le importaba el dinero. Lo había demostrado con su padre, quedándose aquí en lugar de correr tras un trabajo mejor.

Se masajeó las sienes con la cabeza entre las manos. La idea de lo agradable que sería para ella si él viviera en Chicago era egoísta. De todos modos, probablemente era lo mejor. Después de todo el trabajo que había hecho para llegar a donde estaba, este no era el momento para distraerse. Ella finalmente estaba teniendo éxito. ¿Cierto?

CAPÍTULO VEINTITRÉS

Kate metió su coche en el parque fuera de las oficinas de Nitrovex.

Respira hondo. El Super Bowl, ¿recuerdas? La llamaron desde la oficina en Chicago cuando venía en camino, eran solidarios pero firmes sobre lo que tenía que lograr. La reunión de hoy decidiría si volvería a Golden Grove la próxima semana para finalizar todo o mañana a Chicago para explicar por qué había perdido la cuenta. Todo lo demás necesitaba un love seat, es decir, un asiento trasero. En este momento ella tenía un trabajo que hacer.

Agarró su maletín y subió los cortos escalones de piedra hacia las puertas principales de Nitrovex.

Había un nuevo jugador hoy. El nieto de John estaba aquí. Corey Steele, el jefe de la división europea de Nitrovex. Ella podría tener la ventaja de ser nativa de este pueblo con John, pero Steele no era de aquí e iba a tener que ganárselo también.

Había explorado su perfil en el sitio web de Nitrovex. De su misma edad. Joven para su puesto, pero con muchas credenciales debajo de su foto. Guapo, supuso, si no eras el tipo de mujer que prefería una sonrisa torcida y brillantes ojos azules. Steele tenía una especie de cara afilada y una expresión de ojos acerados que coincidía con su nombre. Podría ser solo por fotos. Tienes que lucir fuerte cuando eres un poderoso e influyente corporativo.

Mientras marchaba por el pasillo, sintió que iba a la batalla. *Concéntrate. Eres una ejecutiva de marketing.* El *Town Crier* estaba de acuerdo. Eso es lo que ella era. No una tonta pinta-techos nerd del arte, ¿verdad?

La recepcionista estaba en su lugar en la recepción, sonriendo, con el pelo recogido. "Hola, Kate. Puedes instalarte en la sala de conferencias. John está terminando con otra reunión".

¿Su competencia?

"Gracias, Sandy". Alzando su cartera y su bolso sobre su hombro, caminó por el pasillo.

Encontró la sala de conferencias, desempacó su portátil y comenzó a prepararse. Tenía unos veinte minutos antes de su presentación, y quería que todo fluyera perfectamente.

Hecho esto, tuvo tiempo de tomar un poco de agua, lo que ella sabía que tenían en la sala de descanso al final del pasillo. No es su Fiji habitual, pero estaría bien.

La escuchó antes de verla. La risa musical, la tan-alegre voz, charlando con alguien en la sala de descanso. Kate se detuvo y luego comenzó de nuevo. Podía soportar un breve encuentro con Penny Fitch antes de la reunión. Entonces oyó la segunda voz. Fuerte, alegre. La misma voz que había acariciado sus oídos la noche anterior en un fresco porche iluminado por las estrellas.

Peter. ¿Qué estaba haciendo él aquí? ¿Y qué estaba haciendo aquí hablando con Penny? ¿Qué pasaba con estos dos, saliendo en cada oportunidad?

Ella se metió en el baño de damas, a una puerta de la

sala de descanso. Nadie aquí adentro. Bien. Dejó caer la puerta para cerrarla, luego la atrapó con la mano y escuchó. Ella frunció el ceño. No podía entender lo que decían, pero definitivamente estaban siendo amables. Era temprano en la tarde. ¿No debería estar en clase? No había mencionado nada sobre una visita a Nitrovex anoche. Pero entonces, si era para ver a Penny, no habría él...

De acuerdo, esto es ridículo. Debe haber alguna razonable....

"Está bien", decía Peter desde el pasillo. "¿Nos vemos luego?".

¿*Nos vemos luego?* ¿Nos vemos dónde y por qué y cómo luego?

"Claro", dijo la voz de Penny. "Y gracias por entender".

"Debería agradecerte", dijo Peter. "Esto lleva tiempo retrasado. Me alegra que finalmente pudiéramos programarlo".

¿Programar *qué?* Kate oyó los tacones de Penny golpeando por el pasillo en la dirección opuesta y rápidamente cerró la puerta. Ella no necesitaba que Peter la pillara espiando su pequeña cita.

Ella presionó el secador de mano y dejó que rugiera por un rato, luego sacó la cabeza por la puerta. Todo despejado.

Hizo una pausa, apoyada en la pared junto a una pintura al óleo de un combinado. No podía preocuparse por la cita de Peter y Penny. Tenía una presentación en unos minutos.

"¿Kate? ¿Busca algo?" Era John Wells, viniendo por el pasillo detrás de ella.

Ella se empujó fuera de la pared. "Ah. No, sólo estaba estirando las piernas. Antes de la presentación".

Él la pasó, dirigiéndose hacia la zona de recepción cerca

de la parte delantera del edificio. Ella lo siguió automáticamente.

"¿Tienes todo lo que necesitas?" él preguntó.

Ella asintió. "Sí, gracias. Has sido de mucha ayuda".

"Solo lo mejor para uno de los nuestros".

Ella tragó saliva.

"Espero que no estés nerviosa", dijo. "Sólo toda la junta
va a estar allí esta tarde".

Se suponía que era una broma, ella lo sabía, así que se
rio lo mejor que pudo.

"Estaré bien", dijo mientras cruzaba la esquina hacia el
área de recepción, casi chocándose con la espalda de Peter.
Ella se tambaleó en su talón, pero logró no caer sobre él. Ella
no podía decidir si eso era bueno o malo.

Él se volvió, los ojos azules fijos en ella.

"Bueno, Peter" dijo John con las manos en las caderas.
"¿Preparándose para llevar a sus impresionables mentes
jóvenes alrededor de nuestras instalaciones?"

¿Qué significaba eso? Luego ella se acordó. El primer
viaje a Nitrovex, en el Mustang. Había mencionado una
excursión a la que siempre llevaba a sus estudiantes.

Peter no respondió al principio, todavía mirando fijamente a Kate. Luego se volvió hacia John. "Vamos a tratar
de no dejar que nadie caiga en la centrífuga si podemos".

John se echó a reír. "Se lo agradecería. Acaban de
limpiarlo el mes pasado". Se inclinó para mirar más allá de
Peter. "Penny".

Kate aún no había notado a Penny, todavía tambaleaba
un poco. Pero ella estaba allí, detrás de Peter, con una
sonrisa radiante.

"Se podría decir que, esta es la semana de la vieja casa
para ustedes tres, ¿no?" John anunció.

Todos deben haberle dado la misma mirada en blanco.

Hizo un gesto. "Todos ustedes estaban en la misma clase de la escuela secundaria, ¿no?" preguntó John.

Penny asintió con la cabeza. "Sí, supongo que sí estábamos. ¡Vamos, Griffins!", añadió con un pequeño golpe de puño.

¿Vamos, Griffins? Kate tuvo que forzarse para no voltear los ojos.

"Peter, usted era el corredor, ¿verdad?" Dijo John, tocando su mentón con el dedo. Se volvió hacia Kate. "Y Kate aquí... Creo que mi esposa mencionó algo una vez..."

"Ella ganó tu Feria de Becas", desdibujó Peter.

Los ojos de Kate se hicieron enormes. Si hubiera podido disparar láser con ellos, le habría quemado su cerebro de ojos azules.

John estaba asintiendo, con las cejas levantadas. "Ella lo hizo, ¿verdad?"

"Fue hace mucho tiempo", dijo Kate, mirando alrededor de la habitación. Este sería un buen momento para que uno de estos grandes tanques de almacenamiento explote, ¿no? Sólo *boom*, y todo habría terminado.

John estaba acariciando su barbilla, mirando hacia arriba. "Ahora, estoy tratando de recordar ese nombre. Brady, Brady... Mi esposa fue jueza algunos años, pero..."

"Sr. Wells, si pudiera tener una palabra antes de la presentación". Dijo Penny, avanzando para tocar el brazo de John. Asintió, siguiéndola a una pared lateral.

Kate dio un paso atrás. Esto no era bueno. La parte posterior de su cuello estaba caliente, y ella lo frotó. Era como una pesadilla del túnel del tiempo. Penny por allí, mostrando su perfecta sonrisa de pantera, soplando el silbato, susurrándole al juez, a John Wells. Casi podía leer sus labios. *Ella fue descalificada. Es una tramposa, John. Ella hizo trampa entonces, y está haciendo trampa ahora. Peter la ayudó. Míralos, todos adorables. Ella lo usó para tratar de ganar esta propuesta.*

Kate se pasó una palma a través de su ojo. John le estaba diciendo algo a Penny.

"¿Kate?" Peter le tocó el brazo.

"¿Por qué dijiste eso?" ella siseó.

Él sacudió la cabeza. "Lo siento, Kate. Él lo iba a recordar, de todos modos. Sé que estás avergonzada por ello, pero la verdad es que sí ganaste".

"Sí, por solo unos cinco minutos". Sacudió la cabeza hacia Penny. "Mírala. Ella me está delatando".

"Ella no te está delatando. Lo está distrayendo. No te preocupes".

Ella resopló. "No te preocupes. La mayor presentación de mi vida es en"—miró su reloj—"doce minutos. Ya estaba preocupada. Ahora sólo estoy..." Ella se soltó el brazo y se fue de nuevo por el pasillo.

La sala de conferencias estaba vacía, pero no por mucho tiempo. Pronto, los principales miembros de la junta de la compañía se presentarían. Corey Steele, partes interesadas, todos mirándola, preguntándose quién era esta chica, esta supuesta experta, la que les iba a decir exactamente lo que su compañía necesitaba.

Y allí estaría John Wells, sentado en la silla central, con frescas noticias en su cabeza provenientes de Penny Fitch de que estaba mirando a una tramposa, una mujer tan inepta que tuvo que usar la ayuda de su pequeño amor de secundaria —de nuevo— sólo para hacer el trabajo.

Tomó un sorbo de su tibia botella de agua, y luego la levantó en el aire. *Por mí.*

———

"Bueno, Kate, creo que hiciste un gran trabajo".

"Eres demasiado amable, John". Kate estaba apagando su portátil y desconectando algunos cables. Estuvo bastante bien, a pesar de todo el ruido previo al juego. De alguna manera, la había hecho darlo todo de sí. No tenía nada que perder.

Hubo muchas sonrisas y contacto visual. John no se levantó de un salto para señalarla con el dedo y gritar '¡Tramposa!' mientras dos matones de fuertes brazos la agarraban para llevarla lejos. Eso probablemente vendría en sus sueños esta noche. Corey Steele había asentido lo suficiente como para hacerla sentir que podría habérselo ganado. A menos que solo estaba siendo cortés. Había resultado ser un tipo bien agradable a pesar de su nombre metálico.

No pudo evitar notar que Penny, que se había sentado al lado del Sr. Steele, hizo muchas miradas intermitentes en su dirección. ¿Estará pasando algo allí? ¿Seduce a cada hombre sano del condado? ¿O finalmente estaba sintiendo algo de culpa en su pequeña alma marchita?

Como sea. Penny puede cuidarse sola. Peter puede cuidarse solo. Estaba agotada, escurrida, y la semana aún no terminaba. Ahora era de regreso a Chicago, donde esperaría la llamada de Nitrovex para ver si Garman había llegado a la ronda final. Serían unos largos días.

La mayoría habían salido de la sala de conferencias. John se quedó, sentado en el borde de la mesa, mirando alrededor de la habitación. "Todavía me estoy acostumbrando a estas nuevas instalaciones. Lejos del granero de postes con piso de tierra en el que comenzamos".

Kate sonrió y asintió mientras seguía empacando. "Seguro que sí". ¿Había algo en su mente?

"Sabes, tengo que confesar. Es difícil para una vieja

cabra como yo aceptar algunos de estos cambios. Sitios web, nuevos logotipos, marcadeo. Mi nieto me dice que lo necesito, y estoy seguro de que tiene razón. Es solo que a veces es difícil dejar atrás el pasado".

Él la estaba mirando. Algo profundo en sus arrugados ojos azules le recordó a su abuelo, un hombre que había muerto cuando ella tenía diez años, dejando solo recuerdos de humo de pipa, historias y empujones de columpios.

"Supongo que todos tenemos que enfrentar el futuro en algún momento", dijo, forzando una media sonrisa. "Me parece que lo estás haciendo bastante bien".

Se rio. "Algunos días son mejores que otros. Cometí muchos errores, tuve algunos pasos en falso en el camino. Algunos por mi culpa, otros no. El truco era seguir avanzando".

Terminó deslizando su portátil en su estuche y lo cerró. Todo empacado. Alzó la correa sobre su hombro. John seguía sentado, mirando, con los brazos cruzados y una sonrisa genial en su rostro. Tenía ganas de abrazarlo por alguna razón, quizás por no ponérsela tan difícil y todo eso. Ya había sido un largo día.

"Te avisaremos el viernes a más tardar", dijo al fin, de pie. "Una vez que tenga la oportunidad de revisar la propuesta de los otros tres candidatos con el resto del comité, los bajaremos a dos".

"Suena bien".

"Por mi parte, espero verte de nuevo en dos semanas".

"Esperemos que sí", dijo, sonriendo. Sin embargo, parte de ella deseaba que esto fuera todo. Sería más fácil terminar y desaparecer para siempre. ¿Pero no era así siempre?

"Bueno, tengo otra cita esperando en mi oficina". Él le estrechó la mano y le dio un par de palmaditas en el brazo.

Ella solo sonrió, y él desapareció por la puerta.

"¿Kate?"

Era una nueva voz. Penny.

Kate giró. Sé cortés, se dijo a sí misma. Solo unos minutos más. "¿Sí?"

Penny estaba de pie en la puerta. Tenía una pequeña sonrisa de disculpa en su rostro, las manos cruzadas delante de su cintura. "Solo quería decir que hiciste un gran trabajo. Allí adentro". Ella hizo un gesto con la mano.

¿Un cumplido? ¿De Penny Fitch? "Gracias. Nunca estoy segura de sí John solo está siendo amable conmigo".

"No, por más suave que parezca, John es un cliente bastante duro". Penny asintió, con una sonrisa tímida en su rostro. Parecía más pequeña de lo que solía ser. O tal vez simplemente normal. "Bueno, si te sirve de algo, pongo mi voto para trabajar con Garman".

Kate sabía que debía parecer sorprendida. "¿De verdad? Gracias". ¿Esto era culpa?

"Hay algo más", dijo Penny. "Algo que me gustaría decir. Una especie de confesión, supongo. Quisiera disculparme. Necesito disculparme, en realidad".

Kate forzó una risa nerviosa. "¿Disculparte? ¿Disculparte por qué?" dijo ella, aunque ya sabía la respuesta. *Déjame sacar mi lista...*

"Se trata de la escuela. Sobre la Feria de Becas y lo que hice en aquel entonces". Penny hizo una pausa, buscando las palabras. "Sé que fue hace mucho tiempo, y solo éramos unos niños. Esa no es ninguna excusa o una buena razón..." Ella miró hacia otro lado y luego volvió. "Pero estaba desesperada, Kate".

"No comprendo qué quieres decir". Kate cambió su peso y comenzó a frotar su muñeca.

"Yo era la nueva en la escuela. Peor aún, yo era la chica nueva de la clase de último año. Puse buena cara, pero todos ustedes se conocían desde la primaria, crecieron juntos. Yo era la extraña, alguien a quien estudiar y categorizar desde el principio. Nerd, geek, matemática, atleta..." Los marcó con los dedos. "Después del primer día, ya podía notar quién iba a hablar conmigo y quién se reiría a mis espaldas".

Kate sintió algo nuevo. ¿Una punzada de simpatía? "Supongo que siempre es difícil entrar a una nueva escuela de esa manera".

Penny se encogió de hombros. "Tuve algo de práctica. Era mi tercera secundaria".

Kate levantó una ceja. Por mucho que Golden Grove se había sentido como una cárcel emocional algunas veces, no había pensado en la estabilidad que también le había dado. Una escuela secundaria había sido lo suficientemente difícil, pero ¿haber tenido que ir a tres?

"Entonces, supongo que estaba celosa", dijo Penny, mirando hacia abajo, luego hacia arriba, sonriendo. "Especialmente de ti".

¿De *mí*? Kate dijo con los ojos. "¿Por qué?"

"Por Peter, por supuesto". Penny lo dijo como si fuera obvio. "Fue el único que fue amable conmigo cuando me mudé a tu calle ese verano. No solo como un niño tratando de conquistar a la chica nueva, sino realmente amable. Mientras todos los demás iban a fiestas en la piscina y se divertían, él corría conmigo a veces. Le encantaba la química y odiaba a Jar Jar Binks. Teníamos mucho en común. Pensé que tal vez esta era mi oportunidad. Nunca antes me había quedado en un lugar el tiempo suficiente para tener un novio".

Ella hizo una pausa, mirando hacia otro lado. "Debería haberlo sabido mejor, considerando lo mucho que hablaba de ti. *Katie esto y Katie lo otro...*" Ella suspiró y sacudió la cabeza. "Las chicas pueden ser tan estúpidas. Los chicos también, supongo. Sabía que Peter probablemente solo te estaba ayudando con tu proyecto de beca porque le gustabas, pero cuando tuve la oportunidad de intentar sacarte de la escena, la tomé. Le dije a los jueces que habías hecho trampa, que habías recibido ayuda de él cuando yo sabía que no era así, no realmente". Ella respiró hondo y vacilante. "Es la cosa de la que estoy más avergonzada en mi vida".

Luego miró a Kate, con sus ojos azules llenos de lágrimas. "Sé que suena bastante desesperado. ¿Quién quiere tener un chico de esa manera? Pero yo tenía diecisiete años, y él era lindo, y yo estaba sola y asustada. Estaba segura de que no querrías tener nada que ver con él después de eso. Esa parte funcionó muy bien. Apenas hablaste con él en el último año. Sin embargo, no contaba con un pequeño detalle sobre Peter".

"¿Qué detalle?" Kate preguntó, su cerebro girando.

Penny sonrió y luego se echó a reír. "¿Tú qué crees?" Él te quiere a ti, Kate".

¿*Quiere*? El corazón de Kate hizo sonar una alarma. "En la secundaria, quieres decir. No seas tonta".

"En aquel entonces, sí, pero ahora también".

No. No confíes en ella. Es Penny Fitch, la bruja tenue. Ella está jugando todas sus cartas.

"Oh", dijo Kate débilmente. "No, solo somos amigos. Solo *éramos* amigos. Es amable con todos". ¿Recuerdas?

Penny extendió la mano, tocándole el brazo y apretándolo. "Vamos, Kate. Ya no estamos en la secundaria". Ella entrelazó sus dedos frente a ella. "Después de mi divorcio, cuando me mudé aquí para trabajar para Nitrovex, admito que pensé en Peter. Probablemente suena gracioso, pero Golden Grove siempre fue lo más cercano a un hogar para mí".

Kate se dio cuenta de que las uñas le mordían las palmas de las manos y las abrió.

"Y sí, Peter y yo salimos a tomar un café un par de veces, siempre fue muy amable", dijo Penny.

Sí, ya hemos establecido el factor de amabilidad, pensó Kate. "¿Todavía estás enamorada de él?" Preguntó con voz cuidadosa.

"¿Todavía? Nunca estuve enamorada de Peter. Me gustaba la idea de él, claro. Es como, algo puede verse bien en teoría, ¿sabes? Como debería ser, ¿verdad? Y luego simplemente... no lo es".

Kate respiró hondo, no se le ocurrió nada que decir. Pero ella sabía perfectamente, exactamente lo que Penny quería decir.

"Supongo que se podría decir que simplemente no había... ¿química?" Lo dijo como una pregunta, como si Kate pudiera de alguna manera dar la respuesta.

Kate asintió con la cabeza. Química. Entonces sus ojos se entrecerraron. ¿Química? Moles. Ángstroms. Moléculas. Ella tragó. Ojos azules que derriten el corazón. Sonrisas torcidas y desarmadoras. Tranquilas, suaves y tranquilizadoras voces de pueblo pequeño que te hacían sentir como si estuvieras a salvo en casa. Química.

"Entonces, supongo que estás un poco enojada conmigo, ¿eh?"

Kate se dio cuenta de que había estado mirando, al final del pasillo, hacia la nada. Ella miró a Penny. Y la bruja tenue se había ido. Solo era otra mujer, como ella, alguien que solo estaba intentando pasar de niña a adulta.

Kate lo había dicho ella misma. *Todo el mundo necesita crecer tarde o temprano.* Penny lo había hecho, y tal vez Kate también necesitaba hacerlo. Ella sonrió, sacudiendo la cabeza. "No es necesario pedir disculpas", dijo. "La verdad, yo también lo siento".

Penny ladeó la cabeza. "¿Lo sientes? ¿Por qué?".

Kate sonrió "Supongo que por no invitarte a una fiesta en la piscina ese verano... dejémoslo hasta ahí por ahora".

Penny le dio una sonrisa y un asentimiento. "Bien". Ella se volvió y se fue.

Kate se quedó por un momento. Se sentía como cuando tenía ocho años y su madre la había sorprendido burlándose de Elizabeth, la niña de su clase de tercer grado con el ceceo. No era un sentimiento que ella hubiera querido repetir.

Y lo entendió de golpe, y ella se estremeció dentro. Si sacamos a Penny la bruja tenue del pasado, Penny Finch era básicamente una persona normal y agradable que hacía su trabajo. Al igual que Kate. Excepto tal vez, por el momento, la parte agradable.

Ahora ella estaba estudiando el piso. *Todo el mundo necesita crecer tarde o temprano.* Eran sus propias palabras, y ella ni siquiera las había escuchado.

¿Qué más se había perdido?

Te quiere a ti, Kate. Ella no se atrevía a creer eso. Ahora no. Eso significaría demasiado. Más que un beso improvisado en un museo. O bajo las estrellas. O en cualquier parte.

Demasiado. No importaba lo que Penny creyera. Los adultos tenían responsabilidades después de todo.

Kate se apresuró a regresar a la sala de conferencias, comenzó a desconectar y empacar su portátil. Necesitaba salir de aquí, volver a Chicago. Tenía que terminar este proyecto, y luego podía pensar. Necesitaba tiempo para pensar.

Metió algunos cordones en su bolso. *Eso es*, ella asintió para sí misma. Solo un poco de tiempo para pensar.

Sin embargo, abajo, en el fondo de su corazón, sabía que no necesitaba más tiempo para pensar. Nunca lo había necesitado, no desde que fue emboscada por su familiar sonrisa torcida frente a Ray's Diner semanas atrás.

Ella amaba a Peter. Esa era una cosa que no iba a cambiar.

———

Miró su reloj y luego aceleró el paso por el pasillo. Cuanto antes regresara a Chicago, mejor. Ella resolvería este trabajo, su carrera, su vida.

Ella se detuvo. Peter estaba de pie en la entrada principal, con las manos en los bolsillos. Alto e inevitable como una barricada. La única cosa entre ella y escapar. Estaba hablando con un estudiante, que asintió y se dirigió a la puerta principal. La excursión debe haber terminado.

Esperó, medio esperando, medio asustada de que él se volviera y la viera.

Ella volteó. No. Ella tenía trabajo que hacer. Y un largo viaje de regreso. Ella no podía lidiar con esto en este momento.

Aparte del ardor en sus ojos, ella estaba bien. Y este ladrillo de plomo en su estómago. Y el espacio vacío en su pecho.

Ella empujó una puerta lateral que conducía al estacionamiento de visitantes y se detuvo por un momento. Se secó los ojos con el dorso de la mano.

Tal vez podría enviar a Danni de regreso a la presentación final si ganaban. Se quedaría en Chicago y...

Ella se puso rígida. No. Este era su trato, su trabajo.

Bajando las escaleras, hacia su auto.

Volvería una vez más si es necesario, entonces eso sería todo. El trabajo estaba hecho.

Peter observaba desde la ventana del área de recepción que daba al lote de visitantes de Nitrovex. El autobús escolar acababa de salir de la entrada, pero no era lo que estaba viendo salir.

Podía ver su perfil, de pie en la parte superior de las escaleras con su abrigo de lana cruzado marrón claro, rígido y liso, el viento de octubre le revolvía el pelo.

Una última mirada, ¿eh? dijo una voz sin nombre.

Se echó el bolso sobre el hombro, de repente luciendo toda profesional. Su cabello recogido hacia atrás, su rostro primitivo. Como si ella fuera otra persona.

Su corazón se revolvió. *Ve tras ella. Atrápala. Bésala.*

Estaba trotando por las escaleras. Una mano le limpió la cara.

Él había esperado esto, ¿verdad? Él debió haber... Sabía que ella iba a volver. Él se había acostumbrado a tenerla cerca, aunque sabía que Chicago era donde ella pertenecía. Era donde siempre había querido estar.

Haz algo. Haz algo realmente romántico. Corre tras ella. Interceptala. Lánzale rosas. Agárrala, bésala y llévala a tu auto mientras los trabajadores de la fábrica aplauden.

Detenla.

La dejó marcharse. Bajó por el camino hacia el lote. Entró a su auto. Retrocedió, se detuvo, avanzó y se fue.

CAPÍTULO VEINTICUATRO

KATE CORRIÓ A LA CASA DE CAROL SOLO EL TIEMPO
suficiente para recoger su equipaje y meterlo en el asiento
trasero de su automóvil. No estaba segura de que Carol le
creyera su excusa cuando le explicó que necesitaba regresar
a Chicago esta noche. Sí, la presentación había ido bien,
pero aún quedaba mucho trabajo por hacer.

Su Escarabajo amarillo flotó por la I-88 en silencio. El
camino era recto y suave. En el interior, ella estaba tratando
de mantener su mente en el camino. Intentó varias estaciones de radio y listas de reproducción de iPhone, pero
todas las canciones parecían molestarla.

El campo fluía por un lado aburrido, sin vida, monó-
tono. Vio granjas blancas con tanques de propano en forma
de píldora a sus lados. El rojo se combina en los campos
girando y agitando la paja en el aire. Vio un molino oxidado
luchando por moverse con la brisa. Ella comenzó a llorar y
no sabía por qué, y eso la asustó.

Su auto navegaba. Caía la noche, lenta y aburrida.
Chicago regresó lentamente a su vida, cada edificio era más
alto y estaba más cerca a su vecino, hasta que todo lo que se

veía era concreto, asfalto y rascacielos. Un lugar que alguna vez había parecido emocionante y vivo ahora parecía ruidoso, barato y sin vida. Ella sabía que nada había cambiado, excepto tal vez ella.

Una noche de descanso en su cama arrugada había ayudado un poco, pero estaba tan agotada que probablemente se haya dormido en la plataforma en "L".

Después de estacionar su auto en el garaje de la oficina, se arregló el maquillaje y convocó su cara de juego. Su oficina era la misma. Limpia, antiséptica, al grano, y lista para el trabajo. De vuelta al trabajo, pensó. Eso es lo que ella necesitaba. Eso fue lo que la trajo aquí.

¿Aquí a dónde, exactamente? ¿Subiendo esta "escalera" de la que ella seguía hablando? ¿Una oficina más grande, con mejores salarios, horas más largas y fines de semana más cortos? ¿Para qué?

Todo el día se la pasó imaginándose en una ordenada oficina en Golden Grove. Tal vez arriba de la panadería, con pisos de madera, el olor a pan fresco a la deriva y un croissant matutino con una taza para llevar de The Screamin 'Bean sentada a su lado. Trabajando en una computadora de pantalla grande. No analizando números, sino haciendo trabajo de diseño. Nada grande, solo lo suficiente para pagar las cuentas y tener algo de tiempo para sí misma.

Después de su última aburrida reunión, cerró su computadora y miró por la alta ventana de vidrio. Afuera estaba gris, sin nubes, sin lluvia, solo gris. Golden Grove parecía otro mundo, como Narnia u Oz. Como un lugar, al que, para llegar, necesitabas atravesar un armario mágico o volar en un tornado.

Como el globo de nieve posado en la esquina de su escritorio. Lo recogió. Diminutas hojas naranjas y rojas flotaban en cámara lenta pasando por antiguas casas de ladrillo y una iglesia con un campanario blanco perfecto. Solo algo que distraídamente recoges y sacudes, y luego vuelves a poner en el estante antes de volver a la vida real.

Debí haberlo sabido. Se suponía que era solo un trabajo. Unas pocas semanas, tal vez un mes. Se suponía que Peter no volvería a ser su amigo. No se suponía que debían sentarse junto a la vieja casa del árbol o mirar las estrellas. No se suponía que él debía besarla. Ya debería haber terminado todo, pero en cambio, todo estaba disperso. Como hojas caídas o el pasado o el cristal de un móvil en ruinas.

Por un instante, pensó en regresar esta noche. Subirse al automóvil y conducir de regreso al pueblo del globo de nieve, de regreso a su casa. Subir a su porche delantero y a sus brazos.

Entonces se dio cuenta de por qué había llorado ayer. Fue por la perdida. Pérdida del pasado, grabada para siempre para bien o para mal. Pérdida del futuro, desconocido e incognoscible.

Miró a la nada por la ventana hasta mucho después de que el sol se pusiera. Las luces de la calle desde abajo proyectaban la única luz que entraba a su oficina y ella miraba la luz naranja pálida a los lados de las paredes mientras estaba sentada sola y silenciosa en la oscuridad.

————

El resto de la semana fue confusa. El jueves, incluso antes de lo previsto, Garman recibió la noticia de Nitrovex de que la propuesta preliminar de cambio de marca de Kate era una de las dos últimas finalistas. La reunión con el equipo de Garman, la tarde siguiente, también fue un éxito. Kate entró, confiada en su vestido azul marino, presentó sus diseños, sus planes, su nuevo eslogan.

The Art of Solutions.

Le había llegado en medio de la noche, como se supone que llegan todas las buenas ideas, de la nada. Ella estaba medio dormida, pensando en las pinturas del Instituto de Arte, como si estuviera en ellas, flotando en un nenúfar de Monet, corriendo por las suaves colinas verdes en forma de melón de una pintura de Grant Wood. Y así le llegó a ella.

No se trataba solo de química. Había un arte en ello, aunque parecía que solo se trataba de mezclar tanques de líquido espumoso. Tal como Peter le había dicho. *Hay un arte, incluso una belleza en la química.* Poner las moléculas juntas para obtener la solución correcta. Una pequeña pieza mal puesta y todo se dañaría. Incluso había recordado que Nitrovex hacía agentes aglutinantes para pinturas y materiales de arte.

A la junta de Garman le había encantado la idea y el logotipo que ella había diseñado. Una estilizada paleta de pintor que también parecía un vaso de precipitados. Se ajustaba perfectamente a la propuesta en la que ya había estado trabajando. Eran justo las dos últimas piezas, la piedra angular que mantenía todo junto. Finalmente había hecho clic. Al menos algo finalmente lo hizo en su vida.

Pasó el sábado en la oficina, rodeada de compañeros de trabajo que la felicitaban. Este era el tramo final. Debía regresar a Nitrovex el próximo viernes para la última presentación, luego al siguiente proyecto. No más Golden Grove si ella conseguía la cuenta o no. Nitrovex sería entregado a personal más junior. Adelante y hacia arriba para Kate.

Ella debería estar feliz. ¿Cierto?

Esa noche miró por la ventana de su departamento, con las manos en el bolsillo de la bata. La vista era de un similar edificio de apartamentos al otro lado de la calle, bancos rectangulares, algunos iluminados, otros no, miraba inexpresivamente. Se preguntó si alguien igualmente feliz la estaba mirando desde la oscuridad de su sala de estar.

Esta era la parte donde se suponía que debía estar extasiada. Sus jefes estaban impresionados, su primer gran proyecto parecía estar destinado al éxito.

Levantó su teléfono y abrió su aplicación de música. Una variedad de listas de reproducción sugeridas apareció en la pantalla, una que mostraba a cuatro tipos gruñones con delineador de ojos y un enorme cabello rubio.

"Pop van los ochenta". Ella sonrió con tristeza, pensando en el baile de esta noche, su media promesa a Peter de estar allí.

Tocó una canción y la música cursi y sintetizada rebotó. Cogió su copa y tomó un sorbo de vino. Era de una caja que quedaba en la nevera, pero estaba sorprendentemente bueno. Otra sonrisa. Pero no era la solución, ¿verdad?

Él probablemente estaba en la pista de baile ahora mismo, con alguien, ¿cierto? Siguiendo con su vida después de que ella lo dejara de nuevo.

Agarró su teléfono y se dirigió al sofá, con sus esponjosas zapatillas rosadas revoloteando por el piso de madera del comedor. Buscó en la lista de reproducción y la encontró. "Don't Do Your Love".

Don't Do Your Love... ¿qué significa eso? ¿Cómo "haces" el amor? Bueno, esa era la pregunta del año, ¿no? Y cualquier maestro le habría fallado en esa prueba. Especialmente Peter.

Pensó en llorar, pero estaba demasiado cansada. Volvería a Golden Grove el viernes pues había hecho un gran trabajo. *Bien por mí.* Pero Peter estaría ocupado dando clases, haciendo lo que debía hacer, donde debía hacerlo.

¿Y ella? ¿Dónde se suponía que debía estar? ¿Aquí? ¿Empujando más papeles, elaborando más propuestas?

Se puso de pie, acercándose a la ventana, mirando hacia las estrellas. No tantas como la manta que cubría Golden Grove, pero si unas pocas. Solo lo suficiente, quizá. Solo una, incluso.

Su propia Lucky Star.

Estaba allí, en algún lugar, brillando con ojos azules y una sonrisa torcida. Quería extender la mano y agarrarla, tirar de ella, nunca dejarla ir de nuevo.

¿Pero tenía el coraje de aprovechar esa oportunidad?

———

El viejo gimnasio del Centro Comunitario era como Peter lo recordaba de cuando estaba en la secundaria. Un poco más pequeño. Seguía teniendo el mismo olor a humedad y ligeramente rancio que todo viejo gimnasio tiene tras décadas de educación física y sudorosas prácticas de baloncesto. El carnaval que se había celebrado aquí parece haber sido años atrás, ya.

El baile de bienvenida había estado rodando durante al menos media hora. Un DJ con gafas de sol de color rosa brillante bombardeaba música de los ochenta desde un par de altavoces ubicados a ambos lados del escenario, tratando de entusiasmar a los chicos.

Y lo estaban. Una multitud de ellos, vestidos con lo que Internet les decía que usaban las personas en los años ochenta, rebotaban en la pista de baile en medio del gimnasio. Calientapiernas, corbatas finitas, cabello despeinado, hombreras gigantes, medias rotas. Él tenía que sonreír. Todo era exagerado, pero divertido.

La sonrisa se desvaneció. Bueno, al menos para los chicos.

Una bola de discoteca giraba junto al aro de baloncesto retraído, desplegando fragmentos de luz brillante sobre el piso del gimnasio. Los estudiantes se emparejaron y comenzaron a bailar lentamente, la mayoría de ellos con torpeza, sin mirarse a los ojos.

¿Por qué la gente siempre tenía tanto miedo?

"Buen resultado".

Era Lucius quien se había acercado sigilosamente a él, bebiendo un ponche rosa de un vaso de plástico.

"Nada mal. Creo que tener un tema ayuda".

"No pensé que estarías aquí".

"Tengo que estar. Soy uno de los chaperones". Él sonrió y saludó con la mano a otro maestro que pasaba.

"Mmm". Lucius se cruzó de brazos y observó a los estudiantes rotando en parejas en el viejo piso del gimnasio. La música reverberó de las paredes de bloques de hormigón. "¿Puedo contarte una historia?"

"Oh, Dios, Lucius, no puedo soportar una historia en este momento".

"Es una corta".

"¿Se trata de cómo un caballero salva a una princesa y termina contigo diciéndome que vaya tras Kate en mi caballo blanco?"

"¿Entonces la has escuchado antes?"

"Todas las he escuchado antes".

"Bueno, estabas bastante cerca. El caballero es un químico solitario y el caballo blanco iba a ser un mustang rojo".

"Genial. Siempre y cuando no se enamoren y vivan felices para siempre". Cogió un pretzel de la mesa de aperitivos y lo mordió. Estaba duro. No tenía hambre de todos modos.

"Sí, eso es lo gracioso sobre el amor".

Peter resopló. Él nunca había encontrado nada gracioso sobre el amor en su vida. "¿Qué cosa?"

"Es impredecible".

Peter lo señaló con un dedo. "Ahora que *tienes* razón. Mira, si fuera un experimento, sería cuantificable. Pones dos cosas adentro, sacas una. Mantienes los elementos circundantes iguales. Mismo calor, mismo oxígeno. El mismo resultado cada vez, no importa cuántas veces lo repitas".

Lucius se rio entre dientes. "Estamos hablando de amor aquí, Peter. No es un experimento repetible. Los elementos circundantes cambian. El calor cambia. No es como que dejas caer sodio en el agua y lo ves explotar".

"Ya sé eso. Pero sería mucho más fácil si pudieras".

"Sí, pero no sería tan divertido. O real". Tomó un sorbo de su ponche.

"Eres un dador, Peter. Eso es lo que hace el amor. Dar. Le diste a tu padre y a tu madre".

"No tenía otra opción. Él era mi Papá. Mi mamá me necesitaba".

Lucius sacudió la cabeza, una sonrisa gentil arqueó su bigote gris. "No solo tus padres. La mayoría de la gente haría eso. Dar es tu carrera".

La mirada de Peter debe haber parecido una pregunta porque Lucius continuó. "Tú eres un maestro. Das todos los días. Tu tiempo, tu conocimiento. A tus alumnos. No solo eso, quieres dar donde se necesite. Por eso no te gustó Dixon. No te necesitan allí. Pero Golden Grove sí. Y lo extraño de dar es que crees que estás perdiendo algo, pero realmente estás ganando algo mejor".

Peter guardó silencio. Él entendió lo que Lucius estaba diciendo, pero no estaba de humor para pensar profundamente en este momento. "¿Y tú razón para esta conversación es?"

Lucius se encogió de hombros. "Te quedaste aquí por amor, una vez. Tal vez ahora deberías irte por eso mismo".

Lo dijo de manera casual, pero golpeó a Peter como un peso en el pecho. ¿Eso es lo que esto era? ¿Amor? "¿No estás poniendo el carro mucho antes que el caballo?"

Lucius hizo una pausa. "Sabes, cuanto más envejezco, más creo que ir al grano es el camino a seguir. Bailamos alrededor del problema, pensamos, hablamos, repetimos, nos retorcemos las manos, reconsideramos, hablamos nuevamente, y luego seguimos y hacemos lo que sabíamos que eventualmente haríamos de todos modos, excepto que ahora es seis meses más tarde y tenemos reflujo ácido y una migraña".

Acertaste la parte de la migraña, pensó Peter. Debe estar envejeciendo. ¿Treinta años es viejo? El golpe del bajo le daba dolor de cabeza.

"Tal vez todo lo que digo es que no te arrepientas de perderte algo solo porque tienes miedo o crees que no eres digno o algo igualmente estúpido". Él hizo una pausa. "No te encuentres veinte o treinta años más adelante preguntándote qué pasaría si".

Peter miró a su amigo. Había algo en sus ojos que no había visto antes. ¿Arrepentimiento? "No depende de mí, ahora, ¿verdad?" Hizo un gesto con su taza. "Ella está allá, yo estoy aquí".

Lucius se encogió de hombros. "La distancia puede ser un problema. Pero algunas distancias se miden menos en millas que en actitud".

"Caray, Lucius, sé que tienes buenas intenciones, pero

realmente no puedo manejar más tópicos hippies esta noche".

"Perdona. Me estoy quedando sin material nuevamente".

El DJ estaba tocando otra canción de los ochenta. Esta la reconoció. "Don't Do Your Love", de White... algo. ¿Tiger? ¿Buffalo? ¿Elephant? No podía recordar. Era la misma que estaba sonando esa noche. Con Kate. El coro sonó.

"¿Qué significa 'don't do your love'?" él murmuró.

"Ni idea. Yo soy más tipo Zeppelin".

Peter sabía que su amigo estaba haciendo todo lo posible para brindarle apoyo moral; se suponía que Peter debía estar aquí con Kate. Esta noche se suponía que sería algo así como una fantástica y romántica escena para recuperar el tiempo perdido, con él y Kate dando vueltas bajo la bola de discoteca en el baile principal que nunca tuvieron en la secundaria.

Tuvo una imagen repentina de ella con calientapiernas y pelo esponjoso de los ochenta. Se preguntó si él se habría tropezado con sus propios pies. Se preguntó por qué no estaban bailando allí en la pista "Don't Do Your Love". Se preguntó si había cometido un gran error.

Había dejado que Kate siguiera su camino una vez, en la secundaria. Pensó que era lo mejor. Aunque nunca tuvo la intención de hacerlo, la había lastimado. Eran jóvenes. Sanarían, seguirían adelante.

Pero aquí estaba, doce años después, todavía solo, todavía actuando como si estuviera esperando que el tiempo se revirtiera para traer de vuelta a ese amor de la juventud para otra oportunidad. Y ella había regresado, y él se había enamorado de ella otra vez, ¿y qué estaba haciendo él al respecto?

"Cuéntame otra historia, Lucius".

Su amigo lo miró a él y luego volteó. Luego dijo: "Había una vez un niño llamado Peter, que era muy amable y muy inteligente. Todas las chicas de Química 2 lo amaban porque era un bombón".

Peter resopló, tomó un trago de su ponche.

"Peter vivía solo en un enorme castillo viejo porque tenía demasiado miedo de salir a donde estaban los monstruos. La más mala de los monstruos se llamaba Kate".

Peter echó un vistazo a su amigo y luego volvió a mirar hacia adelante.

"Kate era tan mala que atormentó a Peter día y noche. Durante el día, ella intentaba tomar su mano y hablar sobre sentimientos. Y por la noche amenazaría con besarlo".

"¿Esto va a alguna parte?"

"Dame un chance. Estoy inventando estas cosas a medida que avanzo. Un día, Peter se dio cuenta de que era un idiota, y que, si no movía su trasero y dejaba de ser un cobarde, perdería a Kate para siempre. Entonces, condujo a Chicago, la metió en su rugiente Mustang rojo, la trajo a casa y vivieron felices para siempre. Fin. ¿Cómo estuvo?"

"Dejaste algunos detalles por fuera, pero..." Peter no dijo nada durante unos diez segundos, luego miró a Lucius directamente a los ojos. "Esa es la mejor historia que he escuchado. ¿Puedes vigilar esta mesa de pretzels duros por mí, por favor?"

"Por supuesto que sí".

Peter vio a Dale Schwartz, el director del Centro Comunitario, caminando por las dobles puertas laterales, sonriendo y balanceándose sobre sus talones.

Tenía un gran favor que pedirle.

CAPÍTULO VEINTICINCO

Era el próximo viernes por la tarde, poco después de las tres en punto. El contingente completo de los miembros de la junta de Nitrovex estaba dispuesto ante Kate alrededor de la repleta mesa de conferencias. Garman ya tenía la cuenta. Ella decidió mostrarle el eslogan a John Wells a principios de semana, y le gustó tanto la idea que canceló la reunión con la otra compañía bajo consideración. Había tenido éxito con su primer gran proyecto. Debería haber sido lo más destacado en su vida, pero todavía estaba nerviosa. Este no era solo su concepto. Estos eran sus diseños reales. Pasó toda la semana creándolos con el departamento de arte. Fue lo más divertido que había hecho en Garman hacía mucho, pero ahora no tenía tiempo para pensar en eso.

Ella cruzó las manos frente a ella, haciendo contacto visual con los rostros que la rodeaban. "Nitrovex no se trata solo de tradición sino de innovación. No solo sobre el pasado sino sobre el futuro. No solo químicos marrones malolientes que se arremolinan en un gran tanque, sino también sobre materiales y colores para la industria del arte". Eso tuvo algunas risas.

Kate tocó una tecla en su portátil. La última diapositiva de la presentación con su nuevo logo de Nitrovex se desvaneció en la pantalla dramáticamente. "Entonces, qué mejor manera de mostrarle a la industria todos estos componentes. 'Nitrovex: el arte de las soluciones'".

Hubo murmullos de aprobación y cabeceos. John sonrió y Penny incluso aplaudió. Corey Steele, sonriendo a su lado, extendió la mano y, sin decir palabra, le apretó el brazo.

Ella pasó a la siguiente diapositiva. El nuevo logotipo se entremezcló con algunos materiales de Nitrovex, ahora en un diseño suave y curvo. Limpio, fresco, pero no demasiado moderno. Sus diseños. Y les gustó, a juzgar por los gestos de aprobación.

Se suponía que esta era la parte donde su cerebro hacía volteretas. Donde ella bombeaba su puño con un sí silencioso. Pero todo se sentía tan plano y estéril como las vacías paredes blancas de la sala de conferencias.

Una vez finalizada la presentación final, los miembros de Nitrovex se retiraron, algunos estrechándole la mano y felicitándola como si ahora fuera parte del equipo. Ella sonrió, superficialmente.

El último en irse fue John.

"Kate, supe desde el principio que entendías mi compañía".

"Oh John. Tengo toda una compañía detrás de mí. Solo soy el portavoz".

"No, no, yo tenía razón sobre ti". John ajustó su sombrero de semillas de maíz. "He disfrutado tenerte por aquí las últimas semanas. Siento que te conozco, ¿sabes? Quiero decir, tú eres una de nosotros".

Ella solo sonrió. Y por primera vez, ella no discutió ese hecho. Incluso se sintió verdad. "Aprecio eso, John. Muchísimo". Ella comenzó a doblar su portátil, desenchufando cables, ahora por última vez.

John miró su reloj. "¿Te vas pronto?" preguntó.

Ella ladeó la cabeza. "'Tan pronto como empaque todo". No hay razón para quedarse, ¿o sí?

"¿Estás planeando pasar por la panadería antes de irte? Puede que no regreses por un tiempo, ¿sabes? Soy partidario de las garras de oso".

¿Por qué parecía estar estancado? "No, creo que solo agarraré el camino".

Él asintió. "Seguro. Te dejo en eso, entonces. ¡Y felicitaciones!" Él sonrió, extendiendo la mano. "Te lo mereces".

Ella le devolvió la sonrisa y el apretón de manos, y él se fue.

¿Se lo merecía de verdad? Tal vez era hora de seguir su sueño, esos sueños que había dejado aquí, pintados como su mural.

¿Dirigiendo su propio negocio de diseño? La idea golpeó su corazón, pero no con miedo. Se había puesto a trabajar en los detalles en su mente durante el fin de semana después de la sesión de las últimas semanas con su departamento de diseño. Solo por diversión, ¿cierto?

Comenzar con una oficina en casa, tal vez usar un asistente virtual para el papeleo. Los primeros meses pueden ser escasos, pero ¿con su experiencia y algunos trabajos de Nitrovex? Podría funcionar.

La idea de hacer eso la entusiasmó. Y la sorprendió.

Su teléfono sonó, interrumpiendo sus pensamientos. Lo sacó de su cartera.

"Hola, Katie. ¿Sigues en la ciudad?" Era Carol, llamando desde su celular.

"No por mucho más. Mi reunión ha terminado".

"Ay, querida".

Kate frunció el ceño. "¿Por qué? ¿Qué pasa?"

"Nada serio, la verdad. Bueno, nada demasiado serio".

Kate escuchó un ruido metálico en el fondo y algunos gritos. "¿Te encuentras bien?" ¿Qué está sucediendo?"

"Bueno, en realidad no es nada. Solo esperaba que pudieras pasar por el Centro Comunitario antes de irte. Hay un..."

Otro ruido fuerte que sonó como un platillo ahogado en una tuba la interrumpió. Luego más ruidos y gritos.

Kate salió de su silla y agarró su abrigo y las llaves. Esto sonaba serio. "Carol, ¿deberías llamar al nueve-uno-uno?"

"Oh, no, querida. Estoy segura de que podremos apagarlo antes de que se propague. En el centro comunitario".

"¿Propague? ¿Hay un incendio?" Algo sonaba sospechoso.

"Y Lucius dice que siempre hay una pequeña hinchazón con un hueso roto. Pero no te preocupes por mí aquí en el Centro Comunitario. Estoy segura de que tienes muchas cosas importantes que hacer".

"Carol, ¿estás herida? ¿Debería llamar a una ambulancia?"

"Oh, no hay necesidad de eso querida", dijo Carol rápidamente. "Lucius es un calificado, um, auxiliar médico... persona. ¿Estás de camino al Centro Comunitario?"

¿Calificado auxiliar médico persona? Bien, o Carol había tomado una dosis doble de sus píldoras o tal vez esta era una repetición de su primer día en la ciudad. El corazón de Kate latió con fuerza. "Si necesitas ayuda..."

"Es solo que no estamos seguros si los mapaches tienen rabia o no, y se ven terriblemente hambrientos".

Los ojos de Kate se estrecharon, pero sintió una sonrisa tirar de su boca. "¿Dijiste mapaches?"

"Mapaches o zarigüeyas. U osos, es difícil saberlo. Las luces son bastante tenues aquí en el Centro Comunitario".

Carol era pésima mintiendo. Pero era posible que pasara algo realmente mal con ella. Necesitaba echarle un vistazo, ¿verdad? "Está bien, Carol, voy en camino".

Su sonrisa seguía ensanchándose, pero su corazón también latía aceleradamente. Algo más profundo estaba sucediendo, y no estaba segura de sí estaba lista para descubrir qué era.

———

¿A quién quería engañar? ¿Que no está lista? Estaba lista desde la primaria. El Centro Comunitario estaba a unas dos cuadras del centro de la ciudad. A millas del estacionamiento de Nitrovex. Llegó allí en diez minutos, aparcando el Escarabajo delante de las puertas principales.

El edificio parecía tranquilo mientras ella subía los escalones. No hay camiones de bomberos o coches de policía. Sin llamas saliendo de las ventanas del segundo piso, ni mapaches rabiosos, zarigüeyas u osos bramando mientras huían por la puerta principal. Cero ruidos, de hecho.

Empujó una de las gruesas puertas delanteras de madera.

El pasillo principal también estaba tranquilo y oscuro. Ella caminó lentamente, escuchando cualquier señal de angustia.

El lugar estaba vacío. No estuvo en esta sección la noche del carnaval cuando estaba iluminada con gente y actividad. Se quedó en el gimnasio, donde había menos recuerdos.

Esto fue como retroceder en el tiempo. Ella lo recordaba todo. Antigua vitrina de trofeos de roble a la derecha, ahora lleno de proyectos de arte locales. Relojes redondos en las paredes, la mayoría con la hora equivocada. Tejas blanquecinas. Olor a moho, polvo y limpiador de pisos. Los suelos de linóleo a rayas blancas y negras, resbaladizos y desgastados, hacían eco de sus pasos.

"¿Carol? ¿Hola?".

Desde el final del pasillo, escuchó algo. Música. Débil pero familiar. Una canción... *Why you got to be so cold, baby? Why you got to make me cry?*

Se reflejaba y rebotaba, la demora la hizo difícil de entender.

Why you got to hold me down, baby? When you gonna make me fly?

El coro apareció. Ella comenzó a cantar, suavemente. "Don't do your love, don't do your love, don't do your love..." Ella siguió caminando lentamente con sus pies rozando el viejo linóleo. La débil música parecía venir de la parte trasera de la escuela, donde solía estar el gimnasio.

Why you gotta leave me low, honey? Why you gotta steal my fun? Why you always on the run, lady? Are you gonna be the one?

Era la canción de su lista de reproducción de los ochenta. La que Peter estaba escuchando en su casa esa noche. *Esa noche.* No estaba segura de sí su corazón latía con fuerza por la esperanza o el miedo.

Giró a la izquierda en la esquina y entró al pasillo que conducía al gimnasio. El pasillo estaba oscuro donde ella estaba, solo la luz que entraba por debajo de las puertas de las aulas. Pero podía ver luces intermitentes al final del pasillo junto a la entrada del gimnasio.

¿Automóviles de policía? No, estas eran luces multicolores, como luces de Navidad, pero más brillantes y más grandes.

La música se hacía más fuerte cuanto más se acercaba. Claramente venía del gimnasio. Todavía no hay señales de nadie. Todo lo que necesitaba era una máquina de niebla, y estaría en una película de terror barata.

Se acercó a la puerta y vio la silueta de alguien en ella. No tenía un hacha o una motosierra encendida, por lo que descartó la película de terror. Y definitivamente la persona era más alta que Carol.

La música ahora era fuerte, el bajo retumbaba. Podía sentirlo en su pecho. ¿O era su corazón?

Why you gotta leave me low, honey? Why you gotta steal my fun?

La silueta no se movió, solo estaba de pie con las manos cruzadas frente a él. Era un hombre, podía notarlo ahora, y aunque no podía ver su rostro, sabía que él estaba sonriendo. No estaba segura de cómo lo sabía. *Ah.* Sí, ahora estaba segura.

Don't do your love, don't do your love, don't doooooooooooooo... your love.

La canción terminó, pero el sonido reverberó por el pasillo por unos momentos antes de evaporarse. Comenzó una nueva canción, esta era más lenta y suave, una balada. Teclados, mucho bajo. ¿Otra canción de los ochenta?

Estaba a unos seis metros de la figura en la puerta. Podía ver que llevaba un traje... no, no un traje. Un esmoquin. Un esmoquin blanco. Un esmoquin blanco con solapas anchas de borde negro, rayas negras de satén bajando por los pantalones. El cabello partido en el medio y emplumado a los lados. Y debajo de la cara sonriente y la sonrisa torcida había una enorme pajarita de mariposa negra.

Era horrible. Eran los ochenta. Era hermoso.
Era Peter.

CAPÍTULO VEINTISÉIS

La música golpeaba y se arremolinaba en tanto entraba una parte más acelerada de la canción. Las luces detrás de Peter se atenuaron, y ella pudo ver más claramente el resto del gimnasio.

Serpentinas retorcidas colgaban de los viejos aros de baloncesto, formando un arco hacia las vigas, donde los recortes de cartón de PacMan, los cubos de Rubik y los discos giraban lentamente en el aire. Las luces multicolores montadas en postes parpadeaban aleatoriamente mientras una bola de discoteca que colgaba del viejo marcador en el centro del techo giraba cuadrados de luz de colores alrededor de la habitación.

"Bienvenida al Baile de Bienvenida de Golden Grove High School", dijo Peter. Él ladeó la cabeza. "¿Viene sin una cita, señorita?"

Kate tenía la mano en la boca, mirando a izquierda y derecha, aun asimilando todo. "Supongo que sí", replicó.

Él sacó el codo. "Entonces sería totalmente increíble y rad si me extendieras el honor del placer de acompañarme al baile, que está sucediendo ahora a las", miró su reloj, "tres cincuenta y cinco".

"Post meridium".

"Post meridium".

Ella miró de nuevo a la habitación. Había globos de color neón esparcidos por el suelo. A un lado había largas mesas con manteles a rayas de cebra cubiertos con bandejas de cupcakes y un tazón de ponche rosa. Un enorme cartel de papel marrón en el centro del piso del gimnasio decía "¡Bienvenido a los años 80s!" pintado en letras rosadas, amarillas y verdes. Todo era brillante, estridente y perfecto.

¿Me concedería este baile? preguntó él.

"Está bien", dijo ella porque parecía ser la única palabra que le quedaba en el cerebro.

Peter se volvió y gritó: "¡Ella dijo que sí!"

Una multitud de personas vitoreando se derramó de ambos lados del escenario donde se habían estado escondiendo. La mayoría estaba vestida con una variedad de prendas de los ochenta: trajes con corbatas delgadas, montones de cabello alborotado, suéteres multicolores, chaquetas con hombreras gigantes, muchachas con gafas de sol y camisas rotas que colgaban de sus hombros.

Peter se adelantó, con el codo aún extendido. Ella se quitó sus tacones y deslizó su brazo por el de él mientras él la guiaba hacia el centro de la pista.

"¿Qué piensas?" preguntó él.

Ella no podía pensar. "¿Tu hiciste esto?"

"Con mucha ayuda de algunos amigos". Él asintió más allá de su hombro hacia alguien.

Lucius se acercaba desde el tazón de ponche sosteniendo un vaso de plástico. Kate se dobló de la risa. Él parecía que acababa de salir de un episodio de Miami Vice. Camiseta rosa pastel bajo una chaqueta azul gris brillante y en su cabeza, un salmonete rubio increíblemente falso que le corría por los hombros.

"No creo que le guste mi atuendo", dijo mirando a Peter.

"Te ves... te ves..." fue todo lo que Kate pudo jadear, con las manos sobre las rodillas estaba muerta de la risa. "¿En qué parte del mundo conseguiste esta ropa?"

"No lo sé. Tendrás que preguntarle a mi cita".

Una mano le apretó el brazo. Ella volteó.

Era Carol, vestida con shorts de color rosa intenso sobre un leotardo verde lima, con calientapiernas morados y tenis a cuadros en blanco y negro. Su cabello despeinado y recogido en la cabeza, y llevaba una camiseta que decía "SAVE FERRIS".

Kate casi se cae al suelo, resoplando. Ella pensó que iba a orinarse los pantalones.

"Radical, amigo", dijo Carol con una sonrisa.

Kate agarró a Peter por el brazo e intentó ponerse de pie. Cuando finalmente pudo hablar de nuevo, dijo: "Entonces, los mapaches, el ruido y el fuego... todo fue solo para traerme aquí, ¿no?"

"Básicamente", dijo Peter. "Penny también ayudó. Ella programó tu reunión para la tarde así la banda podría estar aquí para instalarse. No podían venir hasta que terminaran las clases". Él saludó a un grupo de chicos al borde del piso del gimnasio, saltando al ritmo de la música. En el escenario detrás de ellos había una pila de instrumentos de banda. "Accidentalmente dejamos caer un platillo en el Sousaphone. No se lo digas al director de la banda".

"Radical, amigo", dijo Carol nuevamente.

"Um, Lucius, ahora podría ser un buen momento para que tú y Carol vayan a tomar un ponche o algo", dijo Peter.

"Vamos, bebé", dijo Lucius, captando la indirecta. "Vamos tipo a definitivamente tomar un retorcido ponche".

"Fabuloso", dijo Carol, tomando su brazo. "Adiós, Katie".

"Adiós", dijo Kate y los vio irse. "Eso tiene que haber sido lo más divertido que he visto jamás". Se volvió hacia Peter y volvió a reír. "Lo siento, no creo que pueda manejar ese cabello".

"¿No te gusta el cabello? Pasé dos minutos trabajando en este cabello".

Levantó la mano con ambas manos y la sacudió. "Me gusta más el nuevo Peter".

Él asintió. "Ponlo como tú quieras".

La música continuó rebotando. Los estudiantes e incluso algunos maestros estaban dando vueltas alrededor. Ahora era oficialmente una fiesta. "Peter, ¿por qué hiciste todo esto?"

"Fue una buena cantidad de trabajo, créeme. Tuvimos que guardar las decoraciones del baile del sábado pasado. Tuve que hacer que Dale Schwarz convenciera al club de baile cuadrado para practicar mañana por la tarde en lugar de hoy. No todos los estudiantes podrían estar aquí, en su mayoría solo los del último año".

"No, pregunté, ¿por qué hiciste esto?"

"Me prometiste un baile".

"Yo no hice tal cosa".

"Bueno... entonces... deberías haberlo hecho".

Se detuvo, mirando a su alrededor. "Sí, debería haberlo hecho", dijo ella.

Le tomó la mano. "Espera un momento". Él se detuvo como si estuviera escuchando algo, todavía sosteniendo su mano. "Se acerca el baile lento", dijo finalmente.

Ella ladeó la cabeza. En ese mismo momento, un teclado almibarado comenzó a tocar una balada. "¿Cómo lo sabías?"

Se encogió de hombros. "Es una habilidad adquirida. Los chicos aprenden a descubrir cuándo se acerca el baile lento. Si hay tres canciones rápidas, entonces le pides a la chica que baile en la cuarta. Haces ese baile sin ninguna presión. Es un baile rápido, ¿verdad? Ahora, el DJ generalmente intenta mezclar las cosas, lo que significa que la quinta canción suele ser un baile lento. Luego miras a la chica y dices: 'Oye, guao, un baile lento. Ya que estamos aquí... '"

Ella asintió. "Eso es muy científico".

"Gracias".

"No estoy segura de querer decir eso como un cumplido".

"Bueno, en este punto, tomaré lo que pueda".

Ella se echó a reír. "¿Los chicos son así de astutos?"

"Cuando se trata de chicas hermosas, estamos muy motivados. Además, le pagué al DJ diez dólares para asegurarme de que todas nuestras canciones sean bailes lentos". Él alcanzó su cintura.

Ella se acercó. La canción continuó. Comenzaron a rotar juntos debajo de la bola de discoteca.

"No tenías que hacer todo esto", dijo, haciendo un gesto con la cabeza.

"Yo de verdad, verdad quería".

"¿Por qué?" Su corazón latía con fuerza, esperando la respuesta.

"Lucius me contó una historia".

Esa no era la respuesta que estaba esperando. "¿En serio?"

"Se trataba de Kate el Monstruo".

"En serio". Lanzó una mirada a Lucius, que estaba con Carol junto al ponche. Él levantó su copa hacia ella, sonriendo.

"La parte del monstruo no era tan importante como la

parte en que yo era un cobarde y que te perdía para siempre".

¿Perderme?

Él la acercó más. Su mano estaba cálida y segura sobre su espalda. La guio mientras se movían lentamente por el piso de madera.

Ella echó un vistazo a su alrededor.

"Todos nos están mirando", dijo.

"Lo sé".

"Nunca lo olvidarán. Tus alumnos..."

"Lo sé".

Ella hizo una pausa, recordando. Mapaches y zarigüeyas y osos. "Voy a matar a Carol".

"Oh, no la culpes. Fue mi idea".

"Entonces voy a matarte a ti". Pero ella no podía dejar de sonreír.

"No hasta que hayamos terminado de bailar. Es el Baile de Bienvenida, ¿recuerdas?"

La música seguía sonando, la luz multicolor de la bola de discoteca pasaba estrellas soñolientas por su cabello. Las vio girar por el suelo, como dispersos pedazos de vidrio coloreado.

La pista de baile se había despejado. Solo eran ellos ahora.

"Entonces, estaba pensando", dijo Peter mientras giraban.

"¿Sí?"

"Estaba pensando, tal vez no estamos tan separados el uno del otro como pensamos".

Ella apretó su mano, el calor de su pecho la calentaba. "No veo cómo podríamos acercarnos mucho más".

"No, quiero decir, tal vez es como... un... ¿cómo se llama cuando dos palabras suenan igual, pero tienen dos significados diferentes? Como 'deer' el animal y 'dear' con el que comienzas una carta".

"¿Homónimos?"

"Eso. Como un homónimo. Hay química, y luego está la química".

"Pero... esas siguen siendo la misma palabra".

Peter frunció el ceño. "Bien, entonces la clase de inglés de la Sra. Harper fue hace mucho tiempo. Mi punto es que la química puede ser productos químicos y reacciones, etc., pero... " Él le tomó la mano. "También puede significar algo intangible entre dos personas".

"Entonces. ¿Qué hay entre nosotros?"

"En este momento, tu extremadamente atractivo vestido de negocios y este esmoquin que pica".

"No, señor Tangible, ¿qué hay entre nosotros?"

No dijo nada por un momento. "Nada que no deberíamos haber dejado atrás".

Comenzó una nueva canción. Otra lenta. Estaban casi entrelazados ahora.

"Peter, no quiero que tomes ese trabajo de Chicago. Te necesitan aquí. Es a donde perteneces". Ella esperó sin aliento.

"Yo mismo he llegado a esa conclusión". Su rostro se acercó. "Además, todavía estaría demasiado lejos de ti".

El pecho de Kate golpeó. "¿En serio?" Dejaron de moverse. Ella se levantó ligeramente de puntillas. "Entonces... ¿qué tan lejos quieres estar?"

"Así de lejos". Peter la acercó, ahuecó su rostro y la besó.

Los estudiantes y los profesores vitorearon. Carol y Lucius vitorearon. Ella pensó que tal vez incluso las estúpidas estrellas, pájaros y grillos vitorearon.

"¿Peter?" Sus brazos aún la rodeaban. Definitivamente fue una Bienvenida.

"¿Mmm?"

"Estoy cansada de tener miedo. Es agotador, ¿sabes?"

"Estoy de acuerdo".

"Es tan poco conveniente. Creo que tal vez deberíamos dejar de tener tanto miedo". Ella hizo girar un mechón de cabello junto a su oreja. "Quizás deberíamos confiar el uno en el otro un poco más. Tal vez deberíamos lanzar racimos de hojas al aire y ver a dónde vuelan. Tal vez deberíamos tomar algunos batidos de tarta".

"Eso es un montón de tal vez".

Ella sonrió mientras se movía hacia esos ojos azules otra vez. "Tal vez".

El segundo beso fue aún más merecedor de vítores y la multitud de estudiantes lo hicieron.

"Se está llenando esto", dijo.

"Estoy de acuerdo. Vamos", dijo. "Tengo algo que mostrarte".

Peter la condujo de la mano por el gimnasio y hacia la puerta trasera de la escuela, la puerta que ella solía tomar cuando volvía a casa desde la escuela. La abrió y ella la atravesó.

El día había decidido ser soleado. La gravilla que ella recordaba había desaparecido, reemplazada por mantillo de madera. El suelo estaba salpicado de hojas anaranjadas y amarillas, una brisa de otoño soplaba algunas en pequeños remolinos.

La pasó y tomó su mano de nuevo. Ella quería preguntar a dónde iban, pero simplemente lo siguió.

Dieron solo unos pocos pasos hasta que se dio cuenta de que la estaba llevando a The Tree. The Tree era el punto de encuentro de su infancia, su casa de juegos secreta hasta el tercer grado. Ella traería a sus Barbies, él traería alguna cosa de robot con la que estuviera obsesionado esa semana. Hace tanto tiempo. Ella levantó la vista. Todavía era enorme, sus brazos se extendían sobre casi todo el patio de recreo. Algunas de sus hojas todavía se aferraban a las ramas, agitando la luz del sol en su rostro.

Caminaron detrás de él, luego se detuvieron, él se volvió y le tomó la otra mano. Respiró hondo. Ella exhaló temblorosa.

"Katie Brady, he decidido que te super-amo", dijo él.

¿Super Amo? Su nota...

"Me encanta que bailaras conmigo a pesar de que todos estaban mirando. Me encanta cómo obtuve mi primer beso de ti y, aunque no fuera tuyo, sigue siendo el mejor".

Ella se apoyó contra el tronco del árbol para sostenerse, todavía sosteniendo sus manos.

"Me encanta cómo resoplas cuando te ríes con ganas y te inclinas con las manos sobre las rodillas".

"Ay, dios..."

"Me encanta cómo se arruga el puente de tu nariz cuando estás enojada, y me encantan tus pies".

Ella bajó la mirada. "¿Mis pies?"

"Um, solo creo que tienes lindos pies".

"Bueno".

"Me encanta que siempre has sido hermosa para mi sin importar la edad que tengas o si tienes frenillos o conduces un Escarabajo o sorbes el fondo de tu batido con la pajita. Yo simplemente te amo".

Ella lo miró a la cara. La brisa sopló un mechón de su cabello.

Ella no sabía qué decir. Era lo que siempre había querido, ¿no?

"Peter, yo..." Ella suspiró, dejando caer las manos de las suyas, buscando sus ojos. "¿Por qué me has traído aquí?"

Él sonrió. "Porque quería decirte algo. Lejos de todos los demás. Solo nosotros".

Ella tragó saliva. "¿Eso qué es?"

"Sé que era solo la secundaria. Sé que solo éramos niños. Pero no puedo evitar sentir que nos hemos perdido algo que podría haber sido genial, que tal vez debería haber sido genial. Pero no me lo voy a perder otra vez. Y si te vas, si vuelves a Chicago, está bien. Te seguiré porque eso es lo que hace el amor. Yo finalmente.... finalmente creo que aprendí que el lugar simplemente no importa. Quiero decir, es agradable si estás sentado en un penthouse del piso cuarenta en el centro de Chicago, pero aun así puedes sentirte tan solo como un chico sentado en un apartamento de una habitación con un aire acondicionado dañado en Golden Grove".

Tenía los ojos calientes, nadando. *Sí, sigue hablando. Dime qué es el amor, Peter, porque necesito saberlo, y necesito que seas tú.*

"Y.... lo siento, Kate. Debí haber dicho algo antes. Debí haber hecho algo antes. Debí haber sido más valiente, supongo. Pero te fuiste, y luego papá murió, y estaba cansado de que la gente que amaba se fuera. Y tenía miedo. Sabía que también te ibas a ir, y la única forma de evitar que eso sucediera era siguiéndote".

Se detuvo, sus ojos no rogaban, eran fuertes, sólidos, un hombre.

Ella, por otro lado, no tenía palabras, y sus ojos ahora estaban demasiado húmedos como para ver nada más que su borroso y hermoso rostro.

"Entonces, te voy a seguir, Kate. Y si tú no quieres, tendrás que decir 'Peter, no me sigas', y darme una bofetada y cortarme los neumáticos o algo así porque de lo contrario, voy a acampar en tu puerta".

"No tengo puerta. Vivo en un alto edificio".

"Bien, entonces acamparé en tu lobby, o en tu vestíbulo, o lo que sea que tengas. Y me haré amigo de todos tus vecinos y los pondré de mi lado hasta que veas que estábamos destinados a estar juntos". Él se detuvo.

Ella se secó lágrimas de su sonrisa.

"¿Eso fue demasiado? ¿'Destinados a estar juntos'?" dijo él.

"Fue absoluta y científicamente perfecto", dijo y se lanzó hacia él.

Su beso fue cálido y brillante. Ella se puso de puntillas. Tuvo un pensamiento extraño y fugaz de que iba a querer hacer muchos ejercicios de pantorrilla en el futuro.

Se separaron, todavía abrazados. Él olía limpio y brillante, como el sol. Sus brazos eran el lugar más seguro y cálido en el que había estado. Ella apoyó la cabeza sobre su hombro.

"Todavía no creo que vaya a tomar el trabajo de Dixon".

"Lo sé", dijo ella, todavía acurrucada.

"Pero probablemente pueda encontrar algo más. O te veré los fines de semana. O compre un helicóptero y aprenda a volar, todavía no lo sé".

Ella retrocedió y miró hacia arriba. "No necesitas comprar un helicóptero, Peter. Creo que voy a renunciar a mi trabajo".

Su rostro era una mezcla de euforia y preocupación. "¿Qué? ¿Por qué?"

"No me encanta. No como tú amas la enseñanza. Como renuncias a los fines de semana para perseguir lagartijas y trapear pisos solo para ayudar a tus chicos a aprender".

"Es bastante glamoroso, lo admito", dijo. "Pero no quiero que renuncies a tu trabajo. ¿Qué harías?"

Ella se encogió de hombros, y se sintió como si un peso flotara fuera de sus hombros al mismo tiempo. "Aún no estoy segura. Se me acaba de ocurrir, esta semana, creo. Extraño ser creativa. Tal vez pueda comenzar mi propio negocio de diseño. Tal vez incluso aquí. En Golden Grove".

Sus ojos ardieron. "¿Aquí? ¿Estás segura?"

Ella rio entre dientes. "No. Pero veamos qué pasa".

Se desenredó de ella. "Casi lo olvido", dijo él. "Quería que tuvieras algo".

"¿Qué?" Ella lo miró con la cabeza inclinada, curiosa, mientras él metía la mano en el bolsillo derecho de su esmoquin. Sacó una cuerda plateada, tomó su mano izquierda y le abrió los dedos.

"Esto", dijo, y lo colocó en su palma.

Ella miró hacia abajo con los ojos muy abiertos.

Era el collar que ella le había hecho en tercer grado.

"Le agregué un corazón", dijo. "Espero que esté bien".

Sus ojos se cerraron cuando su mano se cerró alrededor de ese pequeño, simple e insignificante objeto que ahora significaba todo en el mundo para ella. Simple y llano. No destacable para nadie excepto para ellos.

Y ella lo amaba. Ella siempre lo había amado, de alguna manera. Ella lo sabía porque nunca había amado a nadie más. No era que ellos fueran malos o estúpidos. Pero ellos no eran Peter. Incluso cuando no había estado con ella, él estaba allí. Él era su raíz, como este pueblo. Este lento, desesperadamente tonto, maravilloso y adorable pueblo pequeño, con todos sus recuerdos, buenos y malos, como en todas partes y todo lo demás en la vida. *Quienes somos en el presente incluye quiénes fuimos en el pasado.* Eso había dicho Carol. Pero siempre puedes cambiar tu futuro.

Y allí estaba, su futuro, esperándola, observándola con sus claros ojos azules, la brisa de otoño revolviendo su cabello, el sol de la tarde brillando un halo detrás de él. Casi se rio, la metáfora del ángel era tan cursi.

"¿Qué?" dijo él, como siempre, bellamente, irremediablemente ajeno.

"Nada", dijo, sonriendo. "Todo está bien. Todo está bien".

EPÍLOGO

La primavera finalmente llegó para quedarse. El aroma de la tierra fresca volaba por el pueblo con cada brisa cuando los granjeros comenzaron a labrar la tierra. Carol no temía dejar sus caléndulas afuera toda la noche en las macetas en el viejo porche de Katie. La amenaza de las heladas se había ido. Y la boda más grande de la temporada era hoy.

La novia y el novio esquivaron alpiste que les arrojaban un grupo de amigos y familiares que se alineaban en los escalones de la iglesia.

Peter y Kate bajaron los escalones, tomados de la mano, seguidos de vítores y buenos deseos. Se detuvieron en la parte inferior, Kate quitaba las semillas del cabello siempre rebelde de Peter.

Los estudiantes también salieron de la iglesia, la mayoría animando al 'Sr. C.' La escuela había terminado hace una semana y este era el comienzo perfecto del verano.

Kate vio a John Wells caminando hacia ella. Ella saludó, casi riendo. Primera vez que Kate lo veía usando un traje en su vida, pero aún llevaba su sombrero favorito de semillas de maíz.

"Kate, felicidades", dijo mientras le estrechaba la mano. "A ti también, Peter".

"Gracias, señor".

Se volvió hacia Kate. "Gracias por los nuevos folletos. Sandy me los mostró. Se ven muy bien".

"De nada".

Chasqueó los dedos. "Ah, y recuerda, tenemos una sesión de planificación la primera semana después de que regreses. El superintendente y el representante de Arts Share también estarán allí".

Kate asintió con la cabeza. "Estaré lista. Ya tengo muchas ideas para el próximo año escolar".

"¡Seguro que sí! Me alegra que hayas decidido subir a bordo".

Ella sonrió, mirando a Peter. "Yo también".

"¿Arts Share?" Peter preguntó cuándo él se había ido.

"Lo siento, me lo acaba de decir esta semana. John acordó ayudar a financiar algunas excursiones de arte para los estudiantes de las escuelas del área".

"Bien", dijo Peter, asintiendo. "¿Seguro que puedes manejar eso junto con tu trabajo de Lucky Star?"

Se les ocurrió el nombre de su nuevo negocio de diseño gráfico juntos. "No hay problema. Ser mi propia jefa me da mucha flexibilidad".

"Solo recuerda dejar tu trabajo aquí mientras estamos en la luna de miel".

"Oh no te preocupes". Ella lo picoteó en la mejilla. "Estoy segura de que tendré muchas distracciones para mantenerme ocupada".

Él sonrió, esa sonrisa torcida y cálida que ahora era toda suya.

Extrañaba un poco a Chicago, pero se sentía mejor dejando The Garman Group con el acuerdo de Nitrovex a su supervisión. Ya estaban recibiendo más ofertas de empresas de tamaño similar. Ellos estarían bien. Y habían entendido cuando ella les dijo que iba a empezar a trabajar por su cuenta. Danni incluso le había deseado suerte con un sorpresivo abrazo.

Era un riesgo comenzar su propia compañía, pero la libertad valía la pena. Miró a su esposo, que estaba ocupado recibiendo felicitaciones. Además, tenía innegablemente mejores beneficios adicionales aquí.

¿Y Golden Grove? Se dio cuenta hace un tiempo que la había ayudado a hacerse quien era. Y no era perfecto, ningún lugar lo era, pero era el hogar para ella y Peter. Quizás no para siempre, pero por ahora, y eso era suficientemente bueno.

Peter le pasó la mano por la cintura y se volvió hacia ella, sonriendo. "Olvidé decirte lo hermosa que te ves".

"No, no lo olvidaste. Me lo dijiste una vez cuando estábamos en la parte delantera de la iglesia y dos veces en el pasillo después de que salimos del altar".

"Ah".

"Pero, umm... siempre puedes decirme otra vez".

"Te ves hermosa".

"Gracias. Y gracias por no usar el esmoquin que usaste en el Baile de Bienvenida el otoño pasado".

"Bueno, dijiste que, si lo hacía, te divorciarías de mí justo después de que dijéramos los votos".

"Correcto". Ella le rozó el cuello de la camisa debajo del esmoquin. "Veo que le quitaste la mancha a la camisa".

"¿La del baile? Me tomó un buen rato. El lápiz labial es difícil de quitar. Tuve que usar diez mililitros de peróxido de hidrógeno, veinte mililitros de ácido acético y cinco milésimas de amoníaco".

Ella se inclinó y le susurró al oído. "Quizás quieras recordar esa solución".

Lucius bajó los escalones, luciendo decididamente elegante con su esmoquin negro. En su brazo estaba Carol con un vestido naranja claro. Ambos estaban radiantes.

"Bueno, ¿están seguros de que ustedes dos tienen todo bajo control?" Kate preguntó.

Carol agitó su mano. "¡No hay problema! Lucius y yo cuidaremos la casa y regaremos las plantas. Ustedes dos, solo diviértanse".

"Oh, lo haremos", dijo Kate, guiñándole un ojo a Peter.

"¿A dónde dijeron que iban?" Lucius preguntó.

"Chicago, luego Costa Rica durante una semana, ¿y desde allí...?" Miró a Kate expectante.

"Vamos a tomarlo un día a la vez".

Lucius asintió con la cabeza. "Buena idea". Extendió ambos brazos, caminó hacia Peter y le dio un abrazo acentuado con unos pocos golpes en la espalda. "Todo lo mejor para ti y tu nueva novia, mi amigo".

A Kate le gustó el sonido de la palabra "novia".

Se movió junto a Kate, la sostuvo a la distancia de los brazos por un momento, luego la acercó y le dio un beso en la mejilla. Su bigote *sí* hacía cosquillas. "Les deseamos todo lo mejor", dijo Lucius.

"Él dijo 'deseamos'", dijo Peter suavemente, empujando a Kate.

Lucius pareció perdido por un momento. "¿Eso qué es?"

"Nada... nada". Peter se llevó la mano al bolsillo de la chaqueta, buscando. "Eso me recuerda algo. Les tenemos un regalo para los dos".

"¿Un regalo?" Dijo Carol.

Peter sacó una pequeña tarjeta que le entregó a Kate.

"Sí", dijo Kate. "Una tarjeta de regalo que Ray hizo por nosotros. Vale para un año de batidos de tarta gratis, pero solo si es compartido por Carol Harding y Lucius Potter". Le entregó la tarjeta a Carol, que parecía sin palabras.

"Ahora. Adiós, adiós", dijo Kate mientras ella y Peter se daban la vuelta para bajar por la acera.

"Me di cuenta de que Carol atrapó el ramo", dijo él al oído de Kate mientras se dirigían al automóvil.

"Debía hacerlo. Se lo arrojé directamente a ella".

"Recuérdame agregar 'astuta' a mi lista de 'razones por las que amo a Kate'".

"Me sentí mal por Penny, aquí sola". Ella asintió con la cabeza hacia el risueño grupo de damas de honor.

"¿Cuándo viene ese chico Remington Steele a la ciudad otra vez?"

"Sabes que es 'Corey Steele', y por lo que ella me dice en sus indirectas no tan casuales, no vendrá en varias semanas".

"Entonces..." —extendió su puño, que ella tocó con el de ella— "... poderes de emparejamiento activados".

"Eres el más grande y adorable nerd", se rio, y agarró la mano de su nuevo esposo para tirarlo por la acera. Tenían que moverse si querían a llegar a su hotel en Chicago antes del anochecer.

El Mustang esperaba junto a la acera, reluciente de arriba abajo. Aparte del imán de "Recién Casados" pegado en la parte posterior y algunas serpentinas pegadas al parachoques, parecía que acababa de salir del estacionamiento. Los chicos de la clase de artes industriales habían hecho un gran trabajo agregando un poco de brillo extra.

Kate le dio un codazo a su nuevo esposo. "Oye. Mira".

Peter giró. Él sonrió.

Carol y Lucius estaban tomados de la mano.

Peter sostuvo la puerta de Kate abierta para ella, y ella se acurrucó adentro, alisando su vestido de encaje blanco a su alrededor.

Una pareja mayor, probablemente de setenta años, se acercó desde la acera.

"Hola", dijo la mujer, sonriendo. "Sé que no nos conoces, pero solo queríamos felicitarte".

"Solo estamos de visita", agregó el hombre. "Tienes un pueblo encantador".

"Gracias", dijo Kate, y lo decía en serio.

"No queremos retenerte", dijo la mujer, y luego miró a su marido con conocimiento. "Estamos celebrando nuestro quincuagésimo aniversario de boda mañana".

"Bueno, entonces, deberíamos estar felicitándolos", dijo Kate, instantáneamente gustando de esta linda pareja.

El hombre asintió con la cabeza. "Gracias. Parece que fue ayer cuando nos conocimos en una cita a ciegas. Seis meses después, también nos dirigíamos por un camino. Sin embargo, en un coche un poco más viejo que este". Hizo una pausa y luego miró a su esposa. "Cincuenta años".

"Entonces, ¿qué los unió a ustedes dos?" preguntó la mujer.

"Oh, no seas entrometida", dijo el hombre, poniendo una mano sobre el hombro de su esposa.

Kate y Peter se miraron, sonriendo. "Oh", dijo Kate. "Lo normal. Nos conocimos en la escuela".

"Y éramos vecinos de al lado".

"Luego me arrojó gusanos".

"Luego nos besamos en una casa del árbol".

"Rompió mi proyecto de arte y me impidió entrar a la escuela de arte".

"Y luego se fue para siempre, para nunca volver".

La pareja mayor asentía, un poco confundida.

"Pero entonces el destino nos volvió a unir".

"El destino y dos entrometidos viejos amigos".

"Y el tiempo".

"Y trípodes telescópicos estratégicamente ubicados".

"Pero sobre todo el tiempo, ¿verdad?"

"Mmmm... si. Tiempo".

Kate asintió con la cabeza. "Y los errores. Y frenillos. Y... casas en los árboles".

"Un poco de vino también ayuda".

Ella hizo una mueca. "Ah, y química. No olvides la química".

Peter asintió con la cabeza. "Síp. Muchísima química".

"Mucha", asintió, y se inclinó para besarla.

FIN

Lightning Source UK Ltd.
Milton Keynes UK
UKHW021954180221
379033UK00010B/640/J